情系陶都

史俊棠 著

苏州新闻出版集团
古吴轩出版社

图书在版编目（CIP）数据

情系陶都 / 史俊棠著. -- 苏州 ：古吴轩出版社，
2024. 12. -- ISBN 978-7-5546-2453-1

Ⅰ. I267

中国国家版本馆CIP数据核字第20249CJ712号

责任编辑：胡敏韬
装帧设计：韩桂丽
责任校对：李　倩
责任照排：刘　浩
文字整理：周晓东

书　　名：情系陶都
著　　者：史俊棠
出版发行：苏州新闻出版集团
　　　　　　古吴轩出版社

地址：苏州市八达街118号苏州新闻大厦30F
电话：0512-65233679　　邮编：215123

出 版 人：王乐飞
印　　刷：苏州市墨利印刷有限公司
开　　本：787mm×1092mm　1/32
印　　张：12.5
字　　数：246千字
版　　次：2024年12月第1版
印　　次：2024年12月第1次印刷
书　　号：ISBN 978-7-5546-2453-1
定　　价：58.00元

如有印装质量问题，请与印刷厂联系。0512-66619266

草木有本心（代序）

我所认识的史俊棠先生

李北山

子贡问于孔子曰："敢问君子贵玉而贱珉，何也？为玉之寡而珉之多欤？"孔子曰："非为玉之寡故贵之，珉之多故贱之。夫昔者君子比德于玉：温润而泽，仁也；缜密以栗，智也；廉而不刿，义也；垂之如坠，礼也；叩之其声清越而长，其终则诎然，乐矣；瑕不掩瑜、瑜不掩瑕，忠也；孚尹旁达，信也；气如白虹，天也；精神见于山川，地也；珪璋特达，德也；天下莫不贵者，道也。《诗》云：'言念君子，温其如玉。'故君子贵之也。"

——《孔子家语·问玉》

一

我一直在大学里讲授传统文化课程，其中一个极重要的题目，就是讲"君子"。儒家文化讲"修身齐家治国平天下"，修身为本，我们绝大多数人的目标，应该是追求做君子，圣贤的境界太远太难企及，而君子是我们能够触摸到，甚或能达到的。君子不应该停留在书本和学问中，而应该在生活中。那么，在你身边，是否有这样的人？一念及此，浮现在我心中的一个人就是史俊棠先生。

每次去他办公室，总有三样恒定不变的事物吸引我：一把他用来泡茶待客的仿鼓紫砂壶，那把壶中正大气，散发出一种内敛的紫玉之光；一张世界地图和一张中国地图，上边密密麻麻地标注着他在这个世界上的奔波历程；一幅"惟道是从"的书法作品，是徐秀棠大师所书。我每次去，看他用那把仿鼓紫砂壶泡茶，就忍不住想：他就如这把仿鼓，为紫砂鼓与呼，守住手艺，传承文化，推动商业的繁荣。作为行业的掌舵者，他又必须保持这个行业的正确航向，不被资本的逐利性绑架。他专注、沉稳，兢兢业业，无怨无悔，阅尽世事沧桑，守得住自己，在岁月的浸润下，如玉般温润。《诗》云："言念君子，温其如玉。"这既是他给人的印象，也是其品格之喻。

关于君子，孔子还有句话很有名，叫"君子不器"。这句话用来形容史俊棠先生再合适不过。他做过官，做过企业领导，还颇有些声望，后来却全身心转入紫砂这个行当，在这里边，他既不做壶，也不卖壶，却成为这个行业的领袖人物。作为德高望重、一言九鼎的人物，他大可以稍微利用一下自己的声名，但他没有，只是"俯首甘为孺子牛"。这人很奇怪。这些年来，我逐渐从他毫不衰减的热情中看出一种文化自觉来。这属于中国传统士人的那种精神。

从他身上，我明白了孔子为什么说"君子不器"。"形而上者谓之道，形而下者谓之器"（《易·系辞上》），器与道教给我们一个看待事物的方法：既要看到其功用的一面，也要看到其精神的一面。君子不器，是他既要有高超的本领，大则能文治武功，小则有一技之长，但更要超越这种技能，成为道的化身，具备独立思考的能力，有自己的思想，并能够从文化上影响他人。所谓"君子德风"就是这个道理。

史俊棠先生有手段为这个行业树立一种风向。

我们都知道，在这个时代，传承一种手艺变得困难重重，甚至有人认为工业革命业已宣告了"手艺的终结"。在人类漫长的演化进程中，无论是生活用具，还是生产工具，都依靠人的双手进行发明、创造、完善，进而赋予器物精神的内涵。但工业革命带来了机械能、力量、效率、复制，甚至人在依靠手艺的时代完全无法想象的器物。工具创造更多的工具，直到人也变成工具。在过去几百万年中富于创造的人的双手，被固定在流水线上，被局限于单调、重复的动作中。手艺被工业化推向两个方向：逐渐消亡；或者向艺术靠拢，变成"令人快乐的事物"。

这是大部分非物质文化遗产所面临的困境，是历史的不可避免的难题。就功用而言，手工艺之于我们正在成为过往之事。因此，它开始变得失真，生命力不再，已不复能维持它从前在生活中的必需地位。它开始成为一种观念，从卑微变得崇高，当我们开始热切地视之为文化遗产的时候，手工艺就随着它本身哲学的出现而终结了。

紫砂却成为一个奇迹般的例外。

二

要想深入理解中国传统的手工艺，我们需要从三个维度来看待：技艺，商业，文化。技艺是根本，商业是主体，文化是灵魂。三者既能相辅相成，也能相妨相害。商业的繁荣首先要固守技艺之本，其次依赖于文化的传播。在史俊棠几十年的鼓与呼中，紫砂文化不仅是一种中国传统文化的结晶，还是一种中国式的生活方式的传播，前者体现的是文人壶的精髓，后者则是一种中国式的生活美学。恰恰是后者，在一个全球化生活方式时代变得尤为重要，也是为什么紫砂作为一种非物质文化遗产，并没有像其他大多数遗产一样，只活在玻璃罩和难以为继的艺人传承中，而是回归到生活，成为一种有着蓬勃生命力的文化现象。我们看不到这种悄然变迁，但能够看到这个行业在商业上的成功，它在二十一世纪迎来了历史发展的高峰——商业的成功是因为它守住了自己的根，守住了自己的魂。史俊棠先生在很多的演讲、文章中都提到：紫砂的根在宜兴，在其独特的技艺；它的魂在文化，在中国天人合一的精神中，在儒释道的演化中，在中国的文学艺术中，在茶中。生活的美学，是将这一切变成一把小小的茶具，变成一缕茶香，变成一段气定神闲的时间，变成一种令人向往的理想的生活方式。

我们往往耻于谈论商业，仿佛这是对艺术的轻视，但恰恰相反，没有市场就不会存在一个蓬勃的行业。仿如一棵大树，其根系和树干是互为因果的，根系越发达树干越高大，树干的高大又会促进根系的生长。树干都不存在了，根系终将腐朽不存。

紫砂壶是因文人而兴的，文人的热爱和参与，既保持了它"形而下者"的器之功用，又赋予了它"形而上者"的道之灵魂。史先生的事功之一，即在当代中国传统意义上的文人阶层已不复存在的背景下，保持了宜兴紫砂的"文人壶"传统，使得紫砂壶成为融合诗文、雕塑、书法、绘画、陶刻、金石等经典中国符号的实用之器。

1986年，史俊棠任紫砂工艺二厂厂长时，召集首届紫砂散文节，艾煊、唐达成、叶至善、林非、李国文、吴泰昌、陆文夫、高晓声等文学界的作家、评论家济济一堂，写了很多关于宜兴紫砂的文章。当时叶至善留言："非常羡慕紫砂艺人能独立完成每一件作品。"柯灵先生留言："陶都闲情胜集，以文会友，以笔鸣春。"艾煊则写下"抟泥铸此君，朴拙稚巧隽。碧螺浅半盏，不酒亦醉人"的诗句。2016年，史俊棠先生再次召集"文心壶韵三十年"紫砂散文节，我应邀与会，印象最深的，就是他深情回忆三十年前的那次盛会时潸然泪下的情景，他说："紫砂散文节上结交的文人朋友，一直和我保持着联系，他们关注着陶都宜兴，关注着宜兴紫砂，关注着我们企业的兴衰，关注着我本人的人生起伏。"

以陶为媒！史俊棠先生让宜兴紫砂走入那些学者、名家的生活中，而他们又走入他的生命之中。他的"陶都三部曲"（《永远的陶都》《唱响陶都》《守望陶都》）中记载着很多他和他们交往的故事：他和费孝通的故事，和韩美林的故事，和贾平凹的故事……这些已经不是他个人的生命笔记，而是成为宜兴紫砂文化历史的一部分，是中国文化的逸闻掌故。

陆文夫曾在一篇文章中写过他与一把紫砂壶的故事。二十世纪五十年代，他喜欢逛苏州的旧货店。他信奉"玩物丧志"，跟自己约法三章，如果要买的话，一是偶尔为之，二是要有实用价值，三是不能超过一元钱。他就这样花八毛钱在一家旧货店里淘到过一把龙壶。这把龙壶随着他度过了漫长的岁月，度过了很多寒冷的冬天。"文化大革命"初期，他让龙壶躲藏到堆破烂的角落里。后来龙壶被装进一个柳条筐，随着他来往大江南北，几度搬迁，足足有十二年没有开启……直到重新回到苏州，才拿来用，重新注入茶水，冬用夏藏，一如既往。

陆文夫说，直到1990年5月13日，宜兴紫砂工艺二厂的厂长史俊棠和制壶名家许秀棠等几位紫砂工艺家到他家做客，经鉴定这把龙壶竟是清代制壶名家俞国良的作品。

这篇叫作《得壶记趣》的文章流传很广。在2016年"文心壶韵三十年"散文节上，提及此事，我才知道《得壶记趣》这篇文章的来历。

原来，这篇文章和三十年前的散文节大有干系。那次散文节史俊棠结识了陆文夫。到1990年初，宜兴紫砂工艺二厂为迎接十周年厂庆，与上海《文汇月刊》发起紫砂文化征文活动。史俊棠时任紫砂工艺二厂厂长，他负责约陆文夫的文稿。当时电话联系，陆文夫未置可否。在史俊棠看来，大作家写篇文章实在是小菜一碟，可陆文夫的文章却迟迟不见动静，他只好和徐秀棠等人登门拜访。陆文夫说："不是不想写，是一时不知道写什么好。"说话的空，他夫人从里屋拿出一件紫砂雕塑，是一个小和尚，一副愁眉苦脸的样子，躺在木鱼上睡着了。陆夫人看是紫砂厂来人，想问问这作品是谁做的，她告诉他们上边还刻着"长乐"两字，而且询问小和尚敲木鱼的棒槌弄断了，能否再配一根。史俊棠一看，正是徐秀棠的早年作品《雪舟学画》，"长乐"就是徐秀棠的笔名。这一惊喜让陆文夫来了兴致，他转身从屋里捧出一把紫砂壶来，让他们看一下。这便是他后来文章中写到的，清末名家俞国良的作品。陆文夫告诉他们这把壶的来龙去脉，史俊棠一听，这真是天赐良机，赶紧说："陆老师就把这件事写下来，十分有趣。"于是就有了《得壶记趣》。

史俊棠后来把这段掌故写下来，文章就叫《得文记趣》，与陆文夫《得壶记趣》相映成趣，是紫砂史上珍贵的奇闻轶事。

紫砂壶成为一种神奇的媒介。一把龙壶，不仅是一个小小的茶具，它跨越一百多年的时光，将一个工匠和一个文人连接在一起，中间它所经历的故事，我们已不可知，但恰好给我们巨大的想象空间；它伴随一个人的命运起伏，承载着他的记忆，成为他生命中过去和现在的一个媒介；在陆文夫身后，这个器物又成为一个新的媒介，让我们去了解一个人，了解一段历史，了解一种人生的态度；史俊棠的钩沉，又使之成为沟通人和一种手工艺的媒介；它演化为一个掌故，让我们更好地了解一段手工业的历史；它让手艺变得有趣，介入我们的生活。

三

器是人的延伸，既是人的社交的延伸，也是人的自我的延伸。马歇尔·麦克卢汉曾说："使用者总是他所用媒介的内容。他逐渐发现媒介的潜能，从而使自己成为媒介的内容。这个道理既适合语言，也适合住宅和汽车。意义是人与媒介的互动。我们逐渐集中精力审视和探索周围的媒介，在这个过程中获得意义。但在生成意义的过程中，我们又给环境带来新的利弊，这些新的环境又成为新的媒介。"从技术哲学的角度来看，器物的使用比器物的制作更重要。因为器物的使用涉及的是公共知识，更容易引起人的共鸣。这就是我们必须强调商业和市场的重要性的原因。

史俊棠先生的另一项事功，是使得紫砂壶的手艺之美、文化之魅融入现代的人心。他使得紫砂走入大众生活，倡导了一种雅致的中国式的生活——在历史上，这样的生活只局限于文人阶层，世间茶具称为首，只是文人的咏唱，与普罗大众无关。在今天，工业文明不仅带来生产的标准化，而且带来与之适配的生活的标准化。孩子接受标准化的教育，被培养成社会中标准化的配件。大家吃一样的饭，住一样的房子，躺在一样的沙发上，在同样的电视机上看同样的梦幻泡影，然后在同一时间熄灯上床睡觉，第二天同一时间起床，去同样的流水线工厂、各种办公楼，上同样的班。

当我们在全球化的进程中意识到这种异化的时候，自然地就回到"中国"。历史学家汤因比认为世界的未来在中国，人类的出路在于中国文明。他说："中国文明将为未来世界转型和21世纪人类社会提供无尽的文化宝藏和思想资源。"我们暂不去理论那些宏大的文化命题，仅生活方式一项，我们就知道，中国可以提供真正的生活美学。

传统的手工技艺从生活中来，却很难再回到生活中去。史俊棠先生不仅让紫砂进入艺术的殿堂，更让它重新回到生活中去。

史俊棠先生所做的工作，是把一种古老的事物变成了一种时尚，从文人传统到生活时尚，紫砂壶在其中扮演了重要的角色，这是一种中国式的雅致生活，是一种基于中国文化传统的时尚，而非基于物欲主义的时髦和炫耀。它不仅是文化遗产的活化，更是传统中国的现代性转化，最终形成中国的生活美学。

林语堂说："生活所需的一切不贵豪华，贵简洁；不贵富丽，贵高雅；不贵昂贵，贵合适。"恰如其分，这正是紫砂所倡导的中庸的生活方式。他还写道："生活的最高典型终究应属子思所倡导的中庸生活，他即是《中庸》作者，孔子的孙儿。与人类生活问题有关的古今哲学，还不曾发现过一个比这种学说更深奥的真理。这种学说，就是指介于两个极端之间的那一种有条不紊的生活——酌乎其中学说。这种中庸精神，在动作和静止之间找到了一种完全的均衡，所以理想人物，应属一半有名，一半无名；懒惰中带用功，在用功中偷懒；穷不至于穷到付不出房租，富也不至于富到可以完全不做工，或是可以称心如意地资助朋友；钢琴也会弹弹，可是不十分高明，只可弹给知己的朋友听听，而最大的用处还是给自己消遣；古玩也收藏一点，可是只够摆满屋里的壁炉架；书也读读，可是不很用功；学识颇广博，可是不成为任何专家；文章也写写，可是寄给《泰晤士报》的稿件一半被录用一半退回——总而言之，我相信这种中等阶级生活，是中国人所发现最健全的理想生活。"

如果说我们今天所追求的"文化复兴"也需要让大众有"获得感"的话，那这种能够摆脱异化、摆脱物欲主义、摆脱焦虑的生活方式，就是一种有价值的获得。

因此说，史先生在做一件了不起的事情——可能他并不自知，他只是凭着一种使命感和文化自觉全心投入到他的事业中去，只争朝夕，不知老之将至。他所做的，其实是一种文化事业。这既需要技艺的坚守，也需要文化的倡导，同样需要商业的推动，而这种结果呈现给我们的，就是进入二十一世纪以来，紫砂行业进入历史上最鼎盛的发展时期。紫砂成为一种中国式生活美学的倡导者，能够让我们从中国式的生活中寻到中国。

四

史俊棠先生在接受媒体采访时曾说过这样一段话："紫砂对我的最大影响是给我一辈子忙碌，一辈子追求不停步，忙忙碌碌才是福。我已年过七十，但只要一息尚存，也放不下宜兴的紫砂了。虽不能在一线从事生产经营，但仍有多种方式服务这个行业，仍有责任为紫砂行业的健康有序发展而呼喊奔走。人的生命是有限的，但事业是无止境的，宜兴紫砂将在一代代人的接力下，不断传承发展，不断创新发展。"

"给我一辈子忙碌"，我与史俊棠先生接触后最直接的感觉，就是他太忙。有时候我们必须秉持一种历史观念，才能更清楚地看待现实。不了解这个行当的人也许只看到一个忙忙碌碌的协会会长，但如果我们能够站在历史的角度来看待紫砂文化在这几十年的发展的话，我们就会看清他的劳绩。在儒家的观念中，不喜欢谈论生死，但儒家所有的道理都是建立在一种独特的生死观上的，那就是不朽。"太上有立德，其次有立功，其次有立言，虽久不废，此之谓不朽。"三不朽，是君子向上通往圣贤的路径。

这一切的动力在哪里？除了与史先生的交往，我更容易在他的文章中找到答案。他是一个笔耕不辍的人——这对于一个行业的领导者而言，是一种罕见的特质。他以笔为犁，心无旁骛地耕耘着这片沃土，始终致力于宜兴陶瓷文化、紫砂文化的弘扬和发展。

要想深入地了解一个人，不仅要看他在工作中是什么样子的，更要看他在家庭中是什么样子。儒家讲仁，而仁是分层次的："亲亲而仁民，仁民而爱物。"（《孟子·尽心上》）做人要心中有爱，先爱家人，次爱他人，再爱万物。他的仁展现了他对这个世界的深情。他已出版的"陶都三部曲"，加上这一部，一言以蔽之，莫出一个"情"字：他对故土的深情，对事业的深情，对朋友的深情，对家人的深情……尤其是他写家人的那些文章，真情流露，毫不做作，令人动容。只有一个心怀坦荡的人，才会做到这一点。

他人生的动力就来自他对这世界的深情。他的热爱和深情让他的文章独具魅力，让任何技巧和修饰都黯然失色。正是这些饱含真情的文章让他成为紫砂文化的创造者和传播者。我只是一个学者，一个紫砂爱好者，一个晚辈，于文化、于文章，都没有资格为他的著作写序，更没有被授意写这样一篇文章。我只是觉得，我们保持了一种忘年之交和君子之交的往来，我希望能够写一写我所认识的史俊棠先生，也算是我对这个行业的一个认识。四五年前，他说自己年届七十，不能在会长的位置上继续干下去了，他希望离开这个岗位，换一种方式继续为紫砂事业贡献余热。于是我就写了这篇文章。当我给他看时，他很惊讶。这篇文章就从此沉睡在我的电脑中。而他也没有如愿，按照组织的要求，继续担任会长至今。一晃又是四年过去，他在朋友的鼓励下再次结集出版这部著作，我们这才再次谈起这篇文章。我希望能够编选进这部书中，不仅能让大家更好地了解他这个人，也可以通过他更好地了解紫砂这个行业的发展。

五

史俊棠是紫砂这门手艺的守护人，他可能并不知道，他同时在传播一种文化，发扬一种精神。他所遵循的，是真正的"大道"，惟道是从，就是他找到了自己的使命，并义无反顾地承担起这项使命。史俊棠先生曾将"景舟精神"的内涵提炼为"承前启后，传艺育人，自尊自重，淡泊名利"。顾景舟先生是宜兴之子，是手艺之神，我曾经和史俊棠先生开玩笑说："一门手艺既需要顾景舟这样的手艺之神，也需要你这样的手艺的守护神。"当时是玩笑，现在想来，似乎并无不妥。如果问除了这个行业的繁荣之外，史俊棠还将为这个行业留下什么，我觉得只需要将"景舟精神"改一个词就好：承前启后，守正笃实，自尊自重，淡泊名利。

手艺的守护，文化的传播，需要一种献身精神。从史俊棠先生的身上，我开始确信，人是有其使命的。这种热爱和奉献精神是一种文化自觉，是真正的君子之风。我极喜欢《唐诗三百首》中一首并不被人熟知的诗：

兰叶春葳蕤，桂华秋皎洁。

欣欣此生意，自尔为佳节。

谁知林栖者，闻风坐相悦。

草木有本心，何求美人折！

这是张九龄的《感遇》，是《唐诗三百首》中的第一首。这里藏着传统的士之精神。

　　兰草与桂树，它们欣欣向荣地生长，灿烂地开放，并非为了荣华富贵，但我们闻到了风中的花香，感知到世界的美好。它们也许知道，也许不知道，但这并不重要，它们只是遵循自然、顺应本心罢了。这里既没有怀才不遇的抱怨，也没有顾影自怜的哀鸣。"天行健，君子以自强不息。"它们是如此平淡，如此强大。一如史俊棠，这是真正的君子，具有真正的中国士人的精神。

目　录

草木有本心（代序）

我所认识的史俊棠先生

李北山

壹　成如容易却艰辛

2

宜兴陶艺需要什么样的传承人

写在第二届宜兴"非遗"代表性传承人陶瓷艺术展之际

7

展文化科技两翼　"逼"宜兴陶业提升

15

"非遗"技艺　富民紫砂

宜兴紫砂传承发展在乡村振兴中的成功实践

23

对传统紫砂技艺的思考

25

回顾与展望

省、市陶协2019年度工作感言

29

成如容易却艰辛

首届"文明紫砂人"评选活动有感

33

更好地发挥陶艺、陶文化和陶艺家的作用

35

壶为心声　手为根魂

读徐风新著《做壶》有感

39

为陶瓷行业履职尽责

43

壶茶同行的友谊交往

46

陶情壶缘话美林

写在韩美林先生被授予"宜兴市荣誉市民"称号之际

51

耄耋芬芳

53

情缘最深是青瓷

写在谈志坚同志从艺50周年之际

贰　昨天、今天和明天

58

陶二厂的昨天、今天和明天

76

涉足国企

82

我与陶都经济联合会

86

母校情深

88

丁中记事

写在母校80周年校庆之际

95

致我亲爱的母校

在丁中80周年校庆上的发言

101

昔日大中街 今朝更亮丽

107

金秋茶会的问候

109

风华二十载

118

唱响陶都 久久为功

写在《陶都通讯》创刊20周年之际

122

捐赠者说

124

缪康强现象引人深思 史俊棠信笺感慨万端

129

中国陶瓷的高光时刻

叁　余音缭绕思故人

132

和富尔良教授通信琐记

137

不舍

追忆汪寅仙大师

145

怀念老李

155

余音缭绕思故人

写在刘正贤同志逝世一周年之际

163

陶瓷之子张守智

173

怀念乡贤吴金奎

181

农村农业情怀　乡镇企业情结

深切追忆原农业部部长、党组书记何康同志

188

碧水无波　精彩华章

怀念我的挚友盛畔松

199

我心中的一盏明灯

205

书香忆墨林

肆　岁月静好家常在

212

我的农民父亲

221

我的母亲

226

我的爱人

234

我家女儿

239

我家女婿

243

我家外孙女

伍　砥砺传承　奋楫争先

250

美术与紫砂的又一次美好结缘

在韩美林紫砂艺术馆奠基仪式上的讲话

253

在相互成就中砥砺前行

在宜兴市茶促会第二次会员大会上的发言

256

交流互鉴　携手精进

在重庆荣昌第四届"中国四大名陶"展评活动开幕式上的讲话

260

守住根魂　再造高峰

在顾景舟紫砂艺术学院成立一周年暨揭牌典礼上的讲话

265

"宫廷珍韵"绽芳华

在范永军紫砂艺术暨弟子作品展上的致辞

268

志存高远　心追造化

写在董亚平"紫韵墨风"艺术作品展开幕式上

271

砥砺传承　守正创新

在曹亚麟紫砂艺术馆开馆仪式上的讲话

274

砂壶与茗茶的相互映照

在2023年"国际茶日"庆祝活动暨
联合国邮票《国际茶日》发行仪式上的讲话

277

千工易得　一匠难求

宜兴市紫砂行业"工匠精神"主题作品展前言

279

梅竹松柏曲未终

汪寅仙大师逝世一周年纪念文集《宿德显正》前言

282

大美如斯

"壶上清风"鲍志强师生紫砂陶刻艺术展前言

283

承前启后　继往开来

"宜陶青韵"宜兴青瓷艺术展前言

285

传承创新　奋楫者先

第二届"勃勃交融"宜兴市紫砂雕塑展前言

287

陶都与东莞的深情对话

"紫悦莞邑"宜兴西望紫砂作品展前言

290

现代艺术彩陶的又一次集中审美

"宜陶彩歌"宜兴彩陶艺术北京展前言

292

青年强则艺术强

《百名宜兴青年陶艺家作品大赛优秀作品集》前言

294

国际视野　包容共生

写在西望村被授牌"国际壶艺村"之际

296

传承有序　大美无言

范建华、陆君紫砂艺术馆开馆作品展前言

298

以梦为马　不负韶华

"风华正茂、勇挑大梁"青年陶艺家作品大赛精品展前言

陆　守正创新　各美其美

302

一片丹心终不悔

"陶行方圆"顾绍培从艺六十周年紫砂作品展序

305

紫砂艺术绝唱的精彩再现

杨世明先生著作《金士恒茶器二十二式》序

308

五色土的共感

韩国友人徐海镇先生新著《宜兴紫砂》序

311

艺海澜漫

《"海澜杯"青年陶艺家创新作品大赛获奖作品集》序

315

功崇惟志　业广惟勤

《唐朝军紫砂艺术作品集》序

318

知古鉴今　星光无垠

王继军紫砂艺术藏品集《汲砂》序

321

心中有丘壑　笔底起波澜

谢强同志新著《紫砂艺术》序

324

由器而道　坚毅笃行

鲍峰岩新著《紫砂正脉》序

326

"均花"盛开　和而不同

《均芳俊秀——杨俊堆花艺术》序

330

择一业，终一生　艺有源，艺无疆

"紫韵京华"季益顺紫砂艺术展序

333

均临天下　陶韵绵长

《潘友芳潘洪均均陶堆花艺术集锦》序

336

紫砂世界的基因密码

《宜兴紫砂矿源图谱》序

339

只留清气满乾坤

《百年蒋蓉　静水流深》纪念邮册序言

341

气韵自成　各美其美

《紫砂大师书法长卷》序

344

让国际化成为壶艺交流的主旋律

《首届世界壶艺大赛入选、获奖、特邀作品集》后记

348

守正创新　共谱新篇

《宜兴市"前锦杯"陶刻大赛作品集》序

350

苦心孤诣　行稳致远

《袁国强紫砂艺术作品集》序

353

古法即手法　手法即心法

《2020手工制陶大赛获奖作品集》序

356

包容共生　互鉴共进

2021年中韩陶瓷文化交流展作品集《新时代茗壶》序

359

云蒸霞蔚　气象宏阔

《历代宜兴紫砂均陶作品暨当代紫砂名家作品集》序

361

大德日生　幸甚至哉

《大生壶艺术鉴赏》序

363

更好赓续发扬"工匠精神"

《2022第十七届手工制陶大赛获奖作品集》序

366

闳约深美　花开有声

《中国紫砂名壶》序

369

心若向阳　必将绽放

《宜兴陶瓷名家设计手稿集》序

371

后　记

壹

成如容易却艰辛

宜兴陶艺需要什么样的传承人

写在第二届宜兴"非遗"代表性传承人陶瓷艺术展之际

今天是2019年6月8日,是中国第十四个"文化和自然遗产日",是一个十分有意义的日子。作为宜兴陶瓷艺术界"非遗"代表性传承人,我们怀着崇敬的心情,前来参加第二届宜兴非物质文化遗产代表性传承人陶瓷艺术展开幕式。

陶都宜兴陶瓷艺术中的紫砂工艺和均陶工艺分别在2006年和2014年,被国务院列为国家级非物质文化遗产,宜兴的青瓷工艺和彩陶工艺也于2011年被江苏省政府列为第三批省级"非遗"项目。这些"非遗"项目的确立,提升了宜兴陶瓷艺术的历史文化含量,也有力地彰显了宜兴陶都的美誉,更加巩固了宜兴作为中国陶都的地位。在保护传承的强力引领下,宜兴陶艺有了很大的发展,而推动发展最大的动力,是数以万计的宜兴陶艺人,是一批高级工艺美术师和大师级的领军人物,还有一大批孜孜以求的陶艺工匠。他们默默无闻地传承着宜兴的陶瓷艺术。今天的宜兴陶艺,在改革开放以来取得巨大成就的基础上,进入了一个新的发展时期。但是,不管时移世变,推动这一发展的主要因素,仍然是人。当前宜兴陶艺的发展,究竟需要什么样的人,是事关宜兴陶艺能否继续健康有序地传承发展的根本所在。

结合宜兴陶艺当前的一些新情况、新问题,笔者认为,一是需要潜心传承、不走捷径的人。回望我们老一辈陶瓷艺人,他们一旦捧起这只饭碗,就一门心思潜心钻研,从不指望走什么捷径,无论是以一代宗师、壶艺泰斗顾景舟为代表的七大老艺人,还是他们的高足,如徐汉棠大师、周桂珍大师、何道洪大师、范永良大师、张红华大师以及第三代中的佼佼者陈国良、施小马、葛陶中、华健等,都是冷板凳一坐数十年,最终练就扎实的制壶基本功,不仅时有精品佳作问世,人品也堪称一流。毋庸讳言,当下,一些从业者盲目追求产量,在原本以手工技艺为特点的紫砂领域,干起了拉坯、注浆、滚压的营生,严重背离了众所周知的紫砂手工技艺,也绑架了"非遗"名目,是挂着羊头卖狗肉,与紫砂传承发展的初衷格格不入。因此,作为有志于传承宜兴陶艺的后来者,继承传统技艺要一脉相承,绝不能因为走捷径毁掉老祖宗留下来的宝贵财富。

二是需要能够不断创新却又能守正的人。时代在发展,社会在进步,传统的宜兴陶瓷艺术发展,当追随时代的步伐,这就需要我们陶艺人不断推陈出新,以满足不同的审美需求、不同的消费群体。但宜兴陶艺的根在传统,魂在文化,这个根和魂就形成了宜兴陶瓷艺术的血脉,如果在创新时不能守住这种基因,就会成为无源之水、无本之木，就会使宜兴陶瓷艺术，特别是极负盛名的紫砂艺术丢根失魂，从而失去它的优势和在世界陶瓷、中国陶瓷中的地位。因此，一批又一批的宜兴陶瓷人，既在积极创新，又能牢牢守正。在这方面，我们的徐秀棠、吕尧臣、鲍志强、顾绍培、毛国强、曹亚麟、徐安碧、邱玉林等国大师，江建翔、储集泉、张正中等省大师，能在传承中不断创新，创新中又坚持守正，为我们树立了很好的榜样。

三是需要能不忘初心、永远进取的人。当今社会，在经济快速发展、文化繁荣昌盛的同时，也伴随着不少喧嚣和浮躁，各级各类技术职称的评审，种种荣誉称号的授予，频繁的赛事评比，金、银、铜奖的诱惑，让陶艺人难以应付却又不愿放弃。一些人一旦获得了技术职称、荣誉称号，或者若干奖项，就飘飘然，不再学习进取，作品也不见创新，整天到东到西搞展览，一直是那么几件作品，试图"一招鲜，吃遍天"，这是不可取的。这两年，省人社厅组织的传统技能考核和诸如"景舟杯"制壶大赛中，像范泽锋、吴奇敏、喻小芳、范永军等人，成绩出类拔萃，作品让人刮目相看，执着追求者大有人在，这让人们看到宜兴紫砂后继有人。这样的传承人越多越好，也越彰显宜兴陶瓷、宜兴紫砂的后续力强大。

四是需要艺德并举、以德为先者。从事传统工艺的人，应是崇尚儒家文化的人，孔子育人始于美育，终于美育，就是要培养一个大美的人。陶艺传承者不仅要传承专业技能，更要传承老一辈艺人的道德风尚，像全国劳模汪寅仙、全国文明家庭曹婉芬家庭、轻工"大国工匠"李守才、中国工艺美术大师吴鸣、中国陶瓷艺术大师陈建平等都为陶艺人做出了很好的表率，消费者不仅仅喜欢他们的作品，更敬佩他们的人品。我始终认为，一个陶艺家，成名靠的一定是作品，没有精品佳作问世，你难以成名，但成名之后就要靠人品，没有人品的支撑，只能是一个不成功的陶艺人，尽管你头上有无数光环，甚至集种种名头于一身，但艺德不好，也会让人不屑一顾，也不能算是成功的传承人。

五是做个遵守法纪、不越底线的人。王国维先生曾经说过："人之所以朝夕营营者，安归乎？归于一己之利害而已。……于是，内之发于人心也，则为苦痛；外之见于社会也，则为罪恶。"人有远大目标并没有错，问题是应有什么样的目标，如果脱离实际，去追求本来不属于自己的名和利，就会适得其反，甚至出现恶果。这样的事，在我们陶艺行业里已有发生：某紫砂名人利用自己的名头去叫人代工做壶，这本身就是道德缺失，而发生纠纷后，再唆使黑恶势力去敲诈对方，这就踩了法律的红线。所以，必须正大光明、理直气壮地凭自己的聪明才智、勤劳的双手去致富，而动歪脑筋，甚至不择手段去捞取本不属于自己的虚名和钱财，践踏道德和法律，不仅不被允许，而且最终要付出惨痛代价。这种人存在于行业之中，只能是害群之马。

六是需要有能担当行业责任、社会责任的人。大家都知道，改革开放以来，宜兴陶艺得到了很好的发展，这得益于党的改革开放政策，得益于方方面面的关心支持、师傅们的苦心授艺，得益于各种有利条件的合力推动。所以，必须有一种行业责任、社会责任，要关注社会，积极投身于公益事业。在这方面，我们的"中国好人"徐汉棠大师，捐款一千万元成立我市首个以个人名字命名的教育基金，季益顺、吕俊杰、范伟群等几年来慷慨赞助教育事业、慈善事业，青年紫砂艺人厉上清友善待人、关爱民生……凡此种种，都为广大紫砂艺人树立了榜样，让广大宜兴陶艺人为之骄傲。多年来，绝大多数艺人能自觉纳税，积极投身社会公益事业，赢得了较好的口碑，也赢得了社会的尊重。当然，也有不少人不仅不关心公益事业，连起码的所得税也不愿缴纳，这样的人同样不合格。

总之，要成为一名合格的陶艺传承人，必须具备多种素质，这样的传承人队伍日益壮大、代不乏人，我们的陶艺事业才会长盛不衰，宜兴的陶艺之花才能竞相绽放。

2019年6月8日

展文化科技两翼 "逼"宜兴陶业提升

宜兴陶瓷作为传统的、文化的、特色的产业,沐浴着改革开放的春风,以不断创新的机制,呈现欣欣向荣的景象。宜兴经济社会的发展带动了宜兴陶瓷文化的传承与弘扬,而宜兴陶瓷文化的繁荣又极大地提升了宜兴的美誉度和影响力。两者相辅相成、相得益彰,有力地巩固和彰显着陶都的地位,这是一种非常独特的宜兴陶瓷现象。

宜兴市委十四届四次全会向全市发出了"在新征程上奋力打造区域性国际化中心城市,全面推进中国式现代化宜兴新实践"的总动员令。作为传统陶瓷产业,如何自强不息、奋发有为,更好地彰显陶瓷文化、擦亮陶都名片、打造国际陶瓷文化中心? 从这一要求与责任出发,必须思考以下问题:怎样才能把"陶的古都"打造成"陶的名都"? 怎样才能让"中国陶都,陶醉中国"上升为"中国陶都,陶醉世界"? 怎样才能更好地体现与时俱进的精神和高质量发展的思想? 这也是我们这一代人的重大使命。

宜兴陶瓷产业的发展现状

改革开放以来的40多年，也是宜兴陶瓷产业快速发展的40多年，不仅有量的扩张，更有质的飞跃，呈现出前所未有的勃勃生机。以紫砂为代表的艺术陶瓷"五朵金花"，独树一帜，熠熠生辉，成了世人关注、各界瞩目的文化焦点。

传统日用陶瓷业发生了巨大的变化，产品结构的调整成为主旋律，新的品种层出不穷。尤其是紫砂陶瓷酒瓶年产量最高时达1.2亿只，使宜兴成为全国最大的陶瓷酒瓶生产地。宜兴彩陶工艺厂连续多年被茅台集团评为优秀供方。

园林陶瓷的主打产品是花盆。目前，生产各类陶瓷花盆的企业已有200多家，年销售额超10亿元，年外贸出口额3500万美元。连续几届国际盆艺节，宜兴均已成为全国最大、档次最高的陶盆产区，好花好景配好盆，好盆产自宜兴。

建筑陶瓷的主打产品，粗放生产的琉璃瓦逐渐被外墙砖所取代，新嘉理公司和富陶科陶瓷有限公司生产的干挂陶板在国内外同行业中凸显品牌规模优势，拜富科技有限公司成为国内最大的陶瓷装饰玻璃功能材料生产厂家。

宜兴结构陶瓷、功能陶瓷随着科技进步、新品研发、技改扩能、产业升级，已经成为宜兴陶瓷未来发展的新兴产业群。电子器件总厂、王子制陶、化机厂已独领风骚，抢占了国内新技术陶瓷的制高点。

在宜兴陶瓷发展的凯歌声中，也存在着多年来未能有根本性改变的问题：一是企业个数不少，但规模偏小，装备水平较差，生产工艺落后，产能较低；二是产品门类较全，生产品种繁多，但响当当的品牌不多，除紫砂、均陶名人名作外，其他门类产品档次仍然较低，附加值不高；三是陶瓷教育科研乏力，从业人员队伍庞大，除陶艺人才外，应用型人才、科技研发人才、产品创新人才、经营管理人才都相当匮乏；四是作为陶都，宜兴至今没有一家陶瓷企业进入资本市场。国内的重点陶瓷产区，如景德镇、唐山、淄博、醴陵、佛山、德化、潮州等，无不以陶瓷文化来放大城市形象，提升城市品位，助推经济发展，彰显城市的魅力。陶都的称号，来之不易，由宜兴数千年制陶史的文化积淀而成。如今的陶都宜兴，已是经济社会发展位列全国百强县市前十位的陶都，陶都已不再单单是陶瓷人的陶都，也是100多万宜兴人民的陶都，更是全中国的陶都、享誉世界的陶都。因此，要爱护、珍惜这来之不易的荣誉。要与时俱进，就得从"陶的古都"向"陶的名都"迈进。"古"与"名"，仅一字之别，却需要举全市之力，各方努力，发挥优势，克服短板，高质量发展。唯有如此，才能雄立于中国乃至世界陶瓷之林。

宜兴陶瓷产业的发展对策

习近平总书记在党的二十大报告中指出："健全现代文化产业体系和市场体系，实施重大文化产业项目带动战略……坚持以文塑旅、以旅彰文，推进文化和旅游深度融合发展。"根据宜兴地处长三角的特殊性，考虑到土地、原料、人力资源、环境市场等承载能力，陶瓷产业很难做大，但可提优产业、做强产品，强不一定是大，大不一定是强，要把工业陶做优、艺术陶做精、陶文化做响，凸显宜兴陶瓷的文化特色和产品科技含量，跟上宜兴经济社会发展的新要求。我们应以第11届宜兴国际陶瓷文化艺术节期间中国轻工业联合会、中国陶瓷工业协会授予宜兴"中国陶瓷产业传承创新基地"称号为契机，精心谋划、积极实施，推进宜兴陶瓷产业高质量发展。

在今后相当长的一段时间内，宜兴陶瓷产业应着力抓好"一体两翼"。"一体"就是陶瓷产业，"两翼"就是文化和科技，要不断增强艺术陶瓷的文化含量和工业陶瓷、建筑陶瓷的科技含量。

把陶艺的发展提升作为彰显陶都特色的主要抓手。宜兴紫砂作为中华文化的瑰宝，应锲而不舍地申报世界非物质文化遗产，从而得到最好的保护和传承发展。宜兴国际陶瓷文化艺术节已跻身中国十大节庆品牌，要充分利用好这个品牌，继续组织以紫砂、均陶、青瓷、美彩陶为代表的宜兴陶瓷文化展示活动，不断提升办节水平，不断放大品牌效应，进一步深化国内外的陶瓷文化交流。宜兴紫砂，已成为丁蜀地区振兴多个村级经济、致富农民的主要产业。我们做一粗略统计，目前西望、紫砂、双桥、洋渚、蜀山、任墅6个紫砂专业村，半数以上的农户和村民均从事紫砂行业。要不遗余力地坚持培养一代又一代的手工艺紫砂人才，坚持手工制作特色禀赋。我们迫切呼唤整合优势资源、建立商业诚信，在提倡行业自律的同时，应建立长效监管机制，政府及有关部门、行业商（协）会及企业共同努力，从原料供给、人才培养、文化弘扬、营销拓展等方面入手，线上线下联动，加强市场监管，从而更好地关注紫砂、爱护紫砂。

把加快工业陶瓷发展作为壮大宜兴陶瓷产业的主要方向。能源、材料和信息是现代文明的三大支柱。工业陶瓷是国家优先发展的领域之一。没有高端人才，就没有高端的产品。要大力引育优秀科技人才，为其创新、创优提供施展才华的环境与舞台。可利用省陶研所，在陶瓷产业园建立研发中心；无锡工艺职业技术学院可开设工业陶瓷专业系科，培养和造就人才；可积极会商江南大学设计学院，增设陶瓷本科教育。同时，在科技投入上试行多元化股份制发展新模式，促进工业陶瓷的高质量发展。

把园区功能的发挥、陶瓷市场的繁荣作为宜兴陶业的主要支撑。我们既要打造江苏省陶瓷产业园区的现代陶瓷产业集群，又要打造中国陶都现代陶瓷商贸城，这是打造"陶的名都"的时代要求。宜兴陶瓷产业园区要加大招商引资力度，尽快丰满园区，对落后的产品要腾笼换鸟，形成宜兴陶瓷产业新格局。引进新材料、新装备、新工艺，提振陶瓷产业园区的发展信心和投入产业能力。积极培育上市企业，让资本来加快陶瓷产业的壮大。通过政府在资金投入、进园条件等方面的政策优惠和政策扶持，成为名副其实的高新技术陶瓷产业园区。中国陶都陶瓷城作为重点发展的省级服务业集聚区，是融商贸、旅游、休闲、展览于一体的陶瓷交流合作平台，要进一步完善功能配套，使之发挥规模效应和集聚效应；并通过"宣传扩影响、促销旺市场、服务树形象、文化打品牌"，使之成为宜兴陶瓷营销辐射国内外的一大亮点。

挖掘宜兴陶瓷的古老文明，把丰富的陶文化古迹作为宜兴文化旅游的亮点。宜兴有着深厚的陶瓷文化积淀和众多的陶文化遗迹，有待进一步挖掘和保护，要更加重视宜兴陶瓷文化的建设，进一步放大它们的历史文明。2010年至2020年，是宜兴陶瓷博物馆硬件投入最多、软件提升最快的10年，不仅馆容、馆库扩建，顾景舟艺术馆和韩美林紫砂艺术馆相继建成，而且人才队伍壮大，学术研究颇丰，已成为国家二级博物馆。因此，要充分发挥陶博馆对内对外交往交流的功能，使之成为陶文化传播的主阵地、主窗口。同时，还要把骆驼墩遗址、晋窑、唐窑、宋窑、黄龙山公园、前墅龙窑、蜀山古南街、西望国际壶艺村、葛鲍集居地等这些散落于民间、有深厚文化底蕴的古迹，如同"珍珠"一样擦亮后穿起来，这是彰显陶都悠久历史、厚重文脉的一份历史责任。这方面，丁蜀镇已投入相当多的资金并做了大量的整合工作，而瓷都景德镇的做法更值得我们借鉴。

把宜兴陶瓷优势品牌的培育作为宜兴陶瓷产业发展的重点。在提出经济效益亩均考核要求后，在未来宜兴经济的发展中，陶瓷企业面临巨大压力，宜兴陶瓷仍将面临淘汰落后产能的新形势、新任务。世上没有夕阳的产业，只有夕阳的产品，传统的陶瓷企业只有研发新品或腾笼换鸟，才能在新常态、新征程中立于不败之地。这方面，佛山经验值得借鉴，有市场的产品必定有人生产。因此，陶都应探讨陶瓷总部经济，应培育陶瓷商贸之都，这就要靠品牌、市场营销、科技研发、文化弘扬来拓展我们的思路。为此，奕安陶瓷已有探索，即由奕安公司承接国内外市场花盆订单，多家企业帮助生产，呈现出供不应求、产销两旺的生动局面。目前，奕安公司已被无锡市商务局批准为文化产品出口基地。

总之，在国家实施重大文化产业项目带动战略的背景下，宜兴市委、市政府要从宜兴陶瓷产业的现状和实际出发，把陶瓷产业的高质量发展放在全局工作应有的位置，坚持精准定位，制定规划，坚持在机制创新中探索规范管理，做到活而不乱；坚持人才培养，做到既有传承，又有创新，不断适应时代要求；坚持陶文化节庆及会展的推动，既打品牌，又扩市场，让品牌引领市场，实现宜兴陶业新的跨越，让古老的陶都陶瓷行业焕发青春，成为名副其实的"陶的名都"；以国际陶艺学会授予西望村"国际壶艺村"荣誉为契机，大力开展国际陶文化交往，让"中国陶都，陶醉中国"成为"中国陶都，陶醉世界"。

（本文系作者于2023年1月3日下午在宜兴市政协参政议政大会上，代表市政协经济科技和农业农村委员会工业经济界别组所作的发言全文）

"非遗"技艺　富民紫砂

宜兴紫砂传承发展在乡村振兴中的成功实践

党的二十大报告指出："全面建设社会主义现代化国家，最艰巨最繁重的任务仍然在农村……发展乡村特色产业，拓宽农民增收致富渠道……赋予农民更加充分的财产权益。"

宜兴有着7300多年制陶史、600多年紫砂史。宜兴紫砂淬铸而成于明中晚期，原本就从乡间走来，明、清、民国时代的制壶大家无一不是农家子弟，直到1954年，才由政府召集散落在乡村的制壶人，成立了紫砂合作社，继而成立紫砂工艺厂。在那个年代，时而会因工厂任务足量而下发一些紫砂产品到乡下加工，那是因为20世纪60年代曾有一批紫砂厂下放人员，他们十分愿意增加一些收入，当时称之为"乡坯"。而到了80年代初，社队紫砂企业应运而生，二厂、三厂、四厂、五厂瞬间崛起，仿佛又让宜兴紫砂回归乡间，忙时务农，闲时做壶，让相当一部分农民找到另一只饭碗头。特别是当时的周墅紫砂工艺厂（即后来的江苏省宜兴紫砂工艺二厂），不仅自身迅速发展，成为江苏省乡镇企业的排头兵，还分别在西望村、双桥村投资兴建了分厂，让那里的农民就近上班，这为今日农村紫砂传承发展打下了坚实的人才基础，也为振兴丁蜀的部分村级经济作出了较大的贡献。从2010年前统计的数据看，当时的农村家庭紫砂作坊已达1.1万户。

从现在的丁蜀镇西望村、紫砂村、双桥村、洋渚村、蜀山村、任墅村等紫砂生产专业村的情况看，6个紫砂专业村共有10233户，其中有6112户在从事紫砂生产经营，占总户数的59.73%，共有村民26288人，其中有13771人从事紫砂生产，占总人口的52.39%。而从收入情况来看，以西望村为例，2021年收入5万—10万元的385人，10万—20万元的1460人，20万元以上的585人，而且人人住楼房，家家有汽车，户户有存款，这就是紫砂传承在振兴乡村中所带来的物质文明。

紫砂传承发展在振兴乡村经济的实践，是基于改革开放的不断深入，是在宜兴陶瓷组织和发展结构发生重大变化的情况下组织实施的。

进入21世纪，宜兴的陶瓷经济从国有资本序列中彻底退出，实现了全面民营化。紫砂的传承发展，适合手工家庭作坊形式，这些手工家庭作坊全面散落于丁蜀镇周边乡村。面对松散的传承，作为行业组织，如何组织乡村富余人员有序进行传承，如何通过行业自身发展的规律来规范传承行为，如何通过传承队伍和传承效益的扩大来反哺乡村经济和乡村建设，这是多年来宜兴市陶瓷行业协会一直思考并付诸实践的重大课题。

实践之一：增强发展动力，培育乡村陶艺人才

　　人才是行业发展的第一资源，亦是紫砂传承的主要元素。长期以来，乡村紫砂从业人员技艺技术层面较低，缺乏领军人物。因此，在实践之初，把培育紫砂传承从业人员、提高其综合素质作为重点来抓。一方面，将乡村从业人员纳入陶瓷专业继续教育和专业培训的范畴，通过多项艺术讲座和传统紫砂制作技艺、陶刻、装饰等系列培训和比赛，提高技艺人员的水平，受益人员达数千人，其中乡村人员占65%以上，受训人员形成辐射之势，乡村紫砂从业人员队伍得到不断壮大，专业水平得到不断提升。自2017年参加首届中国江苏人才技艺技能大赛后，范泽锋、于洪霞、范小君蝉联三届冠军，进一步增强了乡村技艺人员的凝聚力，呈现出紫砂技艺传承农村包围城镇之态，先后出现了范伟群、顾美群、史小明、范泽锋、喻小芳、范友良等一批中青年领军人物，带动了一批高水平紫砂传承人员的成长。另一方面，先后举办6届"十佳优秀青年陶艺家"评选活动，确保了紫砂技艺传承不断代，保持了传承原动力。至2022年底，仅6个专业村紫砂从业人员中，具有专业技术职称的就达2021人，并涌现出一批省、市、县"非遗"传承人代表。

实践之二：增强发展活力，发挥陶艺组织作用

协会成立以来，先后成立了紫砂分会、陶刻分会、原料分会等分支机构，通过细化分工、精准服务、专题活动，进一步贴近了行业实际、增强了内生活力。如紫砂分会与西望村范家壶庄合作，举办紫砂诗词大赛，一诗一壶，制壶陶刻合作，环环紧扣的活动，新颖别致，生动活泼，在业内外均产生了巨大影响。今年10月，协会和蜀山村专业合作，共同举办由省人社厅批准实施的"蜀山杯"制壶大赛，并组织洋渚紫砂合作联社去济南办展，组织西望紫砂合作社去东莞办展。在近10年来的实践中，协会积极引导志趣相投、年龄相仿的青年陶艺家，组织不同类型的陶艺团体，以增强紫砂传承中的活跃细胞，许多乡村陶艺青年先后自觉加入"紫砂九隽""宜窑逸色""乐乐陶社"等松散型组织。由30位陶艺家组成的"乐乐陶社"经常展开陶艺活动，乐在其中，其乐融融；"紫砂九隽""宜窑逸色"组织赴京、沪等大城市进行巡回展出，充分展示宜兴紫砂之风采。"紫砂九隽"还组织"九隽讲堂"，至今已举办12讲，国内文化界多位大咖登堂讲授，受众达1万多人次。"九隽讲堂"于2021年获中共宜兴市委颁发的"十佳社会组织公益品牌"。

实践之三：增强发展合力，建立村级合作社组织

紫砂的传承毕竟是以手工作坊形式而进行的，其结构松散，难以形成合力。在实践中，协会依靠镇村等力量，注重整合相关的组织形式，实现紫砂信息系统资源共享和协同工作。首先，建设陶协网站，适时向社会公布陶艺人员、陶艺作品、陶艺活动等诸多方面的信息，使乡村陶艺人员获得信息而加以利用。其次，先后在西望、洋渚、双桥、紫砂、任墅等村以合作社的形式组织各村的紫砂从业人员，紫砂传承逐步实现从无序向有序发展，找到了组织的依靠，获得了更多的资源，进入了更宽广的平台，得到了更多展示自己的机会。同时，积极发挥相关院校、大师工作室的作用。由紫砂艺人自发组织、自筹资金、自主开展的"振兴乡村经济（紫砂）导师团"公益项目，由多名国大师、省大师及一批技术能手组成的公益团队下沉乡村，对丁蜀镇周边的广大乡村艺人从文化理论、技能实践、创新实践、线上销售等方面进行系统培训。项目开展2年来，已有89万人次线上、线下参与交流学习（有后台数据），多名学员在全国陶瓷技能比赛中获奖，近千人参与以庆祝建党百年为主题的"陶润乡风·礼敬百年"创新大赛，获奖作品在吴冠中艺术馆、南京国际博览中心等地进行巡展，也将应邀参加第19届中国西部国际博览会。公益项目由《人民日报》、"学习强国"江苏平台多次报道。

实践之四：增强发展效力，推进乡村陶艺守正创新

　　紫砂在乡村平凡的土地上，产生神奇的力量，这就是紫砂的魅力。大浦村残疾妇女夏淑君因从业紫砂，作品屡获好评而成为江苏省工艺美术大师、市政协委员。汤渡村唐黎萍因"诚信经营而出名的紫砂艺人"的事迹荣登2019年中国好人榜。双桥村部分紫砂艺人慷慨解囊，自发成立扶贫解困组织，每年春节由村里提供贫困户名单，由紫砂艺人登门慰问发放解困金。这些都是与在实践中注重艺品、艺德分不开的。多年来，协会根据宜兴市委、市政府关于高质量发展紫砂的要求，长期展开行业自律活动，适时推出"德艺双馨"老艺人，影响一大批陶艺从业人员。中国陶都陶瓷城常年开展评选"文明城市经营户""共产党员示范岗"等活动，多家经营户获得国家、省、市级市场管理部门的表彰；经常性地组织慈善捐款活动，广大乡村陶艺工作者积极带头，踊跃参加，如顾美群、唐黎萍都是经常进行公益捐赠的践行者。

　　20年来，在推进以宜兴紫砂传承发展振兴乡村经济的实践过程中，出现了四个可喜的局面。

　　一是富裕了一方百姓。大量的乡村富余人员得到了就业，这对乡村居民富裕、乡村社会稳定起到了关键性的作用。6个紫砂专业村的医保、农保、低保全面到位，高龄老人享受养老金和老

年金。从就业人员家庭结构看，宜兴本地家庭3926户，外来家庭2186户；从现代经济学角度分析，紫砂给本地带来了经济繁荣；同时，大量的外来人员安居乐业，促进了城乡的发展。

二是搞活了村级经济。紫砂专业村因紫砂而促进了经济的发展，许多先富起来的紫砂从业人员带头修桥铺路，促进了美丽乡村建设。近年来，6个紫砂专业村建设美丽乡村投入9200万元，村村实现了道路黑色、路边绿色，文娱活动场所多处配备，大大提高了乡村环境品位和服务功能。村级经济实力壮大，如西望村集体净资产达3500多万元，年完成社会总产值12.8亿元，工业应税销售额6.5亿元，村集体净收入500多万元，村民平均收入10万元。

三是升华了村民精神。表现在文明程度的提高，家家捶泥，户户弄陶，道清水明，鸟语花香，陶情适性，特别是和谐家庭、和谐村组的创建，形成了积极向上的乡村社会风貌。西望等村先后获得江苏省、无锡市、宜兴市文明村和精神文明建设先进单位荣誉称号。

四是提高了乡村文化自信。乡村紫砂从业者具有中级以上技术职称人员达数百人，在国展、省展中屡获大奖，他们的名品名作走向全国各大城市，有的人甚至被聘为大专院校客座教授。乡村艺人赴北京故宫办个展已成旧闻。

乡村紫砂传承的实践总体来看是成功的，但展望未来，仍有较大的发展空间。作为政府，要抓紧原料开采保供，要加强市场经营的监管，培养线上销售的专业人才，以适应新的经营模式来拓展市场。作为行业协会，仍将一如既往地抓好手工艺人才培养，弘扬紫砂文化，以节庆会展推动行业振兴。尤其是现有的6个紫砂专业村，要认真总结宜兴紫砂传承发展为本村带来的可喜变化，扬长避短，因势利导，顺势而为，乘势而上。在宜兴紫砂未来的传承发展中，乡村大有希望，前景一片光明。

以宜兴紫砂传承发展振兴乡村经济之实践，需要市、镇两级政府的重视，行业协会的继续推动，村支部、村委会的精心组织实施。这种实践，没有模式，是一种新的尝试，还有许多方面值得研究和探索，以求得经济效益和社会效益最大化。

2022年12月10日

对传统紫砂技艺的思考

"传统紫砂技艺"有着什么样的意蕴？人们为什么那么青睐它？我们又应该如何去面对它？

在文化形态中，"技艺"包括"技术"和"艺术"的双重成分，它实际是文化系统的"制度文化"层面，是连接物质文化与精神文化的桥梁，但它本身又呈现出独立的形态。技艺牵涉到材质、工艺、技巧、造型、结构、美术等诸多方面，在大多数情况下它是因实用而诞生、为实用而存在的。

技艺是人类的独创，体现了人类文化的不断进步和文明创造的特质。在历史上，优秀的紫砂工艺曾经创造过无数的紫砂器物之美、生活之美、文化之美。无论是一只普通的花盆，还是一把珍贵的茶壶，都凝聚着技艺的智慧和创造力，传统的紫砂技艺尚在继续追随时代发展而发展，只要我们不是主动抛弃，紫砂技艺也许会伴随我们到永远。我们有能力保存和延续有文化价值、艺术价值的活态技艺遗产。它将传承我们紫砂人的智慧、心力、情感、秩序和美的成就。

看了今天的展览，我更加明白：紫砂技艺的传承不是简单的手艺的传承，它是一个文化体系的传承，包括对材料、工具、程序、设计、手工制作能力以及精神、气质的传承发展。紫砂技艺的实施是一个复杂的实践行为，包括了技艺的所有内涵，它需要独特的眼光和穿透从自然到文化的不同层面的综合能力，需要才智、技巧、力度、周到的安排、虔诚的心态、周密的思考，以及施技者个人的整体素质。

宜兴紫砂特定的技艺构成反映了特定的文化，它又存在于特定的人群和地域之中，给人们展示了千姿百态的文化创意和器物的品格，让人们感受到紫砂文化的丰富性和紫砂技艺者才智的无限性。

不同人群有不同的技艺，紫砂是紫砂人特有的技艺。紫砂技艺随需求而产生，随希冀而进步，随能力而完善，紫砂技艺的趋向和要求就是技越精、艺越高，不断走向真善美，背弃假恶丑，这是文明发展的必然要求，也是热爱紫砂之人追求完美的必然结果。

祝本次展览圆满成功！祝大师们作品流芳百世，桃李芬芳四溢。

2019年10月10日

回顾与展望

省、市陶协2019年度工作感言

2018年,既是平凡的一年,又是极不平凡的一年。说平凡,一年365天,一天也不多,一天也不少;说极不平凡,是因为2018年是我国改革开放40周年,我们又站到了一个新的历史起点。盘点这40年,让国人倍感振奋、愈加荣耀。

40年来之不易,40年翻天覆地。从一个国家的巨变,到每一个地方的发展,无不让人感慨万千。也正是有了陶都宜兴的巨大的变化,才使我们宜兴的陶瓷行业有了惊人的壮大发展。在告别旧机制后,宜兴陶瓷凤凰涅槃,浴火重生。这几年陶瓷行业裂变性的增长,使之成为丁蜀经济的支柱,也成为宜兴城市文化的名片。所有陶瓷人,应该为之高兴,为之自豪。

2018年,宜兴陶瓷规模以上企业应税销售增长22%,高于全市规上工业产值增长5个百分点,在2017年12家亿元企业的基础上,宜兴陶瓷企业肩负使命、继续前行,亿元以上规模企业今年已达到19家,增长58%,陶瓷经济依然是丁蜀地区最富生机、最具潜力的工业产业。

　　传统的陶瓷、陶瓷艺术仍然有着强劲的发展势头，作为丁蜀特色镇的特色陶瓷产业，不仅孕育了独具特质的地域文化，使宜兴成为国内外访客的"朝圣"之地，也是数万平头百姓最直接的致富路径。

　　这些成绩的取得，首先应当归功于改革开放，是党的改革开放政策顺应了民心，让民间释放了巨大的能量，使传统的陶瓷生产充满了生机和活力，成为日益增长、极富内涵的先进生产力；其次得益于科技进步，我们的规模以上陶瓷企业，特别是19家亿元企业，无论是工业陶还是建筑陶，无论是日用陶还是园林陶，无一不是坚定不移地走科技创新的发展之路，无一不是在矢志不渝地培育自己的核心竞争能力，无一不是在转型升级中寻找良性发展的最大公约数；再次是获胜于文化引领，传统陶瓷坚持打好文化品牌，无论是紫砂还是均陶，无论是青瓷还是彩陶，但凡是一把泥，只要经陶艺家的双手，融入了人文精神，就有了极高的附加值，这让广大陶艺人放飞梦想、展翅翱翔；最后是感恩能源革命，如果不是用上天然气，丁蜀镇的几百支烟囱每年仍然消耗几万吨煤、几万吨重油，按照今天的环保要求，那还有陶瓷产业的生存空间吗？因此，要感谢港华燃气公司对陶瓷行业发展的支持。当然，在种种因素中，人还是第一位的，我们始终有一支勤劳、聪慧的陶瓷产业大军，有一支心灵手巧的陶艺家队伍，他们抱着发展宜兴陶瓷的坚定信心，执着守望，踔厉奋发，砥砺前行，使得延绵千年的宜兴陶瓷在今天依然生机盎然，仍然造福一方百姓。

展望2019年，我们将迎来新中国成立70周年。国逢大庆，各行各业必以实际行动献礼。因此，2019年一定是群情振奋、意气风发的一年。陶瓷行业所有会员企业一定要以实际行动迎接这一盛事。陶都，也将要举办第十届宜兴国际陶瓷文化艺术节，这也是恢复办节后的第四次陶瓷文化艺术节。这是我们陶瓷人共同的节日，所有陶瓷人要以饱满的热情、积极的行动、丰富多彩的形式办好陶瓷文化艺术节，借以向新中国成立70周年献上一份厚礼。

在看好2018年宜兴陶瓷业绩的同时，再接再厉迎战2019年，固然需要全行业的奋力拼搏，但也需要认真分析陶瓷行业所面临的形势。一是宏观形势趋紧会造成市场总体需求不旺，配套协作的大量中小型陶瓷企业，会因订单不足而影响生产安排；二是国家对债务实施严控，资金仍然偏紧，企业融资仍然较为困难；三是部分日用陶、建筑陶、园林陶、艺术陶的生产会因陶土资源供应紧缺而面临困难，本地陶土迟迟不开采，外购受到制约，库存也已不多；四是陶瓷生产所需的能源天然气不仅紧缺，还会加价，造成生产成本增加，生产运行也受影响；五是制造型、劳动密集型的企业将越来越面临找工难的问题，不仅技工奇缺，劳动力也很缺乏，且劳动力成本越来越高；六是环保要求越来越严，陶瓷企业将面临更大的环保压力和考验。总之，形势既有好的一面，也有许多不利因素，需要我们及早谋划、积极化解。

丁蜀镇被评为第一批中国特色小镇已两年多。两年来，作为特色产业的陶瓷和特色文化的陶文化，为支撑丁蜀特色镇的培育，已作出了很大的贡献，我们为之自豪，也深感责任重大，需要继续担当这一使命。陶瓷产业仍然要坚持科技和文化两条腿走路，应用陶瓷的科技水平会随着采购商的需求增多而不断提升，因此创新研发、人才队伍、装备水平永远是企业的重大课题而不能有丝毫松懈。传统的陶瓷艺术仍然应突出文化，突出人文精神，突出诚信经营。技艺队伍不断壮大，技艺人员的操守应有相应提升，只有这样才能实现可持续发展。

陶瓷行业协会是一个民间社团组织。"社团是靠自身存在的意义和价值，靠服务与质量去换取自己的生存条件。"因此，我们将牢记协会宗旨：服务、协调、代表、自律。还是这句话："乐为陶都赞唱歌，敢为陶瓷鼓与呼。"年近70岁，仍担任会长的我，"自知无力创大业，甘作摇旗呐喊人"。

祝福大家新年吉祥，并通过你们向陶瓷行业全体同志致以新年的问候！

2019年1月6日

成如容易却艰辛

首届"文明紫砂人"评选活动有感

　　2019年11月15日，中共宜兴市委、宜兴市人民政府隆重召开了"全市紫砂行业高质量发展大会"。会后，市各相关职能部门、丁蜀镇、市陶瓷行业协会共同为宜兴紫砂高质量发展综合施策，围绕目前紫砂行业存在的种种问题，纷纷出台一些政策措施，如紫砂原料的有效供给，市场的从严监管，从业人员技术职称和荣誉称号评审评选的规范，行业的诚信建设更是作为重中之重来抓。这些举措有些是治标的，有的是治本的，应该说，这些举措如能确实抓到位，必将对紫砂行业的健康有序发展起到积极的作用。作为市陶瓷行业协会会长，我乐见其成，盼见其效。

　　我始终认为，要使宜兴紫砂步入高质量发展轨道，首先要实现紫砂从业人员队伍的高质量建设。我们通常说要做好一件事，必须由外因与内因共同起作用，且内因起主导作用，是关键性、决定性的因素。我们不否认外部监管的重要性，但若没有内因的积极主动，往往也只能事倍功半。就宜兴紫砂高质量发展来说，只有紫砂从业人员队伍的整体素质提高了，紫砂行业的高质量发展才能得到充分的保证。

今年4月，市委宣传部、市文明办、丁蜀镇政府、市陶协就围绕打造高质量紫砂队伍的议题，共同发起了首届"文明紫砂人"评选活动。说实话，这几年宜兴紫砂经济的强劲发展和紫砂文化的繁荣昌盛，紫砂队伍的发展壮大自然是最重要的推动力。因此，除了从业人员技术职称一以贯之的评审外，其他的荣誉称号也特别青睐紫砂行业的从业人员，国家级层面的有：全国劳动模范、全国"五一劳动奖章"获得者、全国三八红旗手、全国轻工系统劳动模范、中国工艺美术大师、轻工"大国工匠"、中国陶瓷艺术大师、中国工美行业大师、国家级非遗传承人等等；省级层面的有：江苏省劳动模范、江苏省"五一劳动奖章"获得者、江苏省三八红旗手、江苏好人、江苏省工艺美术大师、江苏省工艺美术名人、江苏省陶瓷艺术大师、江苏省陶瓷艺术名人、江苏省劳动技能大师、江苏工匠、江苏省非遗传承人等等；市级层面的有：无锡市劳动模范、无锡市"五一劳动奖章"获得者、无锡市三八红旗手、无锡市非遗传承人等等。当然，紫砂从业者大部分在宜兴，宜兴市的各种荣誉更少不了紫砂人，比如优秀共产党员、三八红旗手、非遗传承人、"十佳（优秀）青年陶艺家"、慈善之星等等。总之，几乎各级各类的荣誉称号，各级的人大代表、政协委员，无一遗漏都有紫砂人的身影。应该说，这些荣誉的授予，或多或少地给紫砂人增添了荣耀，也或多或少地成为紫砂人前进的动力。

恕我直言，有些紫砂从业者由于荣誉称号来得太容易（这和评选机制有关），似乎也不怎么珍惜，这在社会上对紫砂人的种种诟病中可以得到证实。那么，首届"文明紫砂人"的评选，它的意义究竟是什么呢？我认为，这是市委、市政府提出宜兴紫砂高质量发展后十分接地气的一次重大评选，也是紫砂发展面临新形势下加强紫砂队伍建设的一项重要举措，评选条件也较为贴近行业的实际，特别强调的是要突出德艺兼备、以德为主，让评选出来的人在行业里站得住脚，在社会上经得起评价，让"文明紫砂人"这个殊荣不逊于任何荣誉称号。

由于是首次评选，加之今年上半年的疫情，可能发动的宣传还不够有力，或者从业者对这项评选活动的关注度还不够，所以报名的人数并没有预想的多，但还是有不少高级、中级、初级的技艺人员报了名。组委会办公室根据初审，提出了一份50位候选人的名单及申报材料，按照评选活动的通知精神，6月下旬，由多个部门抽选组成的评审委员会对申报人的材料进行详细研究后提出意见，由网络投票、大众评议，经专家评审团综合评定，最终评选出了20名首批"文明紫砂人"，这实在是一件可喜可贺的事情。相信这批涌现出来的"文明紫砂人"，将和"十佳（优秀）青年陶艺家"一样，能成为宜兴紫砂行业的一股清流，并以他们的实际行动，带动周围的紫砂从业人员，不忘初心、牢记使命，把宜兴紫砂的高质量发展推向纵深。当然,任何评选活动,总有人评上,也会有人评不上;即使评上,也是相对而言的。我看这次评选出来的20位紫砂从业者,仍需不懈努力,这样才能百尺竿头,更进一步,真正成为行业的标杆、紫砂界的典范。

期望这项评选活动能一届接着一届评下去,评出影响,评出成效,评出蔚为壮观的好风尚,让所有的从业者都来争当文明紫砂人,这样,我们的紫砂行业才能更好地传承发展,宜兴的紫砂名片才能越擦越亮。

2020年7月

更好地发挥陶艺、陶文化和陶艺家的作用

当前，聚力将宜兴打造为区域性国际化中心城市，是一个热门话题，也是宜兴发展的必然要求。其实，早在20世纪七八十年代，宜兴就有陶瓷产品外贸出口、陶瓷文化国际交流和陶艺家国际交往。特别是进入21世纪以来，由于开放的步伐不断加快，这种交流交往就更加频繁。

任何一座城市的文化都有特质，而宜兴文化的特质就是陶文化，这是由于7300多年制陶史的脉络延绵，积淀了深厚的宜兴陶文化，是宜兴其他形态的文化不能取代的。文化始终是国际交往的纽带，带有这种特质文化的人就是使者。尽管改革开放以来，国际间经济交往也在增加，经济交往当然很重要，但最终维系这种交往的一定是人文因素。因此，在当下热议推进宜兴国际化进程的同时，应该充分发挥陶艺、陶文化、陶艺家的重要作用，从1988年至2019年举办的10届陶瓷文化艺术节中就能体会到这一点，因为陶艺具有世界语言，只有陶瓷文化艺术节，才能邀请到如此多的外宾，以2019年的首届世界壶艺大赛为例，有

18个国家和地区的400多名中外陶艺家670多件作品报名参赛，一下子就提高了办节的国际化程度。

截至目前，宜兴市陶瓷行业协会作为国际陶艺学会的会员，先后与欧洲陶艺学会、美国陶瓷教育年会、英国陶艺协会、日本常滑陶瓷同业商会、韩国陶瓷文化协会等签订了友好协会协议书。随之请进来和走出去的展览、交流活动也越来越频繁，这对宜兴加快国际化步伐无疑是一个很好的基础。因此，这方面的优势要用好用足。政府外事部门、市对外友协、市陶协不妨在这方面做一些梳理，再加大一下拓展力度，谋划一些有效活动，不仅让"中国陶都，陶醉中国"，更要让"中国陶都，陶醉世界"。

2022年1月2日

壶为心声　手为根魂

读徐风新著《做壶》有感

　　徐风同志给我送来了他的新著《做壶》。出于对这一题材的兴趣，也出于对紫砂行业的情感，我立马翻阅并一口气读完。高蹈的立意，流畅的文笔，像紫砂一样质朴的语言，到边到位的做壶场景描述，让我着实过瘾。

　　并没有学过做茶壶的徐风同志，搭帮一代宗师、壶艺泰斗顾景舟的嫡传弟子，业内外公认的实力派做壶艺人葛陶中，形神毕肖地把紫砂人做一把茄段壶的过程明明白白、详详细细地表现出来。做壶人现场制作，配以简洁明了的文学语言，让读者有一种身临其境之感。更为难得的是，葛陶中老师结合自己的学艺过程，回忆师父顾景舟如何手把手地指导、苦口婆心地教导，真是让人感悟良多、感慨万千。近年来，徐风同志接二连三地推出紫砂文学作品，这一最新力作，徐风同志用文字做一把壶，妙手复原紫砂古法制壶技艺，将最典型的中国表情、中国精神、中国气质表达得淋漓尽致。

　　此时此刻，我想说的一句话是，徐风同志，紫砂人应当感激你，紫砂行业必须感谢你，用壶、赏壶之人也定会敬佩你。

自明中期以来，宜兴紫砂的手工制作技艺经过一代又一代艺人的不懈追求，形成了一整套行之有效的规范。2006年，宜兴紫砂被国务院列入首批国家级非物质文化遗产名录，也就是近年来大家津津乐道的"非遗"文化。其实，恕我直言，别说是业外，即使是端着这只饭碗的从业人员，也未必真解其意。一知半解、似懂非懂，其原因，既有宣传上的不到位，也有自身学习的不认真，以为一把紫砂壶就是"非遗"作品，但凡做壶人就都是"非遗"传承人。其实不然，做好了的紫砂壶，就是物质而不是非物质。唯有真正经过拜师学艺，能够熟练掌握传统制壶技艺（书中称为"古法制壶"），如葛陶中老师这样的一批做壶人，才称得上"非遗"传承人。因此，"非遗"对宜兴紫砂来说，就是一整套的紫砂壶制作工艺。《做壶》一书并没有对宜兴紫砂有关"非遗"的话题作相关表述，却对"非遗"紫砂的内涵作了最好的诠释，那就是《做壶》一书中，从泥料精选、锤炼、坯体手工成型，到几十乃至上百种工具的选材制作并熟练运用，从泥凳的因人选择、套缸的辅助作用到刀笔的艺术装饰、窑炉的高温烧成等一系列流程，这些流程，无不贯穿着人的心性与精神、气质与气息，称紫砂技法为"心法"可以说毫不为过。

时至今日，一整套让人赞叹不绝的紫砂壶制作技艺，成为宜兴紫砂的核心竞争能力；舍此，只能是忽悠消费者的把戏。对

"非遗"紫砂概念的模糊认识，也就是因为近年来不少从业者扛着"非遗"的大旗，却从事与"非遗"技艺格格不入的其他生产方式，还大声吆喝着全手工制作。这一现象让人不无担忧，所以有必要把混淆了的概念大声讲清楚、讲明白，让不堪重负的宜兴紫砂"非遗"文化品牌得以松绑，得以飞翔，从而走得更稳、更好、更远。

为此，建议正在做壶的或未来也想学做茶壶的，认认真真读读徐风同志的《做壶》。在这本书中，你不仅能清晰地感悟到葛陶中老师教你怎样静心做壶，更会深深地领略到顾景舟大师焚膏继晷、授艺育人的崇高风范。读一遍不行，就读第二遍、第三遍……直至你读懂、读通。总之，在壶途上迷惘困惑的你，读后定会茅塞顿开、大有收获，也定会明白做一把好的紫砂壶并不容易，当一名合格的紫砂传承人更不容易。

是的，纵观《做壶》一书，最显著的特征便是"真""善""美"三个字：真，即用最大的真诚还原紫砂艺术之真；善，即用最大的善意浇灌紫砂艺术之花；美，即用最恰当的文字抵达文学的高境。

《做壶》一书的问世，恰逢《无锡市宜兴紫砂保护条例》（以下简称《条例》）颁布15周年。回望来路、展望去路，我们深谙《条例》的宗旨是让宜兴紫砂规范有序地传承发展，而其核心却在于"保护"两字。保护什么？围绕宜兴紫砂传承发展的各个方面,《做壶》一书把该保护的内容都清清楚楚、明明白白地告诉了大家。那是为了让大众再度认识宜兴紫砂的人文价值。

壶为心声,手为根魂。

2022年4月22日

为陶瓷行业履职尽责

上苍赐予宜兴一块五色土，经千百年来历代陶工的智慧和巧手，把它培育成中国乃至世界陶艺百花园中的一个独特门类，把它抟造成中国乃至世界艺林中的瑰宝。改革开放以来，宜兴紫砂的从业人员较改革开放前增加了100多倍，紫砂经济的总量增长了3000多倍，成为富民一方的特色产业。尤其是那无与伦比的文化影响力，更是让紫砂成为陶都宜兴一张亮丽的城市名片。

宜兴紫砂行业经过了多年的传承发展，既取得了不小的成绩，也面临着不小的问题，因此要总结发展成功的经验，正视发展中的诸多问题。宜兴紫砂应该进入一个新的发展阶段，这是行业发展的必然要求，其重要性、紧迫性也毋庸置疑。

尽管紫砂业态发展良好，但泥料供给已难以为继；

尽管紫砂经济总体不错，但对财政贡献份额偏小；

尽管紫砂文化看似繁荣，但文化产业值支撑不高；

尽管紫砂人才不断涌现，但技艺队伍中良莠不齐；

尽管紫砂技艺传承有序，但图走捷径者大有人在；

尽管紫砂创新层出不穷，但经典之作仍寥若晨星；

尽管紫砂业界不缺榜样，但不为所动者依然很多；

尽管紫砂人能依法守规，但不诚信行为时有发生。

凡此种种，无不是紫砂行业发展中的隐患，我们常常沉醉于"主流是好的，问题在所难免"的感觉中，但千里之堤，往往毁于蚁穴，如不加以改进，必将会积重难返，自毁紫砂家园。

陶瓷行业协会是一个非营利性的社团组织，多年来竭尽全力为大家服务。我们始终认为，要使紫砂行业有序传承、健康发展，主要还须内因起作用，要使宜兴紫砂步入高质量发展的轨道，首先要实现紫砂队伍的高质量建设。

我已在多种场合呼吁：当前的宜兴紫砂，需要潜心传承、不走捷径的人，需要不断创新又能守正的人，需要不忘初心、能永远进取的人，需要艺德并举、以德为先的人，需要遵纪守法、不越底线的人。

这几年，宜兴紫砂取得了长足发展，技艺队伍庞大，经济总量猛增，文化活动频繁，作品展事连连，技能大赛不断，各项评奖多多，紫砂英才涌现，比任何时候都值得大书特书。但在我看来，是有"高原"而缺"高峰"，这也诚如习近平总书记2014年10

月15日在文艺工作座谈会上对文艺工作所作的整体评价和简明概括那样。宜兴紫砂的发展总体不错，近20年来，我们涌现出那么多的国家级大师、省级大师、省级名人、技能高手、制壶工匠、青年才俊。但从更高层面上来看，我们还是缺少具有时代水准、代表优秀传统工艺形象的高峰性作品。

"文章合为时而著，歌诗合为事而作。"一个时代的艺术繁荣的高度，最终取决于作品自身品质的高度，以及有没有与大时代相呼应的里程碑式的艺术品问世。明清时代、民国时代尚且有经典作品夺人眼球，难道盛世当今就不会有好作品问世吗？2013年，第七届陶文化节期间，我们就牵手市广电发动全社会，评出了供春、石瓢、仿古、掇球、鱼化龙、龙头八卦一捆竹、井栏、风卷葵、报春、提璧等10件经典紫砂器，旨在启迪当代紫砂人：他们亦能创造新时代的经典之作。宜兴紫砂的创作，不缺可供实践的题材，不缺宽松明快的环境，对于一个有抱负的紫砂艺人来说，这是一个千载难逢的历史机遇，生逢其时，大有可为，我们当不辜负时代的期待，躬耕劳作，不倦探索。

2016年5月17日，习近平总书记在哲学社会科学工作座谈会上说："这是一个需要理论而且一定能够产生理论的时代，这是一个需要思想而且一定能够产生思想的时代。"对于宜兴紫砂来说，这是需要精品且一定能够产生精品的时代，这是需要高质量发展且一定能够高质量发展的时代。

全行业都应积极响应并付诸行动，每个紫砂人，尤其是那些具有高级职称的国家级、省级大师，那些享有名人荣誉、在社会上具有影响力的艺术家，更应严格自律，带头呵护好紫砂这一我们共同的精神家园。

2022年7月20日

壶茶同行的友谊交往

2019年5月18日，宜兴紫砂壶韩国大展暨韩国地乳茶会20周年庆在首尔韩国文化馆隆重举行。本次展览，宜兴市陶瓷行业协会委托范家壶庄组织了150余名紫砂工艺师的750多件紫砂作品参展，这是宜兴紫砂壶国外展参展人数和参展作品数量最多的一次展览，在韩国引起了广大茶人、壶友和当地媒体的高度关注。

这次以"壶茶同行"为主题的展览上，举办了体现茶与壶本源性的一系列活动，茶与壶是我们生活中不可缺少的部分，茶与壶构成了人们生活中最为自然和最显人文的沟通方式，所以，这样的展览活动走进了韩国茶人、壶友的心田，也必然会引起较大的反响。

展览的成功举办，离不开策划人和主办方的精心筹备，离不开他们对中国茶和宜兴紫砂壶的热爱。朴贤先生和他带领的韩国地乳茶会一以贯之地推进中国茶与器的结合，本次展览是美的生活空间在韩国所作的又一次引领。我和朴贤先生相识15

年，从他创办韩国地乳茶会，到传播宜兴紫砂文化，他坚持以品牌来经营和推广，目前已在韩国设立60余家分店，"地乳"已成为韩国家喻户晓的品牌。多年来，他一直致力于中韩两国陶瓷文化的交流，不光牵头韩国陶瓷文化协会与宜兴市陶瓷行业协会缔结成为友好单位，还在宜兴市丁蜀镇西望村成立中韩陶瓷文化交流基地和中韩壶友会。每年，朴贤先生都会带着韩国壶友来宜兴举办交流活动，我们也多次组织紫砂工艺师赴韩参加展览。这种交流互鉴的方式，为中韩两国陶瓷发展提供了重要途径。他还积极牵线韩国企业家到宜兴投资创业，得到了宜兴市委、市政府的高度肯定，因此，他当之无愧地获得了"宜兴市荣誉市民"的称号。值此韩国地乳茶会成立20周年之际，我代表宜兴市陶瓷行业协会，向他们表示衷心的祝贺和诚挚的谢意，感谢他们对宜兴紫砂的厚爱，感谢他们为中韩陶瓷文化交流和经济发展作出的重大贡献。

茶寄托着人们对美好生活的向往，也是和人们生活结合得最为紧密的健康元素。朴贤先生说："茶，是大地的乳汁。"这是一句多么精确的评价。当茶的诸多功能被人们所认可，以茶为中心的各种演绎方式也就应运而生，如泡茶的各种器具，与茶相关的衣食、文学创作和文化空间，以及以茶为纽带融合各民族、各国家的文化交流与文明互鉴，等等。这些方式的存在，构成了茶体系的文化特征，成为茶文化发展的源流。

　　紫砂壶是器，是人类在漫长的劳动过程中的集体创造，是人类文明的结晶。紫砂壶以手艺和材质为本，以"泡茶最好方式"的器用价值跃然于茶文化及中国传统文化中，是道器统一哲学思想的重要载体。宜兴紫砂陶在中国陶瓷百花园中独树一帜，历来为人们所关注、所瞩目，改革开放以来，宜兴紫砂有了很大的发展，它既得益于时代，也归功于紫砂人的辛勤付出。

　　习近平主席在2019年亚洲文明对话大会上指出："亚洲各国山水相连、人文相亲，有着相似的历史境遇、相同的梦想追求……文明因多样而交流，因交流而互鉴，因互鉴而发展。"我想，朴贤先生也同样愿意和我一道，共举"壶茶同行"的文化旗帜，为中韩两国人民的友谊交往做更多的工作。

2019年6月10日

陶情壶缘话美林

写在韩美林先生被授予"宜兴市荣誉市民"称号之际

　　我这篇小文的题目，第一个字用"陶"，既有中国陶瓷的意思，更有陶都宜兴陶的含义；至于"壶"，那就很明白了，世界上只有一把紫砂壶，她的名字叫宜兴。

　　韩美林，他与陶都宜兴的"情"，和宜兴紫砂的"缘"，那是"杠杠的"，40多年了，从未中断，且日益浓厚，要不怎么会在这儿建韩美林紫砂艺术馆呢？

　　韩美林作为国际级的艺术大家，有关他的艺术成就，不说家喻户晓，也是人人皆知，无须赘言。但他和陶都宜兴的交往，我却有说不完的话头。

　　1978年，我从农村到周墅公社工交办工作不久，公社机关坐落在陶业重镇丁蜀镇，我也因此算是镇上人了。当时，丁蜀镇区里里外外集中了江苏宜兴陶瓷公司所属的几十家工厂。宜兴有着7300多年的制陶史，脉络延绵，从未中断。新中国成立后，迎来了宜兴陶瓷的恢复生产、加快发展。宜兴陶瓷门类齐全，在作为陶瓷古国、陶瓷大国的中国，其他产区的陶瓷门类根本无法和宜兴的相媲美。这里集中了以缸、坛、盆、瓮为代表的日用陶，以琉璃瓦、陶台陶凳、大型花瓶为代表的建筑园林陶，以耐酸泵、冶金耐火为代表的工业陶，尤其是以紫砂、均陶、青瓷、美彩陶、精陶为"五朵金花"的艺术陶，艺术之花竞相绽放，陶瓷产业活力奔涌。

20世纪70年代初，江苏宜兴陶瓷公司集中抽调各陶瓷厂的艺术骨干而创办的美术陶瓷厂，是众多老牌陶瓷企业的"小弟弟"，然而，就是这家被称为"小弟弟"的美陶厂，却是韩美林老师涉足宜兴陶瓷的第一站。那是1979年，他在美陶厂一蹲就是很长时间。美陶厂开发的产品是观赏陈设艺术陶，韩美林老师置身于厂里，以他的设计风格和艺术水平可谓如鱼得水，完全可以大显身手。于是，以各种釉色装饰的"美林虎""美林猴""美林羊"纷纷亮相市场，为陶艺玩家所争相竞购，即使是土生土长的宜兴城里人、丁山人，对这类陶艺作品也是喜闻乐见、爱不释手。至今，玩家以能有一件冠名"美林"的陶艺作品而自豪。

丁蜀镇地方不大，当时也就数十平方公里，这么多的陶瓷企业集中在一起，陶瓷人抬头不见低头见。丁山来了个韩美林，一下子为众多陶艺人所关注。美陶、紫砂、均陶、青瓷、精陶、彩陶的从业人员，以能够认识韩美林为乐事，于是，美林老师艺术才华的触角，很快就延伸到了各个门类的艺术陶瓷，其中尤以紫砂为甚。因此，紫砂工艺厂集中了一批工艺人才，如顾景舟、蒋蓉、徐汉棠、徐秀棠、吕尧臣、汪寅仙、周桂珍、顾绍培、鲍志强、毛国强、施小马、陈国良等等，一个个都是壶艺高手、陶刻巧手，这些紫砂艺人很快都成为韩美林老师的朋友。

陶瓷艺人惺惺相惜。虽然已进入了改革开放的年代，但计划经济的桎梏仍然禁锢着艺人们的精神世界，也影响到艺人们积极性的发挥。于是，美林老师便成了他们倾诉的对象，甚至谈到情深之处，美林老师竟和顾景舟先生相拥而泣。感情的交流，不仅使美林老师为他们设计了许多紫砂壶器型，更与他们成为终生的挚友。其中，由美林老师设计、顾景舟先生制作的"此乐提梁壶"和"雨露天星提梁壶"成为经典之作，在近几年的紫砂拍卖会上价格屡创新高。

韩美林老师多次举办个人艺术大展，在每次展览中，宜兴紫砂是从不缺位的。他在北京、杭州、银川的三个艺术馆我都到过，让我高兴的是，都陈列了不少宜兴紫砂壶。在多次的交往中，美林老师和宜兴的感情愈发加深。2009年，宜兴在中国美术馆举办"陶都风中国宜兴陶瓷艺术展"，美林老师不仅手书"陶都风"三个刚劲浑厚的大字作为展标呈现，还亲临展览开幕式表示祝贺。2013年，宜兴恢复举办中断了15年的陶瓷文化艺术节，美林老师又以"中国陶都，陶醉中国"的题词相赠。2015年，一代宗师、壶艺泰斗顾景舟百年诞辰，美林老师写了两幅"百年景舟"，以表对顾老的怀念之情。2016年9月3日，"涵墨壶韵鲍志强紫砂艺术作品展"在中国美术馆开幕,美林老师特地赶去祝贺。2018年2月28日,中国工艺美术大师汪寅仙先生因病逝世,远在美国的美林老师得知这一噩耗后,十分悲痛,回来后书写了"宿德显正"四个大字,叫他的学生王志刚捎来。后来他到宜兴,还专门去汪大师家问候,进门见到汪寅仙先生的遗像时,他立即伏地磕了三个响头,这就是重情重义的韩美林。2019年,适逢蒋蓉百年诞辰,美林老师又题写了"百年蒋蓉"相赠。同年6月20日,"紫砂九隽"在中国美术馆举办紫砂作品展览,美林老师在身体不适的情况下,依然从通州赶来鼓励、祝贺。22日,还把史小明等9位中青年紫砂陶艺家请到坐落在通州的韩美林艺术馆,和大家一起探讨紫砂造型的设计与装饰,临走时还书写了"紫砂九隽"四个大字相赠。这一切,作为一个亲历者,我深深感到,韩老师对陶都宜兴、对紫砂艺人是多么情深意长、厚爱有加。

顾景舟大师于1996年逝世。2015年,第八届中国·宜兴国际陶瓷文化艺术节举行之际,恰逢顾老百年诞辰,宜兴市政府在宜兴陶瓷博物馆主馆的南侧建立了顾景舟艺术馆,美林老师来参观过,他感受到了宜兴陶瓷、宜兴紫砂在改革开放以来的繁荣发展,十分欣喜。在不经意间,他提出要把他大量的陶瓷艺术、紫砂艺术设计手稿捐给宜兴陶瓷博物馆。我听到后,认为这是一个极好的消息,于是,积极向宜兴市委、市政府建言一定要抓住这个难得的机会，让韩老师的艺术能够永久落户宜兴。宜兴市委、市政府也极为重视，在陶瓷博物馆主馆的北侧，规划建设了韩美林紫砂艺术馆。在2019年12月21日"韩美林日"，韩美林紫砂艺术馆将举行开馆典礼，这又是宜兴陶瓷的一件盛事。同日，宜兴市人民政府将授予韩美林"宜兴市荣誉市民"称号。

宜兴陶瓷博物馆、中国紫砂博物馆主馆两侧，南有顾景舟艺术馆，北有韩美林紫砂艺术馆，两位杰出的艺术家，双峰并峙，让宜兴紫砂大为增色。此时此刻，我就在想：冥冥之中，顾老您是否知道，您生前心心相印的韩美林老师，他的紫砂艺术馆也建起来了，而且与您的艺术馆一左一右，南北对称，紧紧挨着宜兴陶瓷博物馆、中国紫砂博物馆主馆。在常年游客如云的宜兴陶瓷博物馆，参观者将可一饱眼福，世界各地来"朝拜"宜兴紫砂的人，又多了一处心中的艺术圣地。

2019年12月6日

耄耋芬芳

今天，十分感谢徐汉棠大师的热情邀请，我们共同欢聚在陶业重镇丁蜀，别说对于外地嘉宾，即使对于本地同人而言，这也是春节后的第一次相聚，为此大家十分高兴。

1985年5月，我和徐汉棠大师在上海虹口公园（现名鲁迅公园）举办的宜兴紫砂民间收藏展览会上相识，迄今已整整三十五年。三十五年来，我们共同目睹了宜兴紫砂的繁荣发展，亲历了紫砂行业的机制创新、文化引领、人才壮大、领军人物涌现。喜看丁蜀今日之陶业，今日之紫砂，五色土在续写奇迹，富贵土带来了真正的富贵。作为紫砂行业领军人物之一的徐汉棠大师，在年届九十的漫长岁月中，有着长达七十年的紫砂生涯。

近四十年来，他沐浴在改革开放的春风里，情寄紫砂，满腔热情，干劲倍增，传承经典，让经典熠熠生辉；他勤奋聪慧，锐意创新，数百个品种的茶壶、花盆将成为传世之作；他抟泥成器，虽未见满台锦玉，却质真若瑜，他的作品以小见大、探颐索隐，却殚思竭虑，彰显着人性的光辉。如今，他已是宜兴紫砂界最年长的紫砂大师，享有"中国工艺美术、中国陶瓷艺术"终身成就奖的荣誉。徐秀棠大师曾撰联相赠："景舟嫡传第一，徐门壶艺首领。"徐门紫砂，已成为百年传承未间断的紫砂世家。

阅历与学养造就了汉棠大师宽厚慈仁的襟怀，他的作品映照出超越历史人文价值的追求。他秉承师父辈承上启下、传艺育人的精神，至今桃李满园，芬芳四溢。他感恩时代、书写"富裕"，却不曾忘却世态艰窘；他创造财富、致富人生，却不曾漠视社会痛疾。2014年，他出资一千万元设立徐汉棠教育基金，至今仍是宜兴紫砂界的佳话，成为紫砂人的集体记忆。他身躯瘦小却格局宏大，成为一个大写的人，一个名副其实的"中国好人"。

宜兴紫砂，躬逢盛世，紫砂人遇上千载良机。在我看来，宜兴紫砂的繁荣昌盛，目前更多的还是紫砂物质的充盈，而精神层面的提升和丰盈还值得期待。宜兴紫砂的高质量发展，中国传统工艺美术、传统陶瓷艺术的持续繁荣，需要更多的精神标杆，汉棠大师无疑为我们呈现了良好的示范效应。

由衷感激汉棠大师这位九旬老人的深切情怀，使我们共同度过了一个愉快的夜晚！衷心祝愿大师心常宽、体常健、人常欢，艺术之树枝繁叶茂、庇荫后人。

致以深深的祝福！

2020年5月11日

情缘最深是青瓷
写在谈志坚同志从艺50周年之际

我曾用"丰富的陶土资源、悠久的制陶历史、庞大的陶瓷产业、灿烂的陶瓷文化、杰出的陶艺人才"这几句话,来概括宜兴能成为举世闻名的陶都的原因。这一说法当然立得住脚,但现在看来还不够全面,一个传统产业的传承发展,离不开每个时代情系行业、心无旁骛、义无反顾、孜孜以求的推动者。这中间,包括行业传承发展所需的各种人才,宜兴陶瓷业的传承发展同样如此。20世纪70年代初至今,长达50年的岁月中,谈志坚就是这样一位坚定不移地推动宜兴陶瓷,特别是宜兴青瓷传承发展的重要人物。

2013年,业内人士为出青瓷专著,约我写了《谈志坚的青瓷情怀》一文。那时的谈志坚,成功整合并加快发展了在20世纪90年代初由当时的宜兴紫砂工艺二厂与美国天山陶瓷有限公司合资合作的金帆陶瓷企业和由汤渡村与英国金鱼草合资合作的金鱼陶瓷有限公司,一度年销售接近5亿元,创下了宜兴日用陶生产单个企业的历史记录。在此基础上,谈志坚从2007年开始恢复他心系的、一度停产的宜兴碧玉青瓷品牌。再往前追溯，出生在宜兴杨巷镇农村的谈志坚，1970年17岁时就进入当时的国有企业宜兴青瓷厂工作（其间在南京化工学院陶瓷专业深造3年），把最美好的青春年华，无怨无悔地献给了宜兴的青瓷行业。1992年离开青瓷厂后，应我的邀请，来到镇村的合资企业工作。他骨子里实在是放不下毕生追求的专业——陶瓷，尤其放不下他情缘最深的宜兴青瓷。在合资陶瓷企业取得成功的基础上，重新拾起大家一致认为再无可能恢复生产的宜兴青瓷，经过一番努力，他又成功了。作为市陶瓷行业协会会长的我，除了敬佩就是感激，我能够做到的，除了为他摇旗呐喊，就是请市委、市政府表彰他。

当宜兴碧玉青瓷在他执着不懈的努力下得以恢复生产，可以和宜兴均陶、宜兴紫砂一样同为陶都争光添彩时，谈志坚毅然放下已有的成果，重起炉灶，以更灵活的机制、更远大的追求，打造"谈青窑艺"品牌。曾经辉煌一时的宜兴青瓷以日用品为主，而"谈青窑艺"以打造工艺品、艺术品为主。如今的"谈青窑艺"在生产上初具规模，在作品上更加亮眼。我时不时陪同客人去参观，"谈青窑艺"的作品无论是器型、釉色还是装饰，都会让我为之振奋，这里面无不倾注了他大量的心血。宜兴陶艺"五朵金花"之青瓷，依然光彩夺目。

作品是传承的载体。不见作品，谈何传承？没有作品，又谈何创新？宜兴青瓷的传承，在"谈志坚们"的努力下是成功的。在这里，我不再就一件件的青瓷作品作点评，耳听为虚，眼看为实，喜爱青瓷的诸君来"朝圣"宜兴紫砂的同时，不妨也去"谈青窑艺"看看，也许会有许多意想不到的收获。

历史的描写总是以一些适逢其事的人物为主，宜兴青瓷只是陶都庞大产业中的一个门类，而这一门类，如果没有"谈志坚们"这样执着地去追求、去实践，是很难再有传承发展的，或者说是谈志坚的个人背景和本能反应会在"天将降大任于是人"的特定关头产生不可逆转的影响。谈志坚很有个性，而这种个性恰恰反映在他对陶瓷事业的不懈追求和对宜兴青瓷的不倦情怀上。他终将不悔。

在我眼中，谈志坚既是一位懂专业的企业家，又是一位懂企业的陶艺家。岁月匆匆，时光易逝，一眨眼，谈志坚投身陶瓷、从艺陶业已经50周年了。他出生于1954年，今年66周岁了，终不消停的青瓷梦，如今可以用"老骥伏枥，志在千里"来形容了。

由衷希望谈志坚同志的艺术之树常青，衷心期待他将企业家精神继续发扬广大。

2020年7月6日

贰

昨天、今天和明天

陶二厂的昨天、今天和明天

　　沐浴着祖国改革开放的春风，江苏省宜兴紫砂工艺二厂创建于20世纪80年代，这是一家从无到有、从小到大、从弱到强的集体乡镇企业，曾经取得了辉煌的业绩。尽管后来顺应时代变化进行了改革改制，所有制形式和业态有了很大的变化，但是在宜兴紫砂史上留下了浓墨重彩之笔，为今日宜兴紫砂的繁荣发展奠定了坚实的基础，做了"第一个吃螃蟹的人"。

　　如今，丁蜀镇党委和政府花费巨额资金收回厂房土地，编制了打造传统工艺进一步提升发展、更加符合时代发展要求的陶二厂的宏伟规划，并付诸建设实施，目前已近完工。作为曾经在厂工作10年，参与紫砂工艺二厂创建、扩建历程的老人，抚今追昔，不禁感慨万千、思绪良多。成绩早已过去，荣誉激励未来。把紫砂工艺二厂发展壮大这一历程记录下来，尽管只是择其要者、简洁叙述，却也了却了一桩心愿，可供后人特别是二厂人，对这段历史进行寻考。

时代呼唤农民办厂

20世纪七八十年代，苏南社队工业已然崭露头角。农村各地纷纷谋划创办工业，以解决长期以来"以粮为纲、经济窘迫"的困扰。地处太湖西岸、丁蜀镇周围的宜兴县周墅人民公社虽然有了几家社办企业，如耐火器材厂、砖瓦厂、采石厂、建筑站、运输站，但大多是一些技术含量低、经营简单粗放的企业，仅能安排少数人就业。怎样在现有基础上有所发展提高，是公社党委政府日夜思考的问题。当时，我已在公社工交办工作，整天跟在领导们后面，深知他们为了发展工业而烦恼。周墅公社的二十几个大队，分布在丁蜀镇的东南西北，也就是在宜兴陶瓷工业的周围。地处黄龙山的台西大队，早已为陶瓷工业采矿供应陶瓷原料，其中也包括紫砂原料五色土。因此，大家讨论是否可以先办一个紫砂厂，招收周边农村的一些60年代从紫砂厂下放的手艺人，就地取材，就地加工利用，就地生产销售，以符合当时提倡办社队工业的指导思想。于是，说干就干，立即递交了办厂申请。当时，县政府的思想也比较开放，也没有太多的牵制条件，很快就收到了县计划委员会"关于同意创办宜兴县周墅紫砂工艺厂的批复"。

从潘家祠堂出发

陶瓷工业的生产并不简单，从泥料炼制到产品成型、窑炉烧成、出窑检验、入库包装，是一个全链条的过程。虽然拿到了批文，但要具体落实却困难重重。第一步是选址。鉴于当时公社财力有限，一下子要建一个新厂也并不容易。因此，考虑更多的是办厂能否成功，于是就借用周墅电子耐火厂的仓库，即现在的潘家祠堂，前后三进15间木结构房子，进行了一些试探性摸索。第二步是招工。筹备小组挨家挨户走访20世纪60年代从紫砂厂下放的人员，他们听说能办厂当然欣喜。于是，姜小根、范永良、邵新和、吴兰凤、董开生、刘卫大、许洪奇等24人被第一批招进工厂，着手紫砂生产的准备工作。第三步是确定原料来源。原料从何而来？直接去紫砂厂求援是肯定不可能的，更何况陶瓷公司也根本不会同意。于是，就由公社书记给县委书记打了电话，请求他出面找陶瓷公司领导批了一吨紫泥，从此开始了成型试生产。第四步是产品出路。窑炉烧成后怎么办？耐火厂有几条推板窑，但烧成工艺不同，需重新调试窑温（因耐火烧成温度高，紫砂烧成温度低）。让人高兴的是，第一批烧出来的茶壶、花盆就很好，产品直接送去向县委、县政府和镇江地区社队工业局报喜，领导们看了都说不错，表示要支持办好第一家社办的紫砂工艺厂。并且，由镇江地区农业银行解决贷款15万元，支持扩大生产。一些从大城市来的艺术家欣赏了我们厂刘卫大、吴同芬等人的作品后，还送了一面写着"农民陶艺家 巧工塑奇葩"的锦旗。这些，都极大地增强了周墅公社党委政府办好紫砂工艺厂的信心和决心。

在百家口蓬勃发展

周墅紫砂工艺厂挂牌于潘家祠堂，刚刚起步就产销两旺，使大家看到了希望。但接踵而来的，是几间厂房拥挤不堪、泥料无法自己加工、窑炉无法建造、希望进厂的农民兄弟众多等问题。公社党委顺应要求，着手商量扩厂事宜。记得那个晚上停电，大家在公社党委书记的办公室点着蜡烛，开了一次党委会，专门商量紫砂工艺厂的发展问题，我因一直参与此事而被叫去列席会议。我提出，地址应选在丁蜀大桥北塊的百家口，尽管经地质勘探，这一地块属流沙地基，地势低洼，易于受涝，选址这一地块将增加桩基成本，但鉴于其毗邻紫砂工艺厂，能做壶的农民又都住在附近，优势显而易见。最终，会议决定在此地建厂。第一期征地约60亩，打35立方米倒焰窑一座，建简易厂房4幢，并着手建造自己的原料车间，招收工人200多名。除了成型，也安排了刻字车间，因厂区正东面是农户住房，只能偏右开了一个竹篱笆大门供人员及车辆出入。但是，不知怎么回事，在厂的东南面河边，公社又安排运输站建了2层5间的小楼，这实在是一项缺乏远见的决策。虽然新厂区扩大了，倒焰窑也建成了，但一年多下来产销两旺的势头又远远不适应发展的要求，其中最为迫切的，是如何安排众多农民进厂就业；最为头痛的，还是资金问题如何解决。

其时，恰逢上海市花木公司派人来厂，要求订购大量紫砂花盆。但按我们当时的生产能力，难以满足需求。我参与了上海客人的接待，提出能否请他们先支持一些资金，让我们能够扩大生产能力，然后，逐年以产品的方式给以偿还，这在当时叫作"补偿贸易"。他们听了，觉得方法可行，可以考虑。日后，我和公社党委书记一起前往上海拜访，最后，愉快地签署了协议。很快，30万元汇进了厂里的专有账户。那时，尚没有招商引资一说。20世纪80年代初的30万元，已不是小数目，按当时的物价，可以做一些事情了。首先，还是要解决窑炉问题。因为，窑炉的吞吐量是决定陶瓷业生产能力和产品质量的关键所在。已建成的35立方米倒焰窑工艺落后、能耗大、产量低、成品质量差，在当时是不得已而为之，也是不争的事实。因此，经过多次探访陶瓷公司各生产厂家，发现建陶厂新建的52米隧道窑较为经济合理，公社党委立即决定仿造建设隧道窑。

1982年3月，公社党委决定派我到紫砂厂负责扩建，并从农机厂、耐火厂抽调人员组成专门班子。原来的班子由范仲华、朱小牛、唐祝和、范冬青等同志组成，感谢他们在企业初创阶段所付出的努力,他们五六十年代就担任了生产大队的领导干部,曾经带领社员不畏艰险、战天斗地,后来因年龄渐长,被组织上调到了社办企业当领导。现今,他们已经陆续过世,我十分怀念他们。

建造隧道窑涉及各类物资,机电设备十分紧张。一下子要建成隧道窑,简直是"癞蛤蟆想吃天鹅肉"的妄想。但是,功夫不负有心人,经过千方百计的努力,终于,1983年9月26日上午,一座崭新的52米隧道窑竣工,点火投产。从此,周墅紫砂工艺厂的发展步入了一个新的阶段。而我,也随即被厂里送去无锡干部学校学习(1982年,中央决定实行市管县;1983年宜兴县由镇江地区划归无锡市管辖)。回来后,便任副厂长,不久后就担任厂长。随着工厂规模的扩大、党员人数的激增,之后,我又兼任党总支书记,并与范永良、韦照洪、吴兰凤等同志组成新的领导班子,他们都很支持我的工作,也为二厂的发展贡献了他们的才智和年华,我非常感谢他们。

更名为宜兴紫砂工艺二厂

隧道窑建成后紫砂厂发展迅猛,尽管生产能力较倒焰窑扩大了好几倍,但产品市场需求仍旺盛,想要进厂的人更多,而且产品开始外贸出口。1984年,上海的许四海毅然放弃大城市的铁饭碗来到我们厂，特别是1985年紫砂工艺厂顾景舟的大弟子徐汉棠到来后，人才培养跨上了新的台阶。厂里很快成立了研究所，由徐汉棠当所长；各成型车间通过考核挑选，全厂几十名青年骨干脱颖而出，如后来成为省大师的徐元明等。由于开发了很多新品种，企业知名度一下子提高了。紧接着，1985年老厂往西新征了30多亩土地，又建了一座同样的隧道窑，并于同年9月23日点火投产。3年建2座隧道窑，这在宜兴陶瓷史上前所未有。同时，新建8幢成型车间，扩大原料车间，建设了能容纳600人的食堂和能停放几百辆自行车的车棚。

在这几年中，工厂规模逐渐扩大，基建年年不断，人员不断增加，产销量也逐年增长，企业知名度不断提升。其背后，是全体干部、员工的艰辛付出，几乎每天，科室干部都在为工厂的扩建出力流汗，上砖头、搬钢筋水泥、绿化厂区。看着工厂的变化，大家也很开心，仿佛有着使不完的劲。当年这批刚刚进厂的小伙子、小姑娘，现在都已年过六旬了，他们为自己在二厂的经历，定会永远感到自豪。

1985年春，周墅紫砂工艺厂携手上海滩的紫砂收藏家，在上海虹口公园举办了第一次展览。邀请了一批上海的书画家、文学家还有新闻记者参加，继而发起成立了上海紫砂协会，大家推举我为理事长，著名画家唐云先生被聘为名誉理事长，这在当时也是一件影响较大的事情——一个农民出身的企业厂长，居然去上海发起成立了紫砂协会，竟还当上了会长。也就是在这次上海展览会上，我认识了徐汉棠先生，为我们以后的携手埋下了伏笔。

彼时，一方面扩建生产，另一方面拆迁厂东面和北边的民房。徐汉棠老师联系苏州的冯祖栋先生，请来园林公司设计建造了现在的东大门，飞檐翘角的照壁、琉璃瓦的顶，并由宜兴日报社的盛畔松同志拜托时任浙江日报社社长、总编辑于冠西同志（宜兴人），请书坛泰斗沙孟海书写了"宜兴紫砂"4个大字，做成铜质大字镶嵌在汉白玉上，熠熠生辉，成为日后宜兴紫砂行业发展、紫砂文化繁荣的宣传通用广告字体。右进左出的厂大门，气势恢宏，十分美观，一派江南园林风格，至今仍不过时。这也为在1986年举办首届紫砂散文节，请来全国几十位知名作家增添了光彩。同年10月，还应上海豫园要求，送去了小型竹节茶具，供英国女王伊丽莎白二世来访时在豫园湖心亭喝茶所用。英国女王用紫砂壶喝茶的照片后来在《人民日报》《人民画报》上登载，至今影响广泛。

此时，我们已不甘心用原来的周墅紫砂工艺厂厂名。宜兴紫砂是个很响亮的名字，怎么会是周墅紫砂厂呢？人家懂吗？于是，我们打报告给县政府要求改名，尽管时任宜兴县县长薛锋同志批示同意，但还是费尽周折，直到排除了所有阻力，才拿到"关于同意更改厂名为'江苏省宜兴紫砂工艺二厂'的批复"。

随着企业声名鹊起，成为远近闻名的规模骨干乡镇企业，各种媒体采访的文章不断见诸报端。中央人民广播电台于1986年12月21日在早上六点半开播的《新闻和报纸摘要》节目中播出《办企业就要雄心壮志》的长篇通讯，并由著名播音员雅坤播送。著名作家艾煊先生的夫人、时任新华社高级记者古平同志采写并发表了《中年艰辛不寻常》的报道文章。作家章辰霄写了报告文学《意犹未尽再谱新曲》在《企业家》杂志登载。1987年3月，我应农牧渔业部之邀，赴北京参加全国乡镇企业家座谈会，还有薄一波（时任中顾委常务副主任）、费孝通（时任全国政协副主席）、何康（时任农牧渔业部部长）、朱镕基（时任国家经委副主任）等领导同志出席座谈会。同年8月，我被评为全国百名优秀农民企业家，并结识了杭州万向节厂的鲁冠球、天津大邱庄的禹作敏、江阴华西的吴仁宝、辽宁大扬集团的李桂连、吉林红嘴子农工商集团的卢志明等一批全国优秀乡镇企业家，还第一次和他们一起登上了天安门城楼。9月，在北京人民大会堂接受农牧渔业部何康部长颁发的荣誉证书，并受到时任中共中央政治局委员、中央书记处书记、国务院副总理田纪云等党和国家领导人的接见。就在这年，徐秀棠老师也来到二厂。为发挥其艺术专长，特投资50万元，花费5个月时间建造一座大楼，成立了雕塑分厂，任命徐秀棠为分厂厂长。当时，紫砂雕塑在台湾市场需求旺盛，搬进新大楼生产仅5个月，就盈利50多万元，因此，员工们都称这座大楼为"三五"牌大楼。此幢楼至今保存完好，36年后，经修旧如旧，仍然气势宏伟，不失江南建筑风范。短短几年，企业产销超千万元，利润、创汇双双超百万元，企业员工超千人，"华艺牌"紫砂系列产品荣获省优、部优，各种荣誉纷至沓来，最后二厂还被确定为全省15家"乡镇企业排头兵"之一。1991年，二厂被评为国家二级企业。我本人也享有市（县）乡（镇）两级的各种荣誉，被评为无锡市优秀厂长三连冠、无锡市劳动模范三连冠和江苏省劳动模范，受到时任省委书记韩培信、省长顾秀莲的亲切接见，并与其合影留念。

继许四海、徐汉棠、徐秀棠后，常州纺校老师刘华明也来到二厂，创作出以紫砂挂盘为载体的中国成语故事陶刻作品。在当时的环境下，这些艺术性较强且又雅俗共赏的紫砂作品，市场尚在呼唤之中，对刘华明老师，我至今十分缅怀。

为拓宽销售渠道、扩大企业影响力，紫砂工艺二厂还分别在上海、福州、扬州、无锡开设经营部，并于1987年由中国贸促会组团去美国参加中国商品展，我们带的展品最后让美国的世界珍藏贸易公司全部买走。此时，紫砂二厂的名声得到广泛传播。

1990年，为了整修进厂大道，获得更大的发展空间，我们还请当时的市委书记出面协调陶瓷公司，拆迁了紫砂工艺厂在百家口的6幢地势低洼的职工宿舍——一是可让居住在这里长期受水涝困扰的紫砂厂职工搬迁至新建的楼房，二是让紫砂二厂进厂大道宽16米、长300米的规划和厂房建设得到了完美实现。

当时,利用和引进外资是经济工作的重要任务。紫砂二厂于1990年与美国天山公司、英国金鱼草公司办起了两家合资企业,分别利用外资130万美元和60万英镑,同时申请到中国农业银行总行的"火炬计划"专项贷款1500万元,这在当时都不是小数目。这使后来的金帆、金鱼公司年销售额达近5亿元,至今没有一家日用陶企业能超越。

1990年8月21日,紫砂二厂携手中国工艺美术学会,在北京中国美术馆主办"迎亚运"宜兴紫砂工艺精品展,农业部办公厅为我们在人民大会堂举办展览的新闻发布会,著名宜兴籍画家尹瘦石先生题写了展标,党和国家领导人王任重、费孝通、周谷城、杨静仁、雷洁琼及农业部、外经贸部、轻工业总会、中国文联的领导同志出席了开幕式。下午,时任中央电视台台长杨伟光又带了一批中顾委的老领导来参观展览,并嘱咐央视多作宣传,首都各大媒体争相报道20余次。1991年,在香港中艺公司的支持下,紫砂二厂还去香港举办展览,新华社香港分社和华润公司的领导都到场祝贺。全国政协委员、香港著名实业家、紫砂收藏家罗桂祥先生请我们用餐,在香港锦锋公司的引见下,还有幸拜会了书名画家刘海粟夫妇。

1992年,台湾民族文化基金会邀请(艺人凌峰牵头)我和徐汉棠、徐秀棠兄弟赴宝岛台湾访问。最终徐氏兄弟如期访台,这是宜兴紫砂艺人首次赴台进行紫砂文化交流（顾景舟是1993年赴台的）。在台湾，他们受到了隆重的接待。之后，好多台湾文化人、紫砂客商陆续回访，成为一段佳话。鉴于徐秀棠先生对紫砂文化艺术的贡献，台湾方面授予他"全球中华文化艺术薪传奖"，他和影视演员成龙、舞蹈艺术家刀美兰一起领奖。

1992年4月份，我作为乡镇企业的代表由农业部提名，应邀参加全国人大法工委牵头召开的全国《税收征管法》的研讨会，会期一个礼拜，在人民大会堂召开，我大开了眼界，也提升了境界，结识了全国经济界、科技界、法律界、新闻界的一批朋友。其间，还应邀为《中国乡镇企业报》写了一篇稿子，回应当时全国乡镇企业家、南通电容器厂厂长缪康强被任命为市电工业管理局局长所引发的争论，题目为《缪康强现象众说纷纭，史俊棠书信感慨万千》，在头版头条登载。

1990年，二厂举办了厂庆10周年活动，评出了徐汉棠、徐秀棠、范永良、吴同芬等十大功臣。时任江苏省乡镇企业局局长梁鸿博特地赶来祝贺庆祝大会的召开。陶都影剧院座无虚席，千名员工自豪感溢于言表。

为了丰富建厂10周年庆祝活动，紫砂二厂与上海《文汇月刊》联合发起征文活动，围绕宜兴紫砂工艺的历史性、艺术性、美学性、学术性、文学性，发动全国作家（以上海为主，包括港台作家）投稿，在上海《文汇月刊》登载，截稿后组织专家评审，逐出各个奖项。由于文章较多，竟催生了一本题为《紫砂春秋》的专辑，由顾景舟先生题写书名，我和盛畔松同志主编，上海文汇出版社出版，成为改革开放后第一部紫砂文化专辑，受到业内外紫砂爱好者的一致好评。香港收藏家罗桂祥先生看到此书后，还特地给我写信，鼓励我要多做弘扬宜兴紫砂文化的工作。

这时的企业，可以说是到了发展的高峰。那时，企业社保尚未开启，紫砂二厂已经为在总厂的1000名职工办理了商业保险，虽然额度不高，却也是乡里企业第一家这样做的。

携手丁蜀职中，共图校企发展

紫砂二厂短短几年的发展，职工人数过千。说实话，20世纪80年代初，大部分农村孩子为初中生、农中生，其中少数高中生也逐渐被拔上管理岗位或送出去培训。假如师傅手把手教做紫砂壶，初中生甚至小学生勉强也可以，他们只想摆脱长期在农村的束缚，能在种田之余多挣点钱改变一下命运。所以，苏南的乡镇企业像雨后春笋一样涌现，能大量安置劳动力，但按照对人才的要求，绝对不合格。能否逐渐提高进厂人员的文化水平，已是我常在思考的问题：厂里可否办一所学校，专门培养学生到中等职业学校学习，为二厂输送新鲜血液？时任市教委分管职教工作的副主任周良才同志获悉后，特地来找我，说："史厂长，你办厂可以，但搞教育培训是我们的职能，你需要培养多少人，由我们丁蜀职中来招生，毕业生由你来安排进厂当工人，这样也可以节约许多培训经费，减轻你的工作压力。"我一听，还真划算，当即拍板：校企合作，共谋发展。

于是，在1989年，丁蜀职教史上第一个紫砂班——89紫砂班应运而生。这一班学生的录取分数线超出当年中专录取分数线，并高于普通高中的录取分数线。经过一年的努力，校企均认为，这种合作办学模式行之有效，且受社会欢迎。之后，又连续招了90紫砂班、91紫砂班、92紫砂班，并结合紫砂专业实施精准培训。学生毕业后，只要愿意，均可进二厂当职工。由于当时紫砂行业遇到了改革开放后前所未有的发展机遇，市场对产品需求旺盛，职中毕业后能进厂，再找师傅学做壶或陶刻，学生愿意，家长高兴，校企双方都得益，教育部门也很支持。所以，那几年丁蜀职中的紫砂班名声很响。同样，这种教育模式也引向了其他专业，使原来的那所周墅公社职业中学（1986年，周墅乡并入丁蜀镇后改名丁蜀职中，现已改名为陶都职业中专）一下有了很大的发展，各级职教部门开始关注这所学校，后来这所学校成为全国、全省有名的职业中学。几届紫砂班中，培养了像范泽锋、夏立、蒋瑞峰、蒋曙明等优秀的紫砂人。

可以说，宜兴紫砂工艺二厂不仅和美国、英国办起了像金帆、金鱼这样的中外合资企业，还推动了丁蜀职教事业的繁荣，尤其是陶都中专的快速发展。

建分厂，不忘致富农民

莫大的荣誉，是巨大的动力。此时，厂里已容纳不下仍然满腔热情、迫切要求进厂的农民兄弟。于是，我们顺势而为、乘势而上，经公社批准同意，在乡坯集中的西望、双桥两个村，各投资建造一个紫砂分厂。除原料统一供应外，其余成型、雕刻、烧成、窑炉等生产环节一应俱全，让农民兄弟就近进厂做紫砂。两座分厂很快拔地而起，整齐的厂房，崭新的推板窑及窑房，很受当地农民欢迎，仅2个月分厂就挤满员工。分厂产品由总厂统一负责销售，分厂负责生产质量。当时，这一模式被媒体称为"进厂不离乡，务工不误农"的创新模式，即进厂就是工人，回家就是农民，农闲时务工，农忙时务农，一度受到各级政府及乡镇工业主管部门的好评。真正利用当地的自然资源优势、人力资源优势和传统工艺优势，为集体致富、农民脱贫闯出了一条新路子，为当今宜兴紫砂的繁荣培养了大量的紫砂人才，这也是我致力发展紫砂产业、致富一方百姓的初心。

1992年5月，我被组织上调到丁蜀镇，先任党委副书记，后任镇长，离开了我朝夕相处10年的紫砂工艺二厂，离开了我寄情倾心的创业之地。从此，紫砂工艺二厂步入了一个新的阶段，集体化生产、经营的局面受到了冲击。后任的厂领导班子顺应历史的潮流，改革改制，划块承包，分散经营。此时此刻，作为一家小有名气的集体乡镇企业，紫砂工艺二厂终于完成了特定阶段的历史使命。当然，这也是当时苏南乡镇企业的一个发展缩影。然而，宜兴紫砂行业的发展却势不可挡，只不过机制不同而已。

作为乡镇集体企业的紫砂工艺二厂辉煌时期虽然短暂，但留给紫砂行业发展史的，却是浓墨重彩的一笔。

其命维新，精心打造陶二厂

《诗经·大雅·文王》云："周虽旧邦，其命维新。"代表着中国文化的精神，是中华民族不断创新、不断前进的思想源泉。我把其改为"二厂旧地，其命维新"。如今，丁蜀镇党委、镇政府肩负宜兴陶业发展提升的历史担当，在充分"吸收外来，面向未来"的高瞻远瞩下，花大本钱收回了整个厂房和土地，开始打造一个以景德镇"陶溪川"模式为参考的文化创意集散地，原来东部的8幢建筑，包括厂部办公楼、研究所、陈列室、雕塑分厂，一一修旧如旧，保持原有风貌不变，成为改革开放后乡镇紫砂生产发展的工业遗产。工厂的西部生产厂房大部分被推倒重建，按照实现建成文创中心远大目标的要求，新规划设计建造一批现代风格的艺术馆、经营性用房，并扩大了面积，且建造了可停放600辆汽车的地下停车场。整个规划区内道路通畅，功能齐全，设计新颖，充分留有节庆活动、文化交流活动的空间，并且打开了西大门，这样交通更便捷，进出更方便。目前，各项招商招租招展工作正在紧锣密鼓地进行，备受社会各界瞩目。

未来，一个欣欣向荣的陶文化中心

近几年来，党和国家对传统文化的挖掘、整理、弘扬十分重视。宜兴作为世界陶都，真正的陶业生产随着时代的变迁，几乎全部集中到了丁蜀地区。一是资源所在，二是工匠遍布，三是交通方便。丰富的陶土资源，悠久的制陶历史，庞大的陶瓷产业，杰出的陶艺人才，灿烂的陶瓷文化，让宜兴成为举世闻名的陶都，而真正的陶业却在丁蜀。

千年窑火生生不息，百代工匠繁衍不断，浓厚的陶文化愈发繁荣。这里既有上苍赐予的宝贵财富五色土，又有长期生产实践的艺人工匠们留下的精神财富，更有改革开放以来所积累的物质财富。特别是改革开放以来，我们步入了一个新的时代，陶业的经济属性已远远不及日益繁荣的文化属性。所以，当今这一代陶业人，理应继承好宝贵的文化遗产，在传承的基础上赋予宜兴陶业更多的创新和发展。在手工业制陶致富千家万户，从业人员过上由小康奔向富强光明大道的今天，引导业态向集约发展，向高端发展，是大家义不容辞的职责。"雄关漫道真如铁，而今迈步从头越。"喜看陶二厂现在的规划设计和秉持的理念，必然能将自身打造成陶都宜兴历史上从未有过的一个高端经济文化平台。这一平台将集大众智慧，聚各方力量，把分散于各处的文化珍珠串联成圈，引领全行业为社会继续作出贡献；亦将成为宜兴陶业促进贸易、促进文化交流、扩大对外交往的重要窗口，成为集聚各业精英、各路人才的重要载体。

我对紫砂工艺二厂有着深厚感情，曾经在厂工作10年的经历，已然成为人生一笔厚重的精神财富。但是，这一切都成了过去。2002年，市委、市政府批准成立陶瓷行业协会，我担任会长至今，为陶瓷紫砂行业的发展走南闯北、东奔西跑，并以此来服务这个行业，这与直接管理一家企业完全不同。我将老骥伏枥、不忘初心，虽不能做到笃志不息、砥砺前行，却仍将心为之神往、人为之前往，关心、关注并积极参与对陶二厂的打造和培育。

"从初只为溪山好。"相信在不久的将来，陶二厂一定能成为不是陶溪川而胜于陶溪川，且极具宜兴特质的陶都胜景。对此，我充满激情和信心。

是为记。

2023年11月8日

涉足国企

我出生于农村。1966年初中毕业时，"文革"刚刚开始，又在学校待了2年，直到1968年才回家种田。

因苏南地区乡镇企业（当时叫社队工业）起步较早，我所在的宜兴县周墅公社双桥大队（当时叫东方红大队）就办起了五金加工厂。1975年初，五金加工厂让我带一批小年轻（以下放的知青为主）去周铁区农机厂学习车、钳、刨、铣的技术，从那时开始，我接触了乡镇企业。学习还未结束，大队里就叫我回来，要我去跑供销，一跑就是3年，这段跑供销的经历是一段难得的历练，也是有所成就的3年。因此，刚过1978年元旦，周墅公社便抽调我到公社工交办工作，在工交办工作的4年半时间里，我的主要职责是参与上项目办新企业。1982年10月，我被派到当时的公社紫砂厂（宜兴紫砂工艺二厂前身）去负责扩建工作，第一顶52米的隧道窑建成后，我去无锡市干部学校参加了乡镇企业干部培训，回来后，就让我当了公社紫砂厂副厂长，之后任厂长兼党支部书记。这样，一直到1992年6月（1987年起，我曾连续三年获得当代中国百名优秀农民企业家，江苏省优秀乡镇企业家、江苏省劳动模范，无锡市优秀厂长、无锡市劳动模范等诸多殊荣），我被选任为丁蜀镇镇长、镇党委副书记。

1994年10月，我从丁蜀镇镇长的职位转至宜兴市计经委副主任之职，分管市属工业（当时，宜兴市的骨干工业企业基本上归属市计经委管理，但企业主要领导属市管干部，由市委、市政府任用），从那时起，我便开始正式接触国有企业了。当然，作为宜兴市计经委的分管领导，我的主要工作还是服务企业，协调企业与政府之间的关系。我真正进入国有企业，是在1996年6月，当时的市国有重点企业宜兴水泥厂生产经营陷入了困境，一时找不到合适的厂长人选，于是，市委、市政府决定由我带着计经委副主任之职去任厂长兼党委书记。

宜兴水泥厂是1958年创办的，在此办厂的原因有两点：一是水泥作为三大建筑材料（水泥、钢材、木材），原材料奇缺；二是看中厂边上青龙山的优质石灰石。当时的规模，也就年产10万吨水泥，是一条湿法生产线，后来慢慢地移交给地方了，一直属于宜兴县属重点企业。由于"青龙牌"水泥质量好，所以在市场上很有名气。在计划经济年代，水泥产品特别紧张，一律由国家实行计划分配，即便是当地的宜兴县政府，一年也只能分配到1万吨的计划，还舍不得用，要拿到上海去换钢材、玻璃等其他紧缺物资。20世纪80年代中后期，厂里经层层审批，建起一条25万吨级的干法生产线，作为当时全市十大工业项目之一，连同湿法线使年产量达到30万吨以上，但也并未完全解决市场压力。宜兴是个建材之乡，小石灰厂、小水泥厂不少，但都是机立窑，工艺较落后，产品质量较差，所以宜兴水泥厂生产的"青龙牌"水泥一直独占鳌头而十分抢手。

在计划物资确保供应、产品确保计划分配、计划劳动用工、工人低工资的情况下，企业的日子确实过得不错，职工福利也好于镇上的众多国有陶瓷企业。但是，随着改革开放的不断深入推进，乡镇企业加速崛起，计划商品逐渐放开并满足市场需求，这时候国有企业的弊端就逐渐显现：大锅饭、铁饭碗使得企业的机制越来越僵化，生产效率低，投入产出比低，生产成本越来越高，退休工人的负担越来越重（当时还没有社保一说），加上干法生产线的"胎里病"，一直毛病不断，生产事故频发，机修成本不断增加，而且很难达到设计的产量要求，以致企业渐渐陷入困境。更要命的是，企业运行机制僵化，计划经济思维形成定式，还指望着政府出手相助，花名册上1300人的工资月月要发，人浮于事，许多人没有活干，许多活没人干，正式工不愿干的活还要找临时工来做，不仅增加开支，也坏了风气。

我到厂里时，面临停电停水、煤场上没有煤、库料里没有料等问题，要命的是整个家属宿舍的水电全部连在工厂生产线上，要停电停水，首先受影响的是职工生活，这也使得我们无法下定决心。就这样，整个企业以病重的身躯在苟延残喘着。

怎么办？生产要维持，对外要保住市场，对内要稳定人心，归根结底是要激活机制，增强内生动力。着手减员增效，对冗余的人员进行精减，确保一线生产满员，二线三线裁员，这是内部改革的第一步，矛盾之激烈完全超出想象，许多岗位冗余的人员纷纷下岗拿生活费待业在家。第二步，加强生产线达产攻关，降低生产成本，千方百计地降低能源消耗，提高产品质量，这是保住企业生存的生命线，否则企业就只能关停了。在这期间，也做了两件重大的事情。一是剥离围绕企业的若干第三产业，引入市场竞争机制，让企业从高额的三产负担中得以放松。当然，这也影响了许多人的利益。二是想方设法让职工住宅的水电供应与生产脱离开来，让企业轻装，这又是利益上的较劲。总之，必须伤筋动骨，必须使人们长期以来置身于国有企业所形成的种种陈旧观念得以更新。企业面对的是市场，企业要在竞争中立住脚跟，企业只有挣到钱才能养活职工，舍此别无他法。

当我来水泥厂时，原属无锡市煤炭公司的任墅煤矿书记兼矿长施健生同志经市委同意，来担任水泥厂党委副书记兼副厂长，于是，我把生产运行、经营管理、财务等都交由他分管。后来，由于任墅煤矿水泥厂的原因，无锡市煤炭公司一再要求，并通过无锡市委组织部向宜兴要人，而时任无锡市经委主任李延人也捎来一封亲笔信要我支持，而且征求施健生本人意见，他也愿意回去。所以，我又面临重新选择助手的问题，最终我选择了丁蜀镇水泥厂厂长卢方麟同志。我看中卢方麟同志是位退伍军人，20世纪七八十年代他在原周墅公社电子耐火器材厂工作，90年代初在丁蜀镇工业公司工作，后来，在我任丁蜀镇镇长时，他调任丁蜀镇水泥厂厂长兼支部书记。我知道他的脾气个性，搞企业敢管善管，思路清晰，决策果断。另外，丁蜀镇水泥厂的石材开采也在市水泥厂同一片宕口，为了安全开采，经常要开协调会，这是一个很大的隐患。当我去丁蜀镇商量时，时任市委常委、丁蜀镇委书记张伯宏开口就说："你把厂一并带，这意味着宜兴水泥厂多一条机立窑生产线，但只能是一厂两制。"我爽快答应，也是考虑到彻底解决多年悬而未决的石材开采问题。

卢方麟同志来厂后，任党委副书记、副厂长，我仍把生产运行、经营管理、财务、劳资等交他分管，事实上，他来后工作上是十分努力的，尤其是机制改革这一块硬骨头，是他啃下来的。我在水泥厂工作了两年半，1998年12月底，调回计经委并兼任市属工业局局长，主要工作还是抓国有工业企业的改制。宜兴水泥厂则由卢方麟同志任厂长兼党委书记，应该说，他还是干得不错的。

如今，宜兴水泥厂已彻底关停，300多亩的厂址已用作商品房开发，几幢高楼已拔地而起，作为丁蜀镇老区向北延伸至新区的节点。著名商标"青龙牌"水泥，仍由一家企业在使用，设计年产量可达120万吨，这在原来国企经营时是无法想象的。

其实，我从乡间走来，1975年就涉足社队工业，到1994年离开丁蜀镇，近20年时间一直没有离开乡镇工业，但涉足国企这段经历，对我的人生来说，是十分精彩的，甚至是宝贵的，我难以忘怀。

2021年8月

我与陶都经济联合会

岁月不居，春秋代序。转眼间，由市科协批准、市民政局登记注册，于1988年11月设立的宜兴市陶都经济联合会已经成立三十周年了。

三十年，弹指一挥间。作为一个民间社团组织，一路走来，殊为不易。宜兴市陶都经济联合会首任会长是时任中共宜兴市委常委、丁蜀镇党委书记的刘湘根同志，那时，我在宜兴紫砂工艺二厂任厂长，到1993年第二次会员代表大会召开时，刘湘根同志已调任宜兴市人民政府市长，我也在丁蜀镇担任了镇长，史良才秘书长来找我，要我担任会长（当时对党政机关领导干部兼职社会团体职务没有政策限制）。考虑到联合会的特殊性，我欣然应允了。

我说的特殊性，是指当时丁蜀镇的政治格局情况特殊。三十年前的丁蜀镇，情况与现在大不相同，一个地方政府，除了镇党委，尚有国有大型企业宜兴陶瓷公司，省属的宜兴陶瓷研究所、宜兴陶瓷工业学校、宜兴陶瓷批发站、丁山监狱；有宜兴市属工业宜兴水泥厂、宜兴电子器件总厂；还有隶属于无锡市的白泥煤矿、川埠煤矿、任墅煤矿，这些都是党委级企事业单位，有的享有县团级行政级别。后来，又有中国气象局太湖疗养院、黑龙江农垦太湖疗养院、青海石油太湖疗养院的办事处（均为县团级建制）相继落户丁蜀镇。丁蜀镇各项工作的开展，都必须得到他们的配合和支持。为此，镇级层面除了党委和政府，另外还成立了有各个党委参与的精神文明建设委员会，以此来统揽中心工作，做好每年年终的各项荣誉评比表彰。

在这样的格局下，原陶瓷公司高级会计师史良才等发起成立了陶都经济联合会，旨在研究如何加强丁蜀镇范围内的各级各类企业的管理，陶都经济联合会属市科协核准的学术性社会团体。我记得，当时宜兴陶校的王锡盘、宜兴水泥厂的汪介凡等都是这方面的专业人士，再加上史良才本身学的是财会专业，因而但凡开会都是这方面的话题。当然，这些企事业单位的负责人均是联合会的副会长或常务理事、副秘书长。就这样，我的会长一当十年（第二、三两届）。在这期间，我也没有做什么值得大书特书的事情，比较有影响力的是出了一本《宜兴陶艺名人录》，也主要是史良才、吴六康等人的辛勤付出。这本书的影响力还是蛮大的，在推广发行上我们共同努力，取得了较好的成效。那个时候，还提倡党政机关和社会团体创办经济实体，给我印象最深的是段光生同志的南光燃气公司等企业曾挂靠联合会,1998年又有"陶都黄金屋"的挂靠,在之后的政策许可之下,才逐渐改制脱钩。丁蜀镇民主路南园商城开发后,我为联合会争取了两间办公用房,一直无偿使用。1994年10月,我调市计经委工作,名义上我还是会长,实际上却无暇顾及,主要由史良才、徐一飞等同志在操持会务,我只是每年主持一次年会,或是他们碰到一些问题找我出面协调一下。

2003年第四次会员大会召开后,我便不再担任联合会会长职务。我于2002年7月起担任宜兴市陶瓷行业协会会长,当时,我提出是否把联合会的牌子与市陶协的挂在一起,便于相互配合、相互支持、开展工作,但没有得到批准。在我之后,由史良才同志接任联合会会长,他们"封"我为顾问至今,并请已从无锡市人大常委会副主任任上退休的刘湘根同志任名誉会长。依靠宝山耐火厂等单位的支持,继续开展联合会的工作。值得一提的是,史良才同志已经七十多岁,仍然充满热情地工作,钱杏南、禹初明等同志乐此不疲,甘于奉献,为联合会的会务四处奔走。至于一开始定位于企业管理的学术性质,事实上也难以做到,一些建会初期的老同志如张孟骏、马坤根、汪介凡等已相继离世。之后,联合会也陆续发展了一些新会员,大多是民营企业、个体私营业主,把他们联络起来,搞一些茶文化、紫砂文化方面的活动,联合会就这样顽强地生存下来,每年年终还是热热闹闹地开年会,有时我也应邀前去参加。

　　时间过得真快，不知不觉间，陶都经济联合会已经走过了三十年的历程。今年，联合会要搞三十年庆典，我认为很有必要，大家一起来回望来路、展望去路。在此，一是表示祝贺，二是因没有为联合会做什么事情而表示歉意，三是期望联合会在新时期新的征程上能有新的作为。要秉承建会时的宗旨，不忘初心、牢记使命，努力为会员企业做好服务工作，让陶都经济联合会不仅继续存在，还要继续发挥作用。

2018年4月8日

母校情深

1950年8月，我出生于位于太湖边原周墅乡的双桥村。我自幼生活在农村，1957年上学，因本村只有初级小学，1961年又到邻近的定化小学读高小，1963年考取丁蜀中学，于1966年上半年初中毕业，这也是我在校读书的"最高学府"和"最高学历"。尽管之后在工作岗位上参加过如无锡干校、江苏省委党校等多种培训班，但在我的履历表上，始终填写的是丁蜀中学初中毕业。

转眼间，我已过古稀之年。几十年的工作经历，不管是回乡种田也好，还是办乡镇企业也好，不管是从政也好，还是从事行业协会工作也好，不管是名也好，还是利也好，都已成为过眼烟云。但是，无论何时何地，母校丁中永远在我的心中。不仅我本人，我的女婿吴烜（1996年高中毕业）、女儿史一星（1997年高中毕业），也是由丁中培育而考上大学、走向社会。我由于起初在原周墅公社工作，后来先后在宜兴紫砂工艺二厂、丁蜀镇政府、宜兴市级机关部门工作，因此一直没有离开宜兴，也始终没有远离母校。我也曾在力所能及的范围内为母校做过一些事情，心里颇感欣慰，但总觉意犹未尽，总想还要为母校做点什么。

今年，是我从丁中初中毕业55周年。由于我长期为宜兴陶瓷行业、紫砂行业服务，所以萌发了给母校设立一个"弘陶馆"的心念，几经张罗，共捐赠55把紫砂作品，最终"大功告成"。我把赠我紫砂作品的朋友们的一片深情一并带给母校，他们中间许多人也是丁中的学子。感谢母校顾洪亮校长接受我的捐赠，今后还将长期麻烦学校悉心保管这些陶艺"生灵"，将它们安顿在母校的某几间房屋内，一可丰富学校的陶文化、紫砂文化，二可让后来的师生们记住一位校友的赤诚之心。

宜兴的陶瓷、紫砂还将生生不息地传承发展，母校丁中也将继续前行，也许我的所为会起到抛砖引玉的作用，让更多的陶艺人、校友及社会各界来关心学校的陶文化建设，关心学校的发展，如此，吾心足矣！

1966届丁中初三（3）班学生史俊棠

2021年6月

丁中记事

写在母校80周年校庆之际

　　岁月匆匆，时光如白驹过隙。不知不觉间，离开母校丁中已经50多年了，然而，往事并不如烟，记忆的闸门一旦打开，那些过往的细节便如潮水一般涌来，仿佛历历在目、触手可及。

　　我家在丁蜀镇东太湖边上的双桥村，当时隶属于宜兴县周墅公社。初小四年，我是在本村小学读完的；而高小两年，就只能到离家三四里路远的定化小学去读。1963年，高小毕业考初中，当时作为中心小学的定化小学，这一年仅有2名学生考取初中，即张赛荣和我。记得当年被录取的初中生，全部在丁蜀中学大门口张榜公布，名单上公布的，除了200多名正取生，还有若干名备取生，可见，当时进中学念书是多么的不容易。不久后，丁蜀镇办起了劳动中学，周边许多农村也相继办起了农中，这样，能进中学读书的人才逐渐多了起来。

　　丁蜀中学设初中和高中，也算是丁蜀镇上的"最高学府"了。我们进校时，初一设5个班，我被分在3班，一个班约40人，大部分是家住镇上的走读生，我们几个从农村来的被安排住宿，故称寄宿生。因为来自农村，家中困难，初一年级我就享受了每月4.5元（乙级）的助学金，那时食堂蒸饭，饭菜也简单。一个宿舍10多个学生，虽拥挤但感觉温暖。我每两个礼拜回一趟家，每次返校时，一罐子咸菜是少不了的，否则，靠4.5元的助学金，一个月也是难以生活的。初一年级的班主任是吴再清，是一位挺较真的地理老师，对学生也很是严肃。我在班上个子矮小，成绩一般，一个学年熬下来，我总惦记着家中收入少，父亲身体又不好，老犯腰痛病，不能干活。那时候的收入全靠工分，父亲虽是生产队队长，但也不脱产，年终必须凭工分结账。我有一个弟弟和两个妹妹，还要供养祖母，所以，整天思考着如何挣工分，为父母减轻负担，到了初二开学的时候，就不想再读书了。父亲与丁中的几位老师熟悉（因当时学校厕所的大粪归我们生产队），他们听说后，极力来做我父亲的工作，说一定不能让我辍学。我祖母获悉后，就拼命搓草绳卖，凑钱给我，供我去上学，我去报名时，学校已经开学，并已上过两天课了。

初二时，班主任换成了数学老师汪兴，他年纪轻，和学生较为亲近，但脾气也很火爆。上数学课时，每每遇到不认真听讲、低头做小动作的学生，他会用粉笔头丢过去，对成绩上不去的也会大声训斥，硬是把一口软绵绵的苏州吴语变得十分生硬。我曾经认为，他知道我有过辍学的想法，以为他对我抱有偏见，其实，这个想法完全是多余的，有哪位老师不希望自己的学生好呢？初二年级，我的助学金上升到6元（甲级）一个月，大概学校知道我家中确实比较困难。

当时的丁中，既有路川生、史端生、梅宏这样的体育教师，也有季永祥这样的音乐教师；既有羊峰、吴福环、周定一这样的数理化教师，也有钱孝娟、朱瑞芬、潘文浩这样的历史、语文教师；既有任以炳、吴震球、吴汝琏这样一批年纪较大的教师，也有钟士模、夏听海、路继斌、李荫棠、余寿松、袁锡林、汪兴、史观这样一批生龙活虎的年轻教师。在我的印象中，这些老师德行品好、学识丰博、尽心敬业、善教有方。

1963年，我们进校时的校长是袁亭，到1964年不知什么原因他被调走了，接任的是蒋甲生副校长，由他主持工作。后来，又来了一位韩亭凯当校长，两位教导主任分别是施雄度、尹九初，一直没有变动。那时的学校，除了数理化、语文、英语，还有体育课、音乐课，令我记忆犹新的是劳动课，由吴汝琏老师带着我们，到有龙窑的地方去捡缸爿和破掇罐，用板车拉回学校，用缸爿铺进校的道路，在吴老师的指导下，用了不长的时间，就铺筑了一条挺括的校区主干道，当时成为一道亮丽的风景线。那时，很少看到汽车，偶尔有几辆自行车进出，故而这条缸爿路一直保护得很好。校区北面的围墙原来是竹篱笆的，后来改用破掇罐一段一段地重新筑起来，经过很长时间的修筑，原来的竹篱笆全部换成了别有风味且独具陶都特色的掇罐围墙。这样的围墙，一直保持到20世纪80年代末期。当时，我在宜兴紫砂工艺二厂当厂长，在一次校企合作的座谈会上，我表示愿意资助一些资金，把破残的掇罐围墙改成用砖头筑砌的新围墙，也算我这个曾经的学子为母校所作的小小的贡献。

初三时的班主任是语文教师朱瑞芬（96岁高龄，至今健在，去年我还到她家中去看望她）。眼看就要初中毕业考高中，朱老师对学生的学习抓得非常严格。我们这一届初中有5个班，能够一较高下的，只有到中考这一环了，那个时候学习主要在课堂上，包括夜自修，为此，同学们也都紧张起来了。那时的升学率不像现在这么高，但既然好不容易读完了初中，何尝不想考上高中呢？到了1966年四五月份，初三课程均已学完，学校开始布置总复习，高三的迎接高考，初三的迎接中考，大家摩拳擦掌，跃跃欲试。谁能想到，"文化大革命"的到来使继续升学读书最终成了泡影。

"文革"风暴，首先闯进的是学校，当然是先到城市里的大学，再到县城里的中学。丁蜀镇虽不是县城，但丁中属于完中。一阵阵风暴刮进学校，校园顿时不再安静。1966年下半年，全国的学校掀起了"革命大串联"热潮，中学生、毛头小伙子，从未出过什么远门，一下子热情高涨，三五成群，也有由老师陪同的，上首都北京到天安门城楼接受检阅。这当然是第一选择，因是秋冬季了，北上太寒冷，于是，我们去了一趟南京后，就回校重新组织一下往南方去。当时，国家的交通运输能力有限，再加上学生的经费也很少，于是，就提出徒步串联，重走长征路。我们一行6人在钱铣钧老师的带领下，先徒步到杭州，以返程的名义用回南京的车票跟别人交换，就这样，从杭州到福州，再从福州到广州，在广州过完1967年春节，年初二就从广州乘轮船到海南的海口。

不料，我自广州上船就开始头昏，本以为是海浪大，有点晕船，后来高烧不退，躺在轮船的医务室不能动弹。船到海口时，竟有救护车来接我，一直把我送到海口第一人民医院急诊室。经医生检查，说是患上了急性脑膜炎，立即安排住进病房，是传染病，必须隔离。

就这样，一住就是10多天，同学们自轮船码头分手后也不知又到了何处，几天后才来医院探望我，而且每人戴了一个大口罩。一个17岁的小孩，已出门一个多月了，又离家乡那么远，如今住在医院里，头痛症状持续多天，怎么能不害怕呢？好在有人照顾，住院治疗、吃饭都不用花钱，还在病房里结识了一位同龄朋友，他是海口人，他母亲在照顾他的同时也照顾着我。

直到病愈出院，从海口到海安、徐闻、湛江，坐火车到衡阳，再到上海，上海乘轮船至无锡，无锡到宜兴蜀山，一路辗转到家，真是急坏了家中父母亲、老祖母，也急坏了丁中领导。

据说，校长韩亭凯还过问了这件事，这在我的人生经历中，可以说是有点传奇色彩了，现在想想都十分害怕。

回到丁蜀镇后，继续在学校里"混"，当时形势也不明朗，作为一个正准备考高中的初中毕业生，一直对自己的前途抱有一线希望，说不定什么时候一个通知下来就可以考试了。事实上，这是一种奢望。

时间很快到了1968年春天，眼看考高中无望，我父亲来学校帮我收拾行李，说："儿子啊，回家吧，继续在学校这么闹下去，什么时候才能完？农村虽苦，毕竟还有地可种。"就这样，我结束了丁中的岁月。50多年来，我始终生活、工作在丁蜀镇，至今仍服务于宜兴陶瓷行业。同学偶有聚会，尚健在的老师时有见面，也目睹着丁中的巨大变化，校庆70周年时还应邀参加了活动。近两年，又在手机里建了一个"6633"〔66年初三（3）班〕微信群，都是爷爷奶奶、外公外婆辈的人了，偶尔也相互问候一下。

这一辈子，我以能进丁中读书而感到自豪，尽管踏上工作岗位后，曾经被组织上安排参加无锡市干部学校、江苏省委党校的培训学习，更多次参加各种培训班，但是，这些都无法和我在丁中的几年读书岁月相提并论。在我所有的履历表上文化程度一栏，我始终填写的是宜兴丁蜀中学初中。丁中这段读书生活经历，是我永远抹不掉的记忆。何况，我的弟弟、妻弟、我的女儿、女婿都就读于丁中。

　　谨以此文，献给丁中80周年校庆，祝母校在教书育人上能取得更大的成绩，期望90周年校庆、百年校庆时，母校能呈现出更加崭新的面貌。

2018年9月10日教师节

致我亲爱的母校

在丁中80周年校庆上的发言

亲爱的母校丁中, 亲爱的老师们、学长学弟们:

大家好!

母校丁中诞生于1938年, 属虎, 大我一轮, 今天我们相聚一堂, 祝贺她80岁生日。

我叫史俊棠, 1950年出生, 是1966年初中毕业的"老三届"。"老三届"有着非同一般的经历, 这经历对我们来说, 是刻骨铭心、终生难忘的。

新中国成立以来, 已有几十届的毕业生, 但从来没有哪一届像"老三届"那样被常常提及。当这批人在20世纪60年代升入初中或高中时, 谁也没有料到, "老三届"的称谓将从此伴随终生。它几乎成了一张全国通用的"身份证", 不管走到哪里, 都可以凭借它最简略地介绍自己的经历。新中国成立以来, 也没有哪一代青年像"老三届"那样, 具有如此强烈的特点, 他们的理想、价值观和生存方式, 也反复出现在各类文学艺术作品中, 成为永不衰竭的主题。

　　"老三届"这代人，在饥饿穷苦时出生，在曲折困难中成长，在富裕幸福时年老。这一代人承受得太多，他们没有老一辈的辉煌，也没有新一代的潇洒，有的只是承上启下的责任，这是历史锻铸的印记，但这代人面对种种磨难和艰辛，一路走来，却很少抱怨或哀叹，只有平静的述说。

　　1963年，我从农村小学考入丁中，1966年初中毕业，怀着美好的理想迎考高中，却因"文革"而作罢。在校"混"到1968年春天，眼看升学无望，不得不卷起铺盖回到农村家中。自此开始，种过田，搞过民兵训练，排演过样板戏，开过拖拉机，进村办企业当过供销员。1978年，被选调到当时的周墅公社工交办，参与多个社办企业的创建，最后定位在紫砂工艺二厂，从副厂长到厂长兼书记。1988年，到南京接受顾秀莲省长签发的省劳动模范证书，在此之前的1987年9月，还去北京人民大会堂接受田纪云副总理出席的全国百名优秀农民企业家表彰大会，并从农业部何康部长手里接过荣誉证书。又过了5年，组织上让我担任丁蜀镇镇长，之后到市计经委任副主任，还兼任过宜兴水泥厂厂长、党委书记，后又担任市属工业局局长。2002年6月，我回到丁蜀，兼任宜兴陶瓷公司党委副书记、副总经理，同时成立宜兴市陶瓷行业协会并担任会长至今。自1987年我任第八届市政协委员至今，连续八届当选政协委员、人大代表，其间还当过省人大代表。

　　1950年出生的我，老骥伏枥，不忘初心，仍然服务于陶都宜兴乃至江苏、全国的陶瓷行业。可以说，40年来，我一直在为陶都宜兴唱赞歌，亦为宜兴的陶业鼓与呼。在我即将满70年的人生旅程中，在丁中读书的时光不足5年，但这5年我永远难以忘怀。在我的眼里，丁中当时一排排平房教室，远胜当下的高楼大厦，食堂里简单的饭菜远胜今天的山珍海味，十几个人挤于一室的学生宿舍远胜现在的五星级宾馆。在我的记忆中，当时的数理化、语文、历史、地理、体育、音乐、美术的任课老师们，甚至从传达室的华春芳到食堂的宋细苟师傅，等等，他们的德行是多么美好，学识是多么丰博，他们尽心敬业、善教有方。这些老师有的已经离开了我们，有的在安享晚年，他们永远值得我们致敬。

　　宜兴是陶都，陶业在丁蜀。在漫长的陶业史中，新中国成立后，宜兴陶业迎来新生，而改革开放40年来，宜兴陶业更是遇到了春天。在体制机制不断创新的过程中，百名陶艺大师脱颖而出，千家陶瓷企业产销两旺，万个紫砂家庭作坊各具特色，成为丁蜀地区10多万人民最可靠的生活保障和致富路径。在坚持文化的引领下，宜兴紫砂和宜兴均陶的制作技艺都成为国家级非物质文化遗产。如今，宜兴陶瓷、宜兴紫砂的文化属性远远高于经济属性，成为宜兴城市金色的名片而无以替代；我们始终坚持人才培养，使宜兴的陶艺人才队伍日益壮大，人才结构日趋合理，领军人物的作用愈发明显（截至2017年底，宜兴陶艺队伍中享有各级各类技术职称达7128人，其中高级440人，含研高110名，中级779名，助工2404名，技术员3501名，更有数以万计的陶艺从业人员）。母校丁中、丁职中、丁山成校等为陶瓷产业的发展输送了大量的人才，作出了很大的贡献。

2016年11月，住建部把丁蜀镇列为全国首批特色镇进行培育。特色镇之特色，在于特色产业和特色文化，这方面，丁蜀镇有着无与伦比的优势，即陶瓷产业和陶瓷文化。陶瓷文化承载着丁蜀的历史，展示着丁蜀的风貌，凝聚着丁蜀的精神。文化自信是最基本、最深层、最持久的力量，我们将始终秉承以陶瓷文化引领陶瓷产业的发展，以陶瓷产业促进陶瓷文化的繁荣。这一切，都需要大量高素质的人才，因此，母校丁中仍将担当振兴丁蜀陶业所需的人才培养使命，任重道远。

校友们、同学们，和你们相比，我们"老三届"读书不多，因此在报效祖国、贡献社会方面也成就不大。而1966年之前的学长和1977年恢复高考后的学弟中，许多校友学业有成，事业上有建树，你们是丁中的骄傲，也是我们的骄傲。许多校友为母校丁中的发展作出了重大贡献，像亨鑫公司、远航集团的现任负责人，还有我比较了解的陶瓷行业拜富公司董事长范盘华，尤其是深圳康哲药业股份有限公司总裁、1985年高中毕业的校友陈洪兵同志，他已多次为母校捐款，今天再次慷慨解囊，支持母校的教育事业，他是我非常敬佩的事业成功的优秀企业家、丁中的杰出校友。为此，应该向你们致敬。当然，支持母校的人很多，其中有我们陶艺大师徐汉棠捐出1000万元，成立宜兴市首个以个人名字命名的教育基金，也有季益顺大师、范伟群大师、范泽锋大师等为丁中捐款助教，我也要为他们点赞。今天，我要呼吁更多的陶瓷企业和陶艺家关注、关心并支持丁中教育事业的发展，让这种崇教精神能在陶瓷企业和陶艺队伍中发扬光大。

离校50多年来，我始终心系母校。工作50年来，我填过无数履历表，在文化程度一栏，我始终填的是初中。尽管工作后多次参加省、市党校培训，也有很多机会攻读大专甚至本科并拿下文凭，但我没有，丁中所给我的一切享用不尽。几十年后，当我站在英国伦敦大学和大英博物馆的讲坛上，作关于宜兴紫砂文化的演讲时，当我分别于2007年、2012年、2017年出版散文集《永远的陶都》《唱响陶都》《守望陶都》时，我感受最深的便是，丁中给我的精神滋养无穷无尽，丁中对我的教育培养令我受益终生。今年6月，我去俄罗斯参加陶艺文化交流，还能和人家说两句"哈拉莎、喔亲啊拉莎、司伯细伯、年司打依脱"。因此，我始终感激丁中，何况我的弟弟、妻弟、妻妹、堂弟，我的女儿、女婿都曾就读于丁中。我的女婿吴烜，就是于1996年在丁中高中毕业后考取东南大学微电子专业的，他一直读到博士生毕业。目前，他在南京美辰微电子有限公司从事芯片的技术开发与管理，他也应邀前来参加本次校庆活动。我的外甥女周恩娜现在丁中当英语老师。他们都是我辈血脉里流淌着的血液，因此，和母校丁中永远有割不断的联系。

今天，我们相聚母校丁中，共同庆贺母校80周年华诞，非常感谢，来了那么多的领导，我和大家一样高兴，能见到这么多的老师和校友，心情尤为激动。爱国诗人屈原在《离骚》中说："日月忽其不淹兮，春与秋其代序。"我们期望丁中90周年，甚至百年校庆时能够再相聚。未来，丁中将伴随着丁蜀镇乃至宜兴市经济社会的高质量发展而更加兴旺。到那时，我们虽已年老，但母校丁中定会更加亮丽、更加丰饶、更加动人。

谢谢！

1966届宜兴市丁蜀中学初中毕业生史俊棠

2018年11月3日

昔日大中街 今朝更亮丽

在2019年丁蜀镇的诸多实事工程中，最为人们所津津乐道的是青龙山公园的打造，除此之外，大中街的改造，也是一大亮丽手笔，同样值得骄傲。

改造后的大中街，长宽依旧，却面貌全新，既保持了原来的格局，又充分彰显出历史文化名镇的特色，整洁文明是其最大的亮点，整齐划一的石条街面，沿河渐次展开的花坛及栏杆，粉刷一新的建筑物，再次重建的大木桥，无不让人眼前一亮而顿觉心情舒畅。按照镇政府对整个大中街特色商业形态的安排，倘若不是一场突如其来的疫情，2020年的春节，大中街一定能大放异彩，也一定会吸引无数市民来走一走、看一看。

我自小生活在农村，而外婆家、几个姨娘家，还有姑妈家都在丁蜀镇西北的汤渡，因而打小跟着父母去汤渡走亲访友，必须先从双桥村到蜀山，穿过丁山街，再往汤渡去。在我的印象中，真正让我有街的感觉的，便是丁山大中街，而大人们嘴里所讲的"上街去一趟"，或者说"到街上去"，大致也就是说的这条大中街。

1963年，我进丁蜀中学读书，出校门右转弯，经过米厂、粮管所、运输站、老轮船码头、搬运站、丁山影剧院、五金厂，穿过东贤路，就踏上了颇为繁华的大中街。大中街并不长，从东贤路至中央楼浴室，也就两百步；然而，这段不长的街道却热闹非凡、生机盎然。当时的大中街，两边都有店面，五金店、百货店、土杂商店、布店、饭馆、面店、理发店、浴室一应俱全。画溪河、白宕河交汇后顺流而下的丁山大河沿街而过，大木桥在大中街中段，是大中街最热闹的地段，桥北堍全是商店，桥南面东边是曹氏伤科、张伯仁医所，西边是邓氏中医寓所。大中街北边的店铺后面居住着老丁山的"原住民"，居住人口相当稠密，而大中街过桥往南，东有正新陶瓷厂，西有东风陶瓷厂。

我初中毕业后回家种地的那几年，曾多次一早挑着自留地上种的瓜果蔬菜到大中街上叫卖，位置当属大木桥北堍最佳，碰到运气好，一早就卖空，我就会买根油条，夹着麻糕，边吃边走着回家。有时候，也会卖不动，只能连连降价，争取早点卖空可尽早回家。在我回乡务农后，时常会摇着小木船来丁山街上装载粪肥，把船靠在码头，上街吃饱午饭，再摇着粪船回家。

1978年，我在周墅公社工交办工作时，因办公地址在现在的万安路，即原来的小圩村，几乎每天都要过大木桥到大中街。所以，大中街给我留下了极为深刻的印象，甚至几十家店面卖什么，营业员是什么面容，至今依然记忆犹新。比如，北街面的高森林铜匠铺、成鼎隆南货店、中药铺、秤店，大木桥北塊西的日夜商店，直对面的肉墩头、土杂商店，即使是闻名遐迩的纪长贵梨膏糖在当街没有店铺，却也在大中街背后家中熬制。特别是合作商业的第一饭店，因我的姨夫周金生在当经理，姨娘孟爱大是营业员，更是亲热有加。而下街头是面店、布店、理发店、蔬菜店等等。早上，站在大木桥上，看着一船船由建新厂、胜利厂，还有红星厂（现均陶工艺厂）、大新厂、红卫厂（现彩陶工艺厂）运往陶批站码头的窑货，那些窑货在阳光照耀下金光闪闪，摇橹的、撑船的驳运工人个个腰圆膀阔，吆喝声中透出十足的精气神。河南岸，淘米的、洗菜的、洗衣服的女人们也个个笑逐颜开，她们不仅要把隔夜换下的衣服洗净晾干，更要准备每天的中午饭。到下午，则是一队队轮拖出出进进，运进来的是陶业生产所需的物资，运出去的则是发往全省各地的缸坛盆瓮、矿山石料。当时大中街的繁荣，由此可见一斑。

从20世纪80年代起，丁蜀镇和全国各地一样，在改革开放春风的拂照下，随着周边乡镇的合并、经济的发展、文化的繁荣，镇区的面积也随之扩大。首先是公园路商业的逐渐丰满，然后是大中街西边解放路的改造，再就是蠡河上架桥向北发展，由陶都路接通宜城，让宜兴撤县改市后呈现出双城区的格局。而原镇区的南面，又有了通蜀路的贯通。应该说，这些大手笔的规划建设，为丁蜀镇的发展绘就了很美好的蓝图。然而，老镇区的大中街的改造却放慢了脚步。为此，每年的镇人代会不缺代表们的呼声。于是，作为2019年的实事工程，大中街的改造和青龙山公园的打造，被镇党委、镇政府提上了重要的议事日程。然而，青龙山公园在废墟上打造，只要规划、投资、建设顺利推进便可一气呵成，老街改造就不那么容易了。

随着改革开放40年的经济发展、社会变迁，大中街原来的老旧店铺也已翻建一新，百年老街早已褪去沧桑，而一时的"繁荣"，却没有让大中街彰显时代的气息，沿街店铺寸土寸金，原来分别隶属于国营商业、合作商业、供销社的所有店铺，都是一统天下的公有制性质，其时已是全新的机制，计划经济时代的商品奇缺现象已逐步好转并逐渐呈现商业繁荣的新景象。经营业主也不断变化，虽无大的乱搭乱建却也各自为政、互不相让。店铺上的商业招牌也五花八门，让人目不暇接，有的店铺是日夜不停地营业。在这样的状况下，即使镇党委、镇政府下定了决心，即使有了好的规划，但真正实施起来也很不容易，必须得到所有店铺经营业主的积极配合。好在身居大中街的业主们早就盼望政府出手改造，都能顾全大局、积极配合，使这一实事工程得以顺利完成。

在我的印象中，真正意义上的大中街东起东贤路口，西至中央楼浴室，再往西就是连接新街口到解放路的一段街道，繁华程度不如大中街，沿河已没有店面，街北边倒也有几家特色门店，如染坊、爆米花机、合作商业的第二饭店等等。这段街道这次和大中街一并改造，可以说成为大中街的延伸版。从整体上看，这样已充分彰显了文明小镇特色街的风采，和20世纪80年代建造的农业银行大楼形成了较为协调的衔接，与90年代改造的解放路、街心花坛，21世纪初改造的民主路（北段）浑然一体。

其实，这几年丁蜀镇区在加快扩容，在往北段打造新区的同时，对旧街的改造从未停歇，无论是老小区的平改坡、外墙刷新，还是道路整理、花坛点缀，每年都有不小的工程量，不时会在居民眼前展现一些新的亮点，只不过，像大中街这样整条老街的改造并不多见。

昔日大中街，今朝更亮丽。我们在感谢镇党委、镇政府的同时，也要感谢积极配合老街改造的所有店铺业主，在施工期间，会给他们带来短暂的损失，但从长远看，会给大家创造一个整洁文明、富有时代气息的经营环境，这就叫"双赢"。期盼大中街的业主们能十分珍惜这条改造后还能充分彰显老丁山商业文化的百年老街，自觉维护它的文明、整洁。同时，也希望政府能坚持长效、常态管理，始终保持它的亮丽。

丁蜀镇是具有悠久历史的陶业重镇，新区建设正当其时，老镇改造任重道远。我们有理由相信，有镇党委、镇政府的高度重视，经过全镇上下的共同努力，在不久的将来，原镇区的其他老街，如丁蜀中学至东贤路段、民主路南段至汤渡等，也一定会以全新的面貌展现在大家眼前。

2020年2月2日

金秋茶会的问候

春有百花秋有月，夏有凉风冬有雪，每个季节，大自然都赋予人们不同的美好生活的享受。秋天，蓝天白云，令人心旷神怡，人们怀着丰收在望的喜悦，举杯共欢。茶会，让宾朋相聚、茶友相逢，让人敞开心扉、品茗赏壶，享受着茶汤的温馨、茶器的大美。

一壶冲古意，千秋有同心。

自西汉至今，茶器的出现已有2000余年，在浩瀚的岁月长河里，茶与人的故事有千万种演绎，茶与器异彩纷呈。茶器，让饮茶满富仪式感，除了那份仪式感，还有浸入灵魂深处的东方生活之美，不管是素雅优美的，还是华丽富贵的，都能让人领悟到喝茶的另一种意境，一种对极致生活美学的探求。

壶抱宜兴红，是今天茶会的主题。2012年，云南省昆明市茶叶行业协会与我会建立友好协会，刘益成会长率团来访。这次，在我们回赠的礼品紫砂壶上，我题写了"壶抱滇茶"四个字，他们很高兴，由此我想到：一把紫砂壶可抱（泡）天下茶，何止滇茶呢？红、绿、黄、黑、白茶都可以泡，都可以抱，尤其是用来泡宜兴的红茶，更是壶、水、茶相映生辉，相得益彰。"抱"与"泡"音相似，泡茶就是抱茶。人类在社会发展进程中，发明创造了各种器皿，茶壶的发明创造可以说是先人的一大智慧。"壶"与"和"音相似，儒释道都喜欢，达官贵人、文人雅士、僧人居士都喜欢，大众百姓亦喜欢，当今喜欢的人更多。当然，茶壶的材质许许多多，造型更是千姿百态，但我还是首推紫砂茶壶，除了具备出色的使用功能，还给人以美的享受，素面素心，大雅大俗。

今天，我们用宜兴独有的紫砂壶，泡久负盛名的宜兴红，集聚在金秋的茶会，大家一定会高兴。

人生如茶须慢品，岁月似歌要静听。当你在喧嚣的世界里学会品茗，你会发现爱喝茶的人真的是特别的。茶在中国文化中一直都是儒雅的化身，呈现出温和之美，喝茶可以使人获得内心的平和。

明代文学家徐渭在他的《茗山篇》中写道："知君元嗜茶，欲傍茗山家。入涧遥尝水，先春试摘芽。方屏午梦转，小阁夜香赊。独啜无人伴，寒梅一树花。"

茶是水写的文化，不仅能洗胃，更能净心。

中国人讲究"人法地，地法天，天法道，道法自然"。茶道亦是如此，追求天人合一，是一个循序渐进的过程。

今天，就让我们来尽心享受"茶"的美好。

2020年10月20日

风华二十载

2002年6月底，在陶业界人士的热切期盼下，宜兴市陶瓷行业协会（以下简称市陶协）成立挂牌，我有幸担任会长，这一路走来，竟已历四届20年。20年，在历史的长河中只是弹指一挥间，但真要一天天走过来，倒也确实不短。回首来时路，慨叹多征尘，在市陶协成立20周年的重要节点，我禁不住感慨万千、思绪绵绵。

历史机遇，千载难得

从20世纪90年代起，随着改革力度的不断加大，原本大型国有企业江苏省宜兴陶瓷公司及所属的几十家工厂，不同程度地遭遇到了继续发展的困难，用改革的手段来逐一解决这些历史性的问题，是不二的选择。因此，长期履行行政管理职能的陶瓷公司，最后不得不面对现实而松绑了所有企业，有的破产重组，有的转换体制，有的化大为小、找人承包，长期带有国有企业光环和套在计划经济体制下，难以摆脱桎梏的国有集体陶瓷企业，凤凰涅槃，浴火重生，这些企业克服阵痛，在市场中寻找新的定位。与此同时，沐浴在改革开放春风里的乡村陶瓷企业、合作合资的陶瓷企业、民营私营的陶瓷企业，却发展得顺风顺水，一路高歌。在这样的陶瓷业态下，如何加强行业管理，成为市、镇两级思考的重要课题。于是，成立行业协会提上了议事日程。在陶瓷业界市、镇两级人大代表和市政协委员连续多年的呼吁下，市委、市政府决定成立市陶协，这一行业责任便历史性地落到了我们的头上。我暗下决心，一定紧紧依靠全体会员，团结秘书处一班人，不辱使命、不负重托地开启市陶协工作征程。

行业平台，又高又大

感谢宜兴的先民们，捏泥为器，烧器成陶。7300多年的制陶史，脉络延绵、传承有序，且门类齐全、品种繁多，使地处苏浙皖三省交界、太湖西岸的宜兴享有了陶都的美誉。新中国成立后创办的一家家陶瓷企业，在产品开发、技术积累、人才培养、市场拓展等各个方面，为传承发展宜兴陶瓷打下了坚实的基础。陶瓷产业在20世纪80年代前一直是宜兴工业的重要产业、利税大户，更是丁蜀镇的支柱产业、民生所系。所以，宜兴陶瓷行业是个大平台，一个陶瓷传承发展脉络清晰、陶瓷文化底蕴深厚的平台。市陶协成立后,这些都是享用不尽的优质资源。因此,我们紧紧围绕陶瓷经济、陶瓷文化来开展工作,以陶瓷经济的发展来带动陶瓷文化的繁荣,以陶瓷文化的繁荣来促进陶瓷经济的发展。20年来,这一指导思想始终不变,无论是陶瓷经济,还是陶瓷文化,都呈现出一派欣欣向荣的景象。宜兴陶瓷,依然是个业态优良的行业。

陶瓷企业,自强不息

市陶协成立初期,全行业有800多家陶瓷企业。截至目前,已有法人陶瓷企业1248家,这还不包括近万个家庭作坊。至2021年底,年销售额在亿元以上的陶瓷企业已有31家,5000万元至亿元的有20家,3000万元至5000万元的有19家,整个陶瓷企业经济总量由2002年的34亿元上升到2021年的171亿元(近万个家庭作坊的紫砂生产经营部分不在统计之内),而且规模企业逐年的应税销售额始终占整个行业的57%以上。因此,就宜兴的陶瓷来说,确实是骨干规模企业在挑重担,这些企业中尤以工业陶瓷为主。在20年来的发展道路上,它们肩负着生产扩能、技术改造、人才培养、新品开发、外抓市场、内抓管理的企业使命,更担当着上交利税、环境保护、安全生产、依法用工等社会责任。所以,20年来,我非常敬佩陶瓷企业家百折不挠的精神，非常感谢他们对市陶协工作的支持。这些优秀的宜兴陶瓷企业家有路济民、冯家迪、葛伯初、王美兰、邱永斌、裴小罗、孙炳华、谈志坚等，他们挚爱陶艺，坚守陶瓷业，几十年如一日，忍辱负重，守望相助。他们，是宜兴陶瓷产业的脊梁。

陶艺繁荣，人才兴旺

进入新时期以来，经济发展，文化繁荣，宜兴陶艺"五朵金花"中的紫砂、均陶、青瓷、彩陶不同程度地释放了传承发展的巨大能量。尤其是宜兴紫砂，随着茶文化的悄然兴起，逐渐呈燎原之势，拥有广阔的市场。市场促进生产，生产吸引人才。一时间，各种要素向宜兴紫砂集结，使宜兴紫砂的传承发展超乎了人们的想象。紫砂已成为丁蜀地区的富民产业，紫砂文化已成为陶都宜兴不可替代的城市名片。随之，也带动了均陶堆花工艺、青瓷艺术、彩陶艺术的创新发展，艺术陶瓷的繁荣又极大地调动了生产的积极性。截至2021年，享有各级各类技术职称的陶艺人员总数达6440人，其中高级职称的有783人（正高256人，副高527人），中级职称的有1303人，初级职称的有4324人（助理工艺师3426人，技术员898人），正是这支庞大的技艺队伍，为宜兴陶艺的发展，提供了强有力的保障。正是有了徐汉棠、徐秀棠、李昌鸿、吕尧臣、谭泉海、汪寅仙、周桂珍、曹婉芬、何道洪、顾绍培、毛国强、鲍志强、曹亚麟、李守才、邱玉林、徐安碧、吴鸣、季益顺、范永良、陈国良、张红华、陈建平、储集泉、吕俊杰等20多位国家级大师以及100多名省级大师、省级名人的领军作用，才使得以紫砂为代表的宜兴陶瓷艺术独领风骚于国内外市场。陶艺陶文化的繁荣兴旺，陶艺人才的不断壮大，也让行业协会有了更多的活动内容，有了更多的为会员服务的机会。

党政重视、领导关心

成立市陶协，市委、市政府高度重视，市四套班子主要领导悉数到会祝贺。因此，市陶协的工作一开始就得到了市委、市政府的关心与支持。之后，陶瓷经济如何发展，陶瓷文化如何弘扬，陶艺人才队伍如何培育，市委、市政府一直十分尊重市陶协的建议和意见。2009年至2013年，"陶都风"中国宜兴陶瓷艺术展分别在北京、上海、深圳、无锡、台北、香港隆重举办，每次的开幕式，市委、市政府主要领导均参加。特别是宜兴陶瓷文化艺术节中断了15年之后，市委、市政府在听取多方意见后，决定恢复举办，并改名为"中国宜兴国际陶瓷文化艺术节"，2013年、2015年、2017年、2019年连续举办了四届，"中国陶都，陶醉中国"，每一届都主题突出，陶艺搭台，经济唱戏，文化氛围浓厚，陶艺人欢欣鼓舞，艺术节的国际化程度一届比一届高，对巩固陶都地位和提升宜兴城市的美誉度起到了十分重要的作用。

　　上级和市委、市政府历来对陶瓷行业的发展十分重视。无锡市人大常委会制定了《宜兴紫砂保护条例》，宜兴市政府出台了《宜兴陶瓷产业发展意见》。2019年11月15日，市委、市政府召开了宜兴紫砂行业高质量发展大会。陶艺界的全国、江苏省、无锡市、宜兴市四级人大代表、政协委员30多人，全国、省、市三级劳模、三八红旗手、"五一劳动奖章"获得者，享受国务院特殊津贴的陶艺家等10多人，他们秉持对市陶协的关心和厚爱，有力地支持了陶瓷行业的繁荣发展。省、市两级陶协为贴近行业服务，将秘书处设在了丁蜀镇，推动了陶瓷行业的健康有序发展。丁蜀镇党委、镇政府十分关心和支持市陶协的工作、协会的自身建设，20年来始终如一。

服务宗旨，牢记在心

　　协会刚成立时，秘书处仅有我和鲍建生、王明康、马东郢、蒋尧基、王杏生、李勇平等几位同志。一张报纸——《陶都通讯》按月出报，两份内刊——《江苏陶艺》《宜兴紫砂》按季出刊。后来，由于工作量的增加而逐步添人，包括今年已经82岁的崔听槐同志，如今已故的张志泉同志，还有蒋新达、冯建中、程辉、郑春和、杨慧玲、吴卫莉、程同德、史昶、朱耀华、黄拥军、王正祥等同志。协会秘书处担负着省、市陶协的许多服务性工作，尤其是对宜兴陶瓷文史资料的搜集、整理，先后出版了《宜兴陶瓷史》《宜兴紫砂陶》《宜兴均陶》《宜兴青瓷》《宜兴彩陶》《宜兴美陶》《宜兴工业陶》《紫砂研究》（1—5辑），各种陶艺陶文化画册更是不计其数。大家牢记服务、联络、协调、自律的协会宗旨，领着有限的津贴，勤勤恳恳，从无怨言。

我深知，社团是靠自身存在的意义和价值、靠服务和质量换取自己的生存条件。根据行业特点，为了实现精准服务，先后设立了花盆、原料、均陶、紫砂、青瓷、陶刻、雕塑、工业陶、建筑陶、古陶瓷、女陶艺家、青年陶艺家等12个分会，中国工艺美术学会在宜兴设立了紫砂专业委员会，省陶协则设立了陶瓷艺术专业委员会，中国艺术研究院成立了紫砂研究院，江南大学也在去年成立了中国紫砂艺术设计研究院，陶都中专设立了顾景舟紫砂艺术学院，无锡工艺职业技术学院也将成立陶都紫砂学院，市总商会在陶协挂牌了宜兴陶瓷商会，使协会的服务工作越来越细化、越来越精准。而义务服务于分会的许多同志，像史小明、蒋琰滨、葛海军、张荣法、周占群、蒋雍君、范泽锋、徐曲、顾涛、王潇笠等同志，为分会的工作付出了很多心血和汗水。协会以团体会员的身份加入了国际陶艺学会，先后和欧洲陶艺学会、英国陶艺协会、日本常滑陶瓷同业商会、韩国陶瓷文化协会签约缔结为友好协会。在国内，则与昆明茶叶协会、汇加集团等建立友好合作关系，为会员的服务拓展了门路。市陶协于2013年10月30日成立党支部，使党建工作、党员活动得到正常开展。2017年第四次换届工作时，设立了监事会，由周泉荣同志任监事长。

正是这些顺应行业发展、加强自身建设、贴近会员需求的服务性举措，才不断增强了协会的吸引力和凝聚力，在全国陶瓷行业各级地方协会中得到了一个较好的评价，前来参观、学习、交流的全国各地陶瓷业同行每年络绎不绝。

陶业滋养我，我不负陶业

十分感谢多年来陪伴我服务于市陶协工作的同志们。我个人的能力和作用毕竟有限，也正是由于秘书处一班人团结和谐、牢记宗旨的工作态度，忘我工作、无我利益的境界，才集聚了满满的正能量，才谱写了一曲曲硕果华章。

我出生于陶乡，虽父辈世代务农，但母亲却是地地道道的"窑场上人"（指吃陶瓷饭），我的外祖母，几位姨娘姨夫、姑妈姑夫也都是陶瓷工人，所以，说陶业滋养了我一点不为过。尤其是自20世纪80年代初，我参与创办紫砂工艺二厂；90年代初，创办中外合资金帆陶瓷企业；21世纪初到陶协工作，我几乎置身于陶业之中。40多年来，无论工作岗位怎么变动，我一直为陶都唱赞歌，市陶协成立后，我更有责任为陶业鼓与呼。并且，我利用业余时间先后出版了个人专著《永远的陶都》《唱响陶都》《守望陶都》三本集子,同时围绕宜兴陶业传承创新、高质量发展撰写了大量的建议、提案,陶业滋养了我,我没有辜负陶业。20年的市陶协工作,丰富多彩的服务内容,伴随着我漫长的日程,有欢乐也有烦恼,有成就也有不足,有经验也有教训。总之,随着岁月的流逝,一切都已成为过去,它是我人生中一笔宝贵的精神财富,我会倍加珍惜,并作为永久的美好回忆。

时代大潮澎湃向前。人类社会的所有活动,都是一代代人在努力奋斗。市陶协将把服务行业的宗旨牢记在心,为这个行业的发展继续贡献智慧和力量。只要生活在,陶瓷永伴随。我非常高兴,也十分乐见宜兴陶瓷传承发展、创新发展、繁荣发展,并永久造福社会、造福民众、造福一方,成为擦亮城市名片、巩固陶都地位无可替代的光彩产业。

2022年6月

唱响陶都　久久为功

写在《陶都通讯》创刊20周年之际

2002年6月29日，宜兴市陶瓷行业协会宣告成立。随着新使命、新征程嘹亮的号角，《陶都通讯》于当年7月创刊出报。20年，240个月，7300天，每月一期，风雨无阻，迄今从未中断；240期，360万字，240余幅图片，详尽忠实地记录了陶协成立20年来的主要工作和重大活动。翻阅每一期报纸，20年陶协工作历历在目，记忆犹新。20年不辱使命，踔厉前行；20年唱响陶都，久久为功。《陶都通讯》已然成为记录宜兴陶业发展、传播陶瓷文化的重要窗口。

《陶都通讯》是一份经由江苏省新闻出版局批准出版的行业性报纸。20年来，《陶都通讯》坚持宣传党的路线方针政策，立足宜兴陶瓷企业创新转型、高质量发展，致力于发布陶瓷行业信息、繁荣宜兴陶瓷文化。在这样的办报宗旨下，发挥了正确的舆论引导作用，办成了一份融思想性、知识性、文化性、可读性于一体的行业报纸。

宜兴是陶都，陶业在丁蜀。20年间，《陶都通讯》认真贯彻市委、市政府的大政方针和政策法规，有效地配合市、镇两级重大活动和协会中心工作，认真做好宣传报道，在行业中传递正能量，讴歌新事物，树立精气神，已然成为陶瓷系统职工和广大读者喜闻乐见的精神食粮。我们为《陶都通讯》广泛传播陶都美名而深感自豪。

20年来，《陶都通讯》一以贯之地以产业与文化为宣传重点，挖掘陶瓷内涵，展示陶都风采，注重报道宜兴陶瓷规模企业在人才培养、科技创新、转型发展、勇拓市场过程中涌现出来的先进典型以及陶瓷经济提档升级、提质增效的亮点，如拜富、化机厂、彩陶厂、金鱼陶瓷厂、富陶科、新嘉理、省陶研所、摩根热陶瓷、江苏国豪、奕安陶瓷、丁耐公司、陶都陶瓷城等等，不断为他们鼓劲与点赞，从而彰显高质量发展中的宜兴陶瓷的魅力与风采。

产业促进文化繁荣，文化引领产业发展。20年来，《陶都通讯》除了报道宜兴的陶瓷经济，还突出宣传弘扬源远流长的陶瓷文化，并积极举办形式多样的陶艺展览、展评活动。在这期间，较为重大的宣传有：2009年至2015年间，由宜兴市人民政府主办的"陶都风中国宜兴陶瓷艺术展"，该系列展先后在北京、上海、深圳、无锡以及台北、香港等地成功举办；2013年，宜兴市委、市政府恢复停办15年之久的陶艺节、续接两年一届的中国宜兴国际陶瓷文化艺术节。从第七届至2019年第十届（后因"新冠疫情"延期），每一届都用大量的文章和版面报道活动盛况和成果，影响深远，更好地彰显了"中国陶都，陶醉中国"的美誉。值得一提的是，早在1953年，国家轻工业部就把江苏的宜兴陶（紫砂、均陶、美彩陶）、广西的钦州陶、四川的荣昌陶（荣昌后归重庆市管辖，因而四川荣昌陶已改称重庆荣昌陶）、云南的建水陶列为"中国四大名陶"，现今外界知之甚少。经过大量的前期准备工作，在2017年第九届陶文化节期间，"首届四大名陶展"被列入陶文化节的特色展览，250件（套）代表名陶地域特色的展品60余年后再次聚会节庆，美美与共，广受好评，并由专家组评出一批金银铜奖。明确"四大名陶"以后，每年在各产地轮流评比展出，至2021年已成功举办四届，成为中陶协活动的一个重要品牌。

通过各种形式的陶艺展评，体现陶艺人精湛的技艺、精益求精的工匠精神，《陶都通讯》及时跟踪报道，公布获奖者获奖成果。如：从2002年开始，在四年一届的全国陶瓷创新设计评比中，宜兴紫砂、均陶、青瓷、彩陶等艺术陶瓷披金摘银，收获满满；如：在江苏省陶艺设计创新评比中，获奖者多为中青年艺人，创新意识强烈，足见陶艺创新设计传承有序、后继有人；再如：从2011年开始、两年一届的"陶都宜兴十佳（优秀）青年陶艺家"评选，至2021年已连续举办六届，共评出十佳青年陶艺家名、优秀青年陶艺家125名，在行业内外引起了热烈反响，得到了全社会的普遍认可。近年来，宜兴紫砂艺术上海展、"均陶雅韵"宜兴均陶艺术北京展、"宜陶青韵"宜兴青瓷艺术北京展以及"一带一路"宜兴紫砂巡展、宜兴非遗代表性传承人陶艺展、"紫砂九隽"北京艺术展、宜兴紫砂英国展、中韩陶瓷文化交流展等，无不办得风生水起，好评如潮。同样，以文化为魂，开展了"陶都杯"宜兴紫砂诗词大赛、"景舟杯"制壶大赛、"蒋蓉杯"花器大赛以及韩美林紫砂艺术馆开馆仪式等活动，《陶都通讯》都及时作了报道。

宜兴市陶协一贯倡导陶艺从业者要坚守匠心、德艺双馨，从汶川大地震到新冠疫情防控，众多会员企业和广大陶艺工作者闻令而动，行动迅速，勇于担当，捐款捐物，奉献爱心，认真履职，尽好责任，《陶都通讯》及时发布消息，公布姓名和捐赠数额，满满的正能量，体现了宜兴陶艺界和广大陶瓷人的责任担当。

唱响陶都，久久为功。感谢20年来致力于《陶都通讯》精心采编、按期出报的蒋尧基、崔昕槐两位同志，感谢徐秀棠大师两次题写报头，感谢宜兴市陶瓷产业园（丁蜀镇）和宜兴市融达集团的鼎力资助，更要感谢广大读者的不离不弃和信任厚爱，让这份记录并彰显了陶协20年来精神面貌的行业小报得以广为传播。

由衷感恩，深深祝福！

2022年6月

捐赠者说

　　我1950年出生于农村，1966年初中毕业于丁蜀中学，后未能继续读书，这成为我的终身遗憾。我参加工作后，对地方上的教育事业情有独钟，一直是尽绵薄之力而为之。

　　闻名遐迩的江南大学能来宜兴设立校区办研究生院，是陶都之大幸。在我的建议下，江大还成立了中国紫砂艺术设计研究院，实现了我多年的夙愿，承蒙厚爱，我竟被聘任为名誉院长，既始料不及也惶恐不安，殷殷之情，无以回报。在江大校领导的关心支持和宜兴市人民政府的全力配合下，崭新的江大宜兴校区研究生院如期招生。要感谢协联热电董事长宗伟刚先生，为促成江大来宜兴设立校区所付出的种种努力和无私奉献，在他的精神感召下，我决定捐赠一批陶艺作品，以表心意。

　　感恩伟大的祖国，感恩改革开放的伟大时代，让我一个农家的孩子能办厂兴业、服务社会，还能退而不休、服务行业。尤其是涉陶40余载，始终以富民为己任。自20世纪80年代担任宜兴紫砂工艺二厂厂长，2002年担任宜兴市陶瓷行业协会会长至今，有机会跑遍了全国各大陶瓷产区，广交陶艺界朋友。陶瓷已然成为我生命的重要组成部分，日长月久，时光荏苒，手头积累了一些陶艺作品，这里面固然有我的付出，但更见证了我与众多陶艺家的深厚友情。把这120件（套）陶艺作品无偿捐献给江南大学，请求学校辟一室，展一隅，取名"弘陶馆"，这样的安排，我十分开心，也是这批陶艺作品的最好归宿。

这些来自全国各陶瓷产地的陶艺作品，出自优秀的陶艺家之手，无论是材质还是工艺，造型还是装饰，都彰显了不同地域的文化特色，展现了不同陶艺家的独特风采，是中国陶瓷艺术的一部分，这其中，以陶都宜兴的紫砂居多。

期望这些陶艺作品，能成为江大设计学院老师们授课时可资借鉴的器物，能作为学子们学习时可供观摩的实物。

但愿所捐器物的生命，在教育中得以延续，在育人育艺中有所作用。

深谢学校将费心费力地保管这些陶瓷艺术生灵，我会终身感激。

2023年6月

缪康强现象引人深思　史俊棠信笺感慨万端

康强兄：

久未见面，上月在省党校向熟识的同志问起你，方知组织上已任你为南通市电子工业局副局长兼党组副书记。这本是一件应该向你祝贺的事，但却难以使我为你高兴，反而使我思绪万千。

记得我们第一次见面是1987年11月，在武进参加省局召开的部分乡镇企业家座谈会，听了你的发言，对你的培养人才、用好人才的一些战略思想深表钦佩。从此江海电容器厂以及你个人的有关信息，时常为我们所关注。

后来，省政府确定江海电容器厂为乡镇企业的排头兵，于是我下决心上门参观学习。你在百忙之中像老师给学生上课一样认真，一讲就是3小时。你那内部分配的一整套科学方法确实令人信服。参观了你的工厂，以及现场管理，再看你厂的产品，就实实在在地明白了你的理论在指导你的实践上是成功了。

当我看到你那一组组引进的设备，像庞然大物一样蹲在漂亮的厂房里，我不禁又为你担心：你老兄花巨资借外汇，一下子引进这么多电容器生产设备，能行吗？市场需求怎么样？人家国营大厂都在喊电子市场受到进口冲击而难以生存呢！生产工艺成熟吗？员工的素质适应吗？我知道自己是杞人忧天，但毕竟我俩通过交往已有了感情，虽然说不上共呼吸，但也是同命运啊！你的安危怎能不系我心呢！

在去年12月底省政府召开的座谈会上，你我又见面了，和前年相比，1991年你厂一连串大幅度增长的阿拉伯数字使我为你前几年的大量投入而舒了一口气。我想，老缪真行，照此下去，不久后的江海电容器厂，一定会有更令人瞩目的成就而立于我国电子行业之林，成为乡镇企业的佼佼者，为乡镇企业争光。

你本来应该带领你的企业阔步向前进，然而却忽然荣任南通电子工业局副局长、副书记。

不知你老兄对自己多年来顽强搏击、费心经营而已取得很大成功的企业是否留恋。舍得离开吗？还有几个目标未实现？要知道，你在企业里，可以充分施展你的才华，果断地决策，果断地指挥。当然，你们的领导一定会比我们更有远见，妥善安排，这几年你也一定培养了不少具有企业家素质的企业领导人，从而能较好地接过你的担子，使江海电容器厂以更新的姿态健康发展，你老兄可放心愉快地到新的岗位工作。

眼下你还是一个配角，要知道当惯一把手的人忽然当配角，是要有一个适应过程的,不是有人说"宁当鸡首,不当牛尾"吗?当然,作为一位共产党员,还有一个服从组织分配,党叫干啥就干啥的组织观念。也许组织上考虑到你还不够成熟,先干一段时间副职再看看(这也是组织部门谨慎使用干部的一贯作法)。把一个无任何行政级别的乡镇企业家一下子提到副处级,这不能不说是南通市的领导在用人观念上的大的突破,值得称颂。

但如果把提拔作为对一个有较大政绩的乡镇企业家的奖赏,那么,只能说明在我国大力发展商品生产的热潮中,仍然没有形成一个让大批企业家脱颖而出的良好环境。难道企业家只有升官才算得到组织和社会的承认吗?报纸上说我们需要大批企业家还只能是喊喊而已。

我敢断言,南通市的副处级以上干部有一大批,而像你这样的企业家不会太多。你能搞好一个企业,但很难搞好整个行业,当然,这是一个众所周知但又无法解决的深层次问题。搞不好又会怎样呢?

这几年领导、群众以及社会对我们的期望值太高了,似乎在商品经济的舞台上,我们是常胜将军,不能有任何失误。能吗?

我还敢断言,社会上对你的褒贬一定远远超过一大批政府官员,因为你的政绩大了,名气也响了。但你要知道,无功不是过,有功必有过啊!

老缪，不知你有否同感，人生是旅途，我们赶路、观景，一站又一站。求个什么呢？钱财？地位？权势？似是又不是，但我们都在力图探索和发现自身！而且不管世上有多少哲学流派，不论物质决定意识还是意识决定物质，善良、诚恳、谦虚、刻苦，总是值得赞美的。但凡成功者，都具备以上长处。当然，具备以上长处的，不一定都能成功，但至少，他们可活得自在悠悠。你还年富力强，人生的道路在你脚下还很长，且不会总是春风鸟语、鲜花掌声，尤其像你这样一个负盛名的人。好在你对这一切已经做好心理准备。

目前的年轻人都崇拜汪国真的诗。我们都不算年轻人了，但觉得其中有几句对你我来说，倒都合适。在这里我抄上送给你，也好结束我的啰嗦。

你（我）不去想是否能够成功

既然选择了远方

便只顾风雨兼程

…………

我（你）不去想身后会不会袭来寒风冷雨

既然目标是地平线

留给世界的只能是背影

你（我）不去想未来是平坦还是泥泞

只要热爱生活

一切，都在意料之中

老缪，以后会怎样呢? 反正生活是伟大的导演。

搁笔，紧紧握着你的手。

你的好友：史俊棠

1992年5月12日

中国陶瓷的高光时刻

今天很荣幸能够与大家一起见证首届胡润全球陶瓷榜榜单发布会，这是中国陶瓷的一个高光时刻。陶瓷是中国人的重大发明，是中华文化的重要载体，也是世界认识中国的文化符号，是中国走向世界的通用语言。搭建陶瓷桥梁，弘扬中国文化，本次胡润全球陶瓷榜将向全球展示中国陶瓷艺术的独特魅力和文化价值，为我们中国陶瓷艺术、文化创造带来新鲜的活力。

中国作为陶瓷的发祥地，陶瓷文化源远流长。陶瓷作为独特的中国语言，无论在古丝绸之路还是海上丝绸之路，都是输往国外的重要商品，也是第一次全球化时代"中国制造"昂贵的输出，具有悠久的历史和灿烂的文化，是中国走向世界的名片。

中国是世界陶瓷行业的重要生产者和消费者之一，对陶瓷行业的发展起着至关重要的作用。我们需要以更高的视野和融合创新的思维来推动陶瓷行业的发展。牢记习近平总书记提出的"让陶瓷文化国际影响力全面提升，成为共建'一带一路'国家文化交流的重要载体和展示中华古老陶瓷文化魅力的名片"的讲话精神，携起手来共同努力，为中国陶瓷产业的发展贡献自己的力量！

胡润全球陶瓷榜以全新的维度和视野推广全球陶瓷城市、企业、艺术家，让中国的陶瓷企业和艺术家们在世界舞台绽放光彩，展现大国工匠精神，树立民族文化自信，将对世界陶瓷文化交流和陶瓷产业的发展产生积极的促进作用。对作为陶瓷艺术和陶瓷产业大国的中国来说，也必将起到重大的推动作用。胡润全球陶瓷榜向世界展示和证明中国陶瓷艺术家的水平和高度，我相信通过本次的榜单，将激发起更多优秀的陶瓷工作者的创作热情，也将为陶瓷艺术的发展注入强大活力！

首次胡润全球陶瓷榜发布，尽管难以尽善尽美，也足以说明中国是一个陶瓷大国，入榜的城市和企业，大师、青年陶艺家，在行业内外都有一定的影响力，在此表示衷心的祝贺，并希望大家再接再厉、再攀高峰。

弘扬中国传统文化是我们每个人的责任和使命，我们理应担负起历史责任与义务。我们要继续坚持以中国传统陶瓷当代的传承、创新与发展为核心，重塑中国陶瓷世界影响的强大力量，不断探索和实践，扩大中国陶瓷艺术的国际影响力，推动中国传统文化的不断创新与跨越式进步。为中国陶瓷行业的繁荣作出更大的贡献，共同推进我国陶瓷行业的发展！

2024年4月17日

叁

余音缭绕思故人

和富尔良教授通信琐记

　　2004年12月27日，我接到来自中国人民大学富尔良教授的一封信，信写得很长，而且是竖写汉字，笔画工整，条理清晰，来信是想了解有关清末时期宜兴紫砂艺人金士恒赴日本常滑传授做壶技艺时，是否还有一位叫吴阿根的随同。虽说我自20世纪80年代初便参与筹建宜兴紫砂工艺二厂，并于1982年起在二厂工作，时间长达10年之久，直到1992年才到丁蜀镇工作，而且收信时，我已担任宜兴市陶瓷行业协会会长两年多，但说实话，对金士恒赴日本传授做壶技艺，以及是否有吴阿根随同这样一段历史，我全然不知。好在富教授在信中提及江苏省陶研所贺盘发同志，说看到他写过这方面的文章，要我帮助找找他，看能否提供一些翔实的资料。

　　富尔良教授年事已高，她是宜兴紫砂的老朋友，我经常听汪寅仙大师提起她，她是位资深的教授，一直热心于中日友好交往，信中提及的横井阳一先生就是由她介绍认识汪寅仙大师和其他紫砂艺人的，所以收到信后，我被她的精神所感动，马上联系省陶研所贺盘发同志。贺盘发已是一位退休的老同志了，曾经写过大量有关宜兴陶瓷方面的文章，也参与过《江苏陶瓷志》的编撰工作。市陶协成立后，我们办的第一种内部刊物《江苏陶艺》，他就积极投稿，为我们写了许多很有质量的文章。只是他儿子一家在北京，他退休后宜兴、北京两地住，当我要找他时，他和老伴儿正好在北京，所以未能及时答复富教授。等他回来后，一直到2005年7月才给富教授写了回信，结论是，未发现有吴阿根这么一个人与金士恒同行，这些已在往来书信中有所表述。

时任《江苏陶艺》副主编的陈茆生老师得知这件事后，就把富教授来信及贺盘发的复函整理后分别发表于2005年第2期和2005年第4期的《江苏陶艺》。这样的书信往来，充分体现了一位人民大学资深教授热衷于中日文化交流，且对宜兴紫砂文化研究的关注，甚至到了执着的程度。收到贺盘发的复信后，富教授又连续来了几封书信，一是表示感谢，二是告诉我查阅日本《陶器大辞典》有关金士恒去日本的资料，也没有发现吴阿根其人。现在徐风同志受市相关部门的委托在主编一部《家书》，问过我能否提供一些有意义的书信，正好我也在整理几十年来保存的一些信函资料，我觉得富教授的信函很有意义，就推荐了这封书信。

又记：宜兴紫砂文化的研究弘扬任重道远，金士恒先生赴日传授制壶技艺，不仅是宜兴紫砂史上的一件大事（他被公认为

"宜兴紫砂成型技艺及陶刻装饰法向海外传播第一人"），而且也是中日文化交流的一件大事。常滑是日本陶瓷的重镇，宜兴与常滑一直有陶艺文化的交流，1988年，宜兴曾组织一批艺人去办过展览。当时由中国驻日本大使馆牵线搭桥，因此他们十分重视这件事，时任驻日大使还为展览出版的画册写了序言。

1990年，宜兴市举办第二届陶艺节时，日本常滑市议会组团专程来参加访问交流活动。我记得，时任宜兴市人大常委会主任钱炳福同志十分重视这次接待工作，多次来紫砂工艺二厂找徐秀棠一起商量接待方案。可惜之后的25年时间里，两地陶艺再无交流活动，但日本常滑的陶瓷在宜兴一直保持着影响力。2015年3月9日至17日，宜兴陶艺家组团赴日本进行陶瓷文化交流，于3月11日到常滑参观访问，在常春先生的引领下，我们拜访了常滑陶瓷同业公会和小西洋平大师，并邀请他们来宜兴参加当年10月份举办的第八届国际陶瓷文化艺术节。他们十分乐意地接受邀请，并于10月20日组团来宜参加陶文化节。21日上午9时，他们带来的常滑烧陶艺作品在宜兴陶瓷城博览中心展出，曾经红极一时的日本影星中野良子（常滑人，曾在电影《追捕》中扮演真由美）特地赶来助阵。在这期间，日本常滑市陶瓷同业商会与宜兴市陶瓷协会签约成为友好协会。

2016年8月份，日本常滑烧50周年祭活动邀请宜兴组团参加，由当时的宜兴市人大常委会一位副主任带团前往，19日抵达日本，20日代表团全体成员参加了常滑烧50周年祭开幕式活动，为了进一步加深友谊，常滑市还成立了"寿门金士恒研究会"，以表示对金士恒的纪念和启动对这段历史的研究。2017年的第九届中国宜兴国际陶瓷文化艺术节期间，常滑再次组团参加并举办他们的作品展览。两地随着交流频繁，友谊日益增进。2018年4月，应常滑市政府的邀请，宜兴市李秋宇副市长率团访问，其间，宜兴陶瓷博物馆在常滑INAX世界陶瓷博物馆举办展览，在热情友好的氛围中，签署了两地缔结为友好城市的意向书。2018年开年以来，一直热心于宜兴紫砂文化研究的徐州杨世明先生，把研究的目光瞄准了金士恒（因金士恒为徐州人），要编著出版《金士恒茶器二十二式》，并来电话嘱我写篇序言，我欣然应允。

　　2018年8月上旬，应常滑市陶瓷同业商会的邀请，我再次带领10多位陶艺家去常滑交流访问。8月4日上午，他们专门组织了一场金士恒作品赏析及研讨会，以这样的方式欢迎我们的到访。

　　记下上述文字，是因富尔良教授书信所起。2007年4月27日，宜兴的徐汉棠、李昌鸿、徐秀棠、谭泉海、吕尧臣、汪寅仙、周桂珍、顾绍培、鲍志强等9位紫砂大师在北京向故宫博物院捐赠作品时，富教授到场助兴，这一年她已有84岁高龄，见到那么多紫砂大师十分高兴，拉着我们拍了许多照片，这是我最后一次看到她。富尔良教授1923年4月6日出生，于2016年1月3日凌晨在睡梦中仙逝，享年93岁。她生前最最赞赏的汪寅仙大师也在2018年2月28日离开了我们。我想，她们到了天堂还会相聚，还会一起探讨宜兴的紫砂文化，还会成为好朋友。

2018年8月30日

不舍
追忆汪寅仙大师

2018年2月28日，汪寅仙大师永远离开了我们。

尽管2017年12月21日我送她去上海肿瘤医院动了手术，尽管蔡三军教授和他的医疗团队做了最大的努力，可以说是得到了最好的治疗，但是，她的病情还是残酷地告诉我们：为时已晚！

手术后，在她与病魔抗争的两个多月时间里，上海、宜兴、家中，我多次前往探望。每次见到我，她都会指着我跟床前看望她的人说，这次我的生命是会长给的；而每每听到这句话，我便会心如刀绞。她实在是低估了自己的病情，她的求生欲望是多么的强烈，她还有许许多多的事情要做，她对宜兴紫砂的满腔热情未有丝毫消减。是啊，尊敬的汪老师，我们是多么舍不得你啊，紫砂行业是多么需要你啊！然而，病魔无情，回天无力。

在那段时间里，我和姚志源老弟始终保持着电话联系。2月27日下午，我接到无锡市人社局通知，28日上午要赶到无锡，参与无锡市乡土技能人才和大师工作室的评审。临行时，我问志源："今天怎么样？"志源说："你放心，今天应该能挺过去。"然而，我刚到无锡市政府大楼，坐到会议室，我的手机就响了，一看是志源打来的，我马上知道情况不妙，果不其然，我们的汪老师，她那颗强大了一辈子的心脏，最终停止了跳动。我立即放弃评审，赶回丁山。对于汪老师的病情，我算是最了解的人之一，知道她挺不过这一关。但是，当看到被白床单盖住全身的她，我还是双腿发软，感觉天昏地暗，我实在舍不得她啊！她才75岁，身体一直不错，精神一直饱满，工作干劲一直不减。我们实在舍不得她啊！

我与汪寅仙沾亲，她的外祖父与我的曾祖父是亲兄弟。因此，她与我父亲同辈，以表兄妹相称，而我小她一辈，应该称呼她为表姑妈。不过，宜兴人喊姑妈是喊伯伯的，前面加个"女"字，就是女伯伯。小时候，我跟着祖母到她家去住过，对她家的事情略知一二。她兄妹6人（其实不止，还有夭折的），父亲早年英逝，在母亲（我的表姑婆）的拉扯下艰难地生活。当然，一家子背后还站着一位坚强的祖母。汪寅仙是家中老大，1956年小学毕业，14岁就进宜兴紫砂厂当徒工，为的是能挣些铜钿补贴家用，以便能支持几个弟弟上学读书。进厂后，她一路走来，步履坚实。她的从艺经历，她的制壶技艺，她所取得的骄人业绩，她荣获的种种国家级、省级的荣誉，还有她的为人处事，她那德艺双馨的口碑，可以说是极富传奇色彩的。否则，怎么会有那么多崇拜者、追随者对她的离去如此不舍呢?

20世纪80年代初,我在宜兴紫砂工艺厂隔壁办起了紫砂工艺二厂,还当了厂长。那时,她在紫砂厂已是大名鼎鼎的了。后来她告诉我,她知道有个名叫史俊棠的人在二厂当厂长,也知道是小林(我父亲)哥哥的儿子,但由于种种原因,一直未有交集。直到90年代末,省陶专会开展活动,我们才在徐秀棠先生的长乐陶庄开始交往。2000年,她到北京办展览时,嘱咐我写个展览前言,并一同到北京张罗一些展事。2002年,经市委、市政府批准,市陶协成立,我任会长一职。16年来,她对陶协的工作,也可以说是对我的工作,竭尽全力地支持。陶协女陶艺家分会成立,她十分爽快地应允担任会长。同时,她也是中国陶瓷工业协会女陶艺家分会的副会长。想到这些,我怎么能舍得她离开呢?

汪寅仙读书不多,我掰着手指算了一下,她1943年出生,1956年工作,满打满算14岁,充其量读书6年,小学毕业而已。走上学艺之路后,她笨鸟先飞、勤能补拙,这不仅让她的制壶技艺卓尔不群,而且让她在文化上也有了很大的提高,她写了不少专业方面的文章,受到了业内外人士的赞赏。与她相比,我算读完了初中,踏进社会,走上工作岗位,没有学习一技之长,爱好使然也写了一些文字,随笔散文居多,先后结集出版了《永远的陶都》《唱响陶都》《守望陶都》,其中把一些回忆文章也汇编其中。她在看到我写的《回忆我的农民父亲》和《回忆祖母》这两篇文章后，感慨之余也拿起笔，写了回忆祖母丁小妹和父亲汪秋生的文章，写好后拿来给我看，说写这两篇文章是受我启发，也是她心中多年的夙愿，要我帮助修改。我看后，觉得她写得十分投入、十分动情，而且对那些人和事的记忆是那么清晰，真的太不容易了。后来，我建议找邓君曙同志再润色一下，邓君曙和汪老师也是以表兄妹相称的，而且邓君曙这几年在负责《江苏陶艺》的编撰工作，我的意见是叫他润色后可在刊物上予以发表，但修改后一直未见下文。最近，我去看望表姑夫姚荣培时提起了这件事，他说汪老师生前写什么东西都让他帮着誊抄或修改，唯独这两篇文章由她独自完成，写完后也未给他过目。我叫他再找一找，找到后不仅可以作为纪念她的文章一并发表，而且也是留给亲属尤其是小辈们的珍贵资料。从这一点上可以看出，汪老师不论是对紫砂行业还是对家庭，始终有着一份责任，她觉得有必要让子孙们了解长辈们所走的艰辛之路，始终不能忘记良好家风的传承。

汪寅仙14岁进厂学艺，广闻博记，转益多师，吴云根、裴石民、朱可心、蒋蓉，可以说都是她的老师。她对师父辈老艺人敬重有加，在之后追忆先师的活动中，她十分真诚，全身心投入，后人为几位师父出作品集，她都当作自己的事来做，搜集资料，提供作品，出力出钱，亲力亲为。她始终告诫后人，宜兴紫砂有今天，先辈们的付出不能忘记。我们不仅要传承他们的技艺，更要传承他们的艺德，一代接力一代，把宜兴紫砂事业做得越来越好。她一辈子收徒不少，如今，徒弟们各有建树；受她教诲的学生就更多。2017年，她还十分高兴地收了喻小芳、方彩娣为徒弟，就是想让自己的制壶技艺后继有人。

我与汪老师接触这么多年来，她有句话常常挂在嘴边："我是宜兴紫砂的得益者，我们紫砂人能有今天，不能忘记这个时代，我们不仅应该对行业的发展有所担当，还应不忘回报社会。"她是这么说的，也是这么做的。虽然她生前没有轰轰烈烈地搞什么公益活动仪式，或者设立什么基金会，但她是比较早地关注社会、关爱教育、关心贫困人的紫砂大师之一。她很早就慰问资助原料总厂退休后比较贫困的矿井工人，说没有他们下井，我们哪儿来泥料做壶。她也很早就资助贫困家庭的学生上学，尤其是对从事紫砂业的残疾人，耐心施教，其中还把特别优秀的陈忠庆收为徒弟。她对于公益捐献也十分热衷，曾让我看一张记录的表格，从1986年起至2014年止，向党的生日献礼、共青团希望工程、丁蜀敬老院、宜兴慈善会、台湾9·21大地震、国家博物馆、故宫博物院、国家"非遗"保护中心、台北历史博物馆、世界妇女大会等，先后捐赠了"曲壶""弯把梅桩""大石瓢""南瓜提梁""秦权壶""神鸟出林""大松竹梅""圣陶壶""心手相连壶""千禧壶"等一共26件紫砂作品，光她的扛鼎之作"曲壶"就捐了3把。她说："我是个紫砂手艺人，感恩行业、感恩社会，我无以回报，捐几件作品是应该的，平时抓紧时间多做做就是了。"当写这篇文章时，我再次翻出这份详细的记录，怎能不为之动容？按她现今作品的市场价格，还能算经济账吗？这样德艺双馨的大师，怎么能舍得她离开呢？

紫砂大师这几年几乎成了大明星，粉丝众，来访者多，应邀外出参加活动频繁，各种会议更是不少。常与汪老师接触的人，不知怎么给她挂了个"三抢大师"的称号，说一是来了客人她抢着开车门，二是外出时她抢着提行李，三是与别人一起吃饭她抢着付钱。这些生活中的细节，被人们看在了眼里，记在了心里，这不就叫不搭架子不摆谱，和蔼可亲、平易近人吗？看似小事，要做到实属不易，尤其是像她这样一位大名鼎鼎、受多少人尊敬的紫砂大师。这就是"于细微之处见精神"，这和她长期以来的低调诚恳的为人处事原则、一以贯之的谦虚谨慎品质是密不可分的。这样的大师，人们是多么不舍啊！

别看她是一位和蔼可亲的女性紫砂大师，但在原则性问题上，她是一个执着刚强的人。2014年，某报纸登载，某某广场的建筑体上，一把几乎和汪老师的"神鸟出林壶"一模一样的壶矗立房顶，明摆着是外观设计的侵权行为。她得知后十分生气，便拉着我一定要去现场看看，看完后当即找该售房中心的工作人员，说："要与你们领导见面，论一论你们的建筑设计，为什么在我事先毫不知情的情况下，冒仿我紫砂壶作品的外观造型。"也许，这位工作人员根本就想不到站在他面前这位个子矮小的老太太就是屋顶这件作品的设计者，是一位中国工艺美术大师和中国陶瓷艺术大师。他怎么会理睬呢？于是，回来后汪老师即刻聘请律师，一纸诉状，把这家家喻户晓的大公司告上了法庭。官司打得异常艰难，对方找了许多理由来推诿搪塞。但是，为了宜兴紫砂知识产权的保护，她始终咬紧牙关，坚持用法律来维护紫砂艺人的权益，官司最终胜诉。被告方只得在该建筑体上竖牌说明：其建筑外形仿冒演绎了汪寅仙大师的"神鸟出林壶"造型。同时赔偿原告60万元。汪老师拿到这笔赔偿款后，除去诉讼费用，其余30万元捐赠给丁蜀慈善分会，20万元捐给了陶协女陶艺家分会用于活动经费。对保护识产权这样一个原则性的问题，她决不退让，而且做到有理有节、柔中寓刚，最后将赔偿款项捐献出去，这就是我们的汪寅仙大师。

2017年10月，第九届中国宜兴国际陶瓷文化艺术节开幕前，汪老师已感觉身体不适，但她照样坚持参加，热情接待国内外嘉宾，出席一些陶艺文化活动。开幕式当天忙了一整天，晚上和徐秀棠先生坐着我开的车子，去陪同顾秀莲同志共进晚餐。陶艺节结束后，她的身体明显消瘦，原本以为是肠胃不适，稍加休息，用点药物就可恢复，谁料想情况远没有那么乐观，最终她永远离开了我们。我久久不敢动笔，是我至今仍然不相信她就这么走了，因为我们实在是舍不得她。

"梅竹松柏曲未终，一代楷模紫砂人。"这就是我们敬爱的汪寅仙大师。

2018年中秋节

怀念老李

老李即李松年同志，他于我亦师亦友。

李松年同志于2014年7月9日凌晨6时突发心肌梗死而永远地离开了我们。斯人已逝，风范长存，我总觉得他并没有走远。

说来也巧，当天凌晨，我随西望村紫砂合作社一行数十人，坐大巴车赶往上海浦东机场乘飞机，前往韩国办展。出门时，住在隔壁的老李家并没有任何响动。当我们的汽车疾驰在高速公路，驶入浙江境内的嘉善服务区时，我突然接到我爱人打来的电话，说老李走了。当时，我简直不敢相信自己的耳朵，再三问询后，得到了十分肯定的回答。对这突如其来的噩耗，容不得多想，我立马拉着行李箱就下车，并在嘉善服务区想办法找来一辆小车，往家里赶。

无论如何，我都要送送老李。

岁月不居，时节如流。恍惚间，老李已离开我们5周年了。5年来，我总想写点文字来寄托我对他的深切怀念，也不枉我与他从相识相知到亦师亦友的数十年交往。

20世纪60年代初，我尚在丁蜀中学读书时，就已然知晓李松年这个名字，当时他已是丁中所在地潘南大队的大队长了，当时的潘南大队与我们双桥大队同属周墅公社。说来好笑，我认识潘南大队的人竟是因镇区公共厕所的粪肥。潘南大队地处丁蜀镇边，他们有4个生产小队，土地面积不是很大，多个公共厕所的粪肥归他们所有，而我们双桥大队王家生产队（我父亲任生产队队长），土地面积不小，溇边上又有一年四季种蔬菜的传统。俗话说"庄稼一枝花，全靠肥当家"，因此，我们双桥大队对肥料的需求很大，那个年代，种田种地主要靠猪圈灰和粪便这些有机肥。我三叔父在丁山粮库干活时，结交了潘南大队不少朋友（丁山粮库也在潘南村范围内），于是，我父亲便交代他拉拉关系，让潘南大队支持我们一些粪肥。我三叔父不负使命，很快就有了收获，从此与潘南大队的几个小队都建立了协作联系——他们把多余的粪肥转让给我们生产队，我们则提供一些蔬菜瓜果等溇边所产的农产品。几年下来，潘南、双桥两个大队关系一直很好。因此，我们不仅认识了他们几个生产队的队长，也获悉了大队长李松年的名字（之前他先在第一小队当队长），但一直未能谋面。

李松年的父亲叫李三六，出生于原红塔乡的北谢村，由于兄弟多，后来迁到了原张泽乡的朱家村，因力气大、干活卖力，就一直在毛旗村的周姓大户人家帮长工，专门摇老鸦船往苏州送猪。1944年，一次送猪途经太湖时，他被日本兵打死（一说是汪精卫的伪"和平军"）。这时，李松年尚不满10岁，家境由此变得更为艰难，其大姐在朱家村做童养媳，二姐由丁山小桥南汤家领养。作为大儿子的李松年，12岁时就到湖汶小涧给地主家放牛。1948年，在远房堂兄——正新厂老工人李洪保的关心下，来到丁山河闸观音堂边搭了个滚龙棚，和母亲弟弟定居。

新中国成立后，他们一家参加了农村初级社、高级社。1960年困难时期，被大家推选为潘南大队第一生产队小队长，李松年带领社员共同努力，改变了十分落后的面貌，被评为区、县先进。1962年，被评为省先进并参加省里召开的表彰大会，还受到了时任江苏省委书记江渭清、省长惠浴宇等领导同志的亲切接见。1963年，他当上了潘南大队的大队长，这大队长一当就是13年，在群众中赢得了很好的口碑，有着很高的威信。我想，这一定源于贫苦出身在他身上留下了深深的烙印，而新中国成立后，党和政府让他能挺起腰杆做人，他是在报恩。

1976年，苏南地区在全国率先发展社队工业，周墅公社当然也不甘落后。长期以来"以粮为纲"发展农业生产，并未让农民在经济上翻身。于是，公社增设了工交办公室，以此来履行发展工业、交通业的职能。当时，公社党委派在潘南大队任党支部书记的陆听福同志任工交办主任，新机构刚刚组建，人手匮乏，需要"招兵买马"。也许是因为李松年同志和陆听福同志一起工作过，双方知根知底，而且李松年又是一个忠诚老实且又能干的好帮手，于是，公社一纸调令，老李被调到工交办任副主任。我1978年1月2日从双桥村五金加工厂供销员的岗位上，奉调来工交办报到，之后和老李在一起工作了几年。这是机遇，也是缘分。

从此，老李与我结下不解之缘。

当时的周墅公社，23个大队分散在丁蜀镇的周围，有的还穿插在陶瓷厂矿的中间，既有山边，又有街边，还有沿太湖5个大队的渎边。要说工业基础，多少还有一点，尤其是街边大队，工业、副业起步较早，但大多是围绕陶瓷厂矿所需的原料加工、低端的耐火产品之类，而且都是小打小闹，根本谈不上什么规模与水平，而公社所有的工业企业也少得可怜。在我的记忆中，有个周墅电子耐火器材厂，算是有点规模，在象牙山有个采石矿，资源型的企业，效益还不错。丁中北边有个农机修造厂，公社旁边有个机电站，周家大队南山边上有家小型砖瓦厂，除此之外，还有个建筑站、运输社，规模都很小，公社甚至把一个养鸡场、养猪场，都让工交办来管理。

整个周墅公社工业产值规模很小，年终只能拿到为数不多的上交款，也仅仅来源于电子耐火厂和采石矿厂等几个企业。因此，当时公社党委对工交办寄予了很高的期望，要求在最快的时间内，大力发展社办工业，大力提升队办工业，争创亿元公社。工交办面临着时间紧和任务重的双重压力。而陆听福主任雄心勃勃、摩拳擦掌，要求我们工交办的几位同志能够响应党委的号召，千方百计交上一份满意的答卷。可惜天不假年，陆主任于1978年上半年身患重病，由我们护送去上海治疗，终因病情恶化，医治无效，不幸去世。不久，公社党委决定调小圩村的支部书记吴盘铭同志接任工交办主任一职，李松年同志为副主任。

那几年，我们的主要任务就是找信息、上项目。办工业企业，说是工业项目，其实是一些粗放型、资源型，能就地取材的项目。那时，我和老李两人合用一辆长征牌自行车，总是由我骑车带着他天天在外面跑。我们先后参与筹建了砖瓦二厂、石英砂厂、客车厂、紫砂厂（老李曾任紫砂厂筹建领导小组组长），外加一座湖光影剧院。当然，作为工交办，还要兼顾现有企业的生产经营、企业管理、安全生产，还要找电力部门增容，找物资部门求购紧缺物资，跑附近煤矿求购煤炭，这些工作我和老李都身先士卒，全部经历过。好在老李在镇上厂矿企业人头熟、人缘好，我也因为在村办企业跑过几年供销，积累了一些经验，所以，基本上还能够胜任这些方面的工作。虽然工作很苦、很累，也很艰难，但每每办成一件事情，老李和我都非常高兴，有时候会弄瓶酒来庆贺一番。真是苦中有乐，乐得其所。

20世纪80年代初，农业生产所需化肥十分紧缺，宜兴化肥厂推出了以煤炭换化肥的做法，因此，公社党委决定派人去江西采购煤炭用以调换化肥来支持粮食生产。派去的同志虽工作艰苦，但因买到的煤炭与先前送样的质量不符而被化肥厂拒收。为了妥善处理好这件事情，减少不必要的损失，公社党委就派老李和我赶赴江西。我俩身负重任，在江西婺源境内翻山越岭，苦口婆心地做好煤矿、运输公司及沿途堆场的协调工作，在极为艰苦的工作环境和生活条件下，最终把所购煤炭集中运送至万年县境内长江边码头，再想办法转让给了也来采购煤炭的南通粮棉原种场砖瓦厂。这样，不仅把经济损失降到了最低，而且和他们缔结了友好合作关系。他们是国营农场，国家给予的计划物资较为充裕，因此，也支持了我们不少当时十分紧缺的柴油、砖瓦等物资，用于企业的生产和建设。由于这件事情处理得好，老李和我受到了公社领导的多次表扬，虽然吃了许多苦头，可我们还是感到十分欣慰。

李松年同志出生于1935年，长我15岁。在一起工作，他是我的领导，我也把他当作师父。那些年，我们几乎朝夕相处，每天上班一辆自行车，他坐在后面，我在前面用力蹬车，工作上相依相伴、相扶相持，所到之处也颇受欢迎。在企业的眼中，老李和小史能为他们做点事情，这应归功于老李的工作热情和敬业精神，特别是他光明磊落的做人风格。我跟在他身边，他话不多说，而是用行动来教育我，让我受益匪浅。工交办主要负责人几经调整，吴盘铭之后是胡明荣，胡明荣之后是虞纪生，老李始终当副手而未有任何怨言，而且是一个十分称职的副手。公社机关、厂矿企业，甚至农业条线的领导，都对老李敬重有加。

1981年5月，公社党委调派老李到农机厂任厂长兼党支部书记，时隔一年，我也被调派至公社紫砂厂负责扩建工程，农机厂与紫砂厂的新厂址仅一河之隔，虽然不在同一单位，但我们时有交集，更主要的是心心相印。

1986年，周墅公社与丁蜀镇合并，周墅农机厂也改名为丁山农机厂（因同时有一家区属的丁蜀农机厂）。老李接任农机厂厂长时，企业规模偏小，生产经营也比较困难，老李深知自己身上的担子很重，于是他全身心扑在企业建设上，没日没夜地投入工作。老李读书不多，文化程度不高，但勤能补拙，每天他总是第一个到工厂上班，而且是从家步行而来。之前，他并没有学过什么企业管理，但他懂得生产要控制成本，产品要讲质量，对用户要讲诚信。为了一改过去等客户上门的传统习惯，他着手培养了一支供销队伍，带领他们主动出击找原材料，承接业务。

在我的记忆中，经过老李苦心经营，几年后，农机厂已具备了较完整的农机修造能力，铸工车间、锻造车间、金工车间、竹木车间相应配套齐全，生产任务饱满，秩序井井有条，干部职工的精神面貌也焕然一新，成为产值、利润、职工收入年年有增长，年年有上交款的镇属骨干企业之一。而我所在的紫砂厂也已改名为江苏省宜兴紫砂工艺二厂，并且遇到了历史上最好的发展机遇，生产规模逐年扩大，产值、利润、税收上交年年大幅度增长，一跃成为国家二级企业、江苏省乡镇企业的排头兵，在社会上有了较大的影响，关系也众多，也总是不忘为老李的农机厂拉点关系。我还陪同他去过南京、南通、镇江等地，千方百计为农机厂采购点生铁、钢材、木材之类的紧缺物资。当农机厂有批量物资进货资金不足的情况时，也为他们暂时垫付一下资金，拿他的话来说，是省得去跑银行申请贷款，还不用支付利息。而老李这个人特别讲信誉，总是按时归还，绝不拖欠。

1992年，我到丁蜀镇政府工作，虽为一镇之长，要比原来忙得多，但对老李我仍牵挂心头，时不时到农机厂去看看。1994年，老李已60虚岁，卸任农机厂厂长，由他培养的两个副厂长，一个高东生接了他的班，任农机厂厂长（后来回到周家村当支部书记），一个周玉明被输送到塍里村当书记。第二年，老李正式退休。

世事总有巧合，刚和老李一起工作时，他的儿子李爱林15岁，女儿李秀华13岁，都还在学校读书。而我到紫砂二厂当厂长后，爱林也从丁山面砖厂调来二厂上班，其间认识了我爱人的妹妹蒋锡娟，两人有缘喜结连理，这样我和爱林原本叔侄相称竟变为连襟平辈，而从此老李也长我一辈。2002年，李爱林从紫砂二厂出来创办阳羡茗陶苑（阳羡紫砂陶博物馆）。2005年，我们两家毗邻而居，自此，退休后的老李和当陶协会长的我几乎朝夕相见，见面并无多话，但一份浓浓的情感深藏于心，无需再多表白，我看到更多的是他每天清晨陪老伴去菜市场买回饭菜，外带一付他偏爱的麻糕夹油条，然后帮着老伴拾掇干净。中午我一般不回家吃饭，有时晚饭后，我们在园子里并肩散散步，偶尔也举杯相欢。

2013年，我同他一起去了一趟湖南韶山，当地的宣传部部长热情款待，还特地为我们举行了向毛泽东主席座像拜祭仪式，由两名武警战士抬着花圈正步拾级而上，我们一行神情肃穆地跟在后面，向毛主席三鞠躬。事后，大家都很开心，老李尤为激动，我深知，像他们这辈人对毛主席的感情是彻骨之深的。

人生不长，所有的体验都是在各种情怀中淘洗历练、自主拼凑而成。亲情、爱情和友情，合成了我们精神世界的全部，感恩和善待生命里走过的每一个人，是我们的必修课。在我的人生旅程中，老李无疑是一个值得我感恩的人。

晚年的老李，除了痛风时有发作，身板还算硬扎，思路敏捷，性格开朗，生活充满情趣，老伴贤惠，儿子、儿媳、女儿、女婿都有出息，且十分孝顺，孙儿留学英国，孙女留学韩国，曾外孙女阳光成长，全家和和睦睦、其乐融融。本应好好享受晚年生活，不料世事无常，他刚刚80虚岁就离开了人世，走得那么突然，让人十分悲伤。但有那么多的亲朋好友前来吊唁，来念叨他的好，这也是他一辈子忠厚笃实、真诚待人所得到的回报，家属亲属感到莫大的欣慰。

　　在我眼里，平凡一生的李松年同志，像花岗石一样坚实，像秋菊一样夺目，像春晨的阳光一样明丽，像万年松一样苍劲！

　　哀思无限，怀念无尽，真正的友情是永存的。

2019年7月1日

余音缭绕思故人

写在刘正贤同志逝世一周年之际

2018年12月11日下午，我正在办公室接待客人，李爱林打来电话，说上海奉贤的刘正贤同志因突发心肌梗死，经抢救无效，与世长辞。这突如其来的噩耗，一时让我喘不过气来，想多问几句时，电话那头已泣不成声。明明当天早晨通过微信发来的早安问候还在眼前，怎么一瞬间竟然就天人永隔了？真是人生无常啊！我因第二天要去长沙参加中陶协第七次会员代表大会，实在无法动身赶往上海送他最后一程，为此深感遗憾。与他的大女婿何国光通了电话，也因难抑悲痛而说不出话来，无奈，只好委托爱林弟代为吊唁并问候家人。

一年来，那个温文尔雅、和蔼可亲，不是兄长胜似兄长的刘正贤书记的音容笑貌，常常在脑海里浮现而挥之不去，无论如何我要拿起这支沉重的笔，写点文字来纪念这位30多年来亲密无间的好兄长。

初次见到刘正贤同志，是在1988年。当时，我在苏南乡镇企业——宜兴紫砂工艺二厂任厂长，作为农民办厂，这几年中，我在建厂创业方面做了一些工作，也取得了一些成绩，1987年被评为百位当代优秀农民企业家之一。之后，宜兴紫砂工艺二厂竟作为江苏省乡镇企业排头兵而名噪一时，我本人也获得全国优秀农民企业家、全国优秀乡镇企业家、江苏省劳动模范等荣誉称号。企业和个人的名字常常见诸报端，从而引起了当时在上海市奉贤县乡镇工业局任党委书记、局长的刘正贤同志的关注。于是，他带了几个人来到宜兴，直接找到工厂，自报家门说是慕名而来。也许都是来自农村，也许都是农民的儿子，也许都在从事中国农村伟大的改革创举——发展乡镇企业，因而惺惺相惜，一见如故，分外亲切。从此，我们成了亲如兄弟的朋友。由于各自工作繁忙，上海奉贤，江苏宜兴，路途虽不遥远，却难见一面，只是偶尔电话联系互致问候，但两人的感情却并不因见面机会不多而日渐淡漠，反而思念之情日益浓厚，这种因距离而产生的感情，还真是不可多得。

正贤同志比我大3岁，他于1947年4月出生在上海奉贤县钱桥乡罗神村的一个农民家庭。1965年4月，他刚18岁就参加了工作，1966年3月光荣地加入了中国共产党。他从一名公社农技站的农技员，到公社宣传干事、机关党支部副书记，再到钱桥公社党委委员、副书记、书记，后又调任奉贤县平安乡党委书记，奉贤县乡镇工业局党委书记、局长，奉贤县人民政府副县长，奉贤县委副书记兼政法委书记，再又调任金山区委副书记兼政法委书记。一路走来，他在工作上锐意进取、精益求精，我自愧无法与他相比。随着职位的一步步上升，他却并未嫌弃我这个老弟。从他的履历来看，正贤同志和我一样读书不多，我也因1966年初中毕业无书可读只得回到农村家中务农。但在交往中，我发觉他勤奋好学，这也是他能够从农村基层一步步走上领导岗位的原因，脚踏实地，实干而成，殆非虚言。这期间，他的文化程度、知识结构、理论素质、政策水平提升很快，足见其一刻也没有放松学习，而且是边工作边学习，从他的谈吐举止间，便可窥见他对农村工作的独到见解，他那严密的思维逻辑，他对世事的彻悟、对人生的洞察，着实让我敬佩不已。

在宜兴紫砂工艺二厂工作十年之后的1992年，我来到丁蜀镇担任镇长，也算是踏上从政之路了。那时的正贤同志，已是上海市县区级领导了，他偶尔来宜兴看看我，谈谈工作，叙叙家常，点滴之间，让我学到不少。他跟我讲起20世纪80年代他在钱桥公社当书记时，曾经轰动全国的"韩琨事件"（乡镇企业聘用的星期天工程师因拿奖金而被定罪入狱），这让乡镇企业出身的我感触尤为深刻。80年代正是中国乡镇企业崛起的时代，作为带领农民办起紫砂工艺二厂的我，也曾经"大逆不道"地"挖来"隔壁国有大集体企业的紫砂工艺师徐汉棠、徐秀棠兄弟，在当时的景况下，家人和亲友也着实为我捏了把汗，虽未出现像"韩琨事件"这样的局面，但也使我一时成为风口浪尖上的人物。好在随着党和国家改革开放政策的深入实施，这些都成为历史。然而，在整个"韩琨事件"过程中，当年任钱桥乡党委书记的刘正贤同志顶住了多大的压力，承担了多大的风险？最后，中央政法委一锤定音：韩琨无罪！因此，当2008年上海人民出版社的《韩琨事件揭秘》一书出版后，他立即给我送来了几本。我不止一遍地翻阅此书，结合我自己当年的创业经历，为乡镇企业发展所走过的艰辛历程而感慨万千。同时，更对刘正贤书记这种仗义执言、敢于担当的大无畏精神深表敬意。

刘正贤同志习惯人们称呼他"刘书记"，他一直为自己是一个农家子弟而走上领导岗位，在大上海的两个区县任副书记兼政法书记而感到自豪，他珍惜"书记"这个岗位，他在乎"书记"这个称呼。因此，无论是退休前还是退休后，无论是见面时还是在电话里，他总是自报"我是刘书记"，我们也总是以"书记"称呼他。他善解人意、谦逊低调，每每来宜兴从不愿打扰我，只是找阳羡茗陶苑的李爱林，多年来，他和爱林也结下了兄弟般的情谊，互动往来频繁。在金山区任职时，他曾为纪念抗日战争胜利，而来找长乐陶庄的徐秀棠大师设计创作了一些紫砂壁画。因此，我也陪同他们去了几次金山，从旁人的言谈中，我深切地感受到刘正贤同志在金山区有极高的威望，是一位名副其实的好领导。

2007年7月，在年满60周岁时，正贤同志从领导岗位上光荣退休，从金山区回到生他养他的奉贤老家。其时，我也已从小干部的位置退居二线，担任了宜兴市陶瓷行业协会会长，鉴于宜兴陶瓷名声在外，我这个会长还真是公务缠身、忙忙碌碌。因此，他几乎从不打扰，只是默默地关注我的一切，但凡我为行业做了一点事情，取得了一点成效，他都为我感到高兴。我也试图"引诱"他涉足茶文化，玩玩紫砂壶，然而，他自己拿捏得很精准，始终不入行，恰到好处。即使买了几把紫砂壶，也回去与朋友分享，自己绝不着迷，而对我们的陶艺紫砂大师徐汉棠、徐秀棠、汪寅仙、李守才等都十分敬重。他对推介和弘扬宜兴的紫砂文化艺术也很卖力。在以抗日战争为题材制作大型紫砂壁画的过程中，他与长乐陶庄的徐秀棠、徐立、孙平、史小明等也建立了深厚的感情。因此，对于他的不幸逝世，大家都深感悲痛、深表怀念。

刘书记退休后，玩起了雅文化，迷上了葫芦丝，几年下来，葫芦丝演奏几乎到了专业演奏家的水平。我跟他开玩笑时说："你可以到中央音乐学院去当兼职教授了。"我们宜兴有句俗语，叫作"80岁始学吹鼓手"。他在退休之后，却像模像样吹出了名堂，甚至还出了个人碟片，平时外出，汽车后备箱里总不忘放上几把葫芦丝。有一次来宜兴，还"逼"着我用二胡合奏了一曲，可惜，我已40多年不碰二胡，还是在20世纪70年代大演革命样板戏时，赶鸭子上架，演奏过二胡。幸亏，小时候跟父亲学了一点拉二胡的皮毛功夫，再在读初中时参加了毛泽东思想宣传队，有个老师教了我一些，但和正贤兄那娴熟的葫芦丝吹奏技艺一比，就相形见绌了，好在大家一起只是图个开心。如今，正贤兄不在了，再也听不到他那美妙动听的葫芦丝演奏了，每每想起他，耳旁仍有他吹奏时发出的美妙乐音，余音缭绕，让人久久不能忘怀。

一枝一叶总关情。正贤兄出生于农村，对家乡的一山一水、一草一木深情备至，尤其是家庭情结十分浓厚。上海市人大常委会原副主任、济南军区原副司令员刘伦贤中将是他的胞兄，作为一个农家的孩子，能当上中国人民解放军的高级将领，最后还到家乡上海市当了市人大常委会的领导，这让正贤兄感到相当自豪。我们在一起时，他总会讲到二哥刘司令员，喜悦之情溢于言表。记得2005年，我们组织了一代宗师、紫砂泰斗顾景舟先生九十诞辰上海师徒作品展活动，刘正贤书记不仅到场祝贺，还请来了刘伦贤将军。刘将军当场赋词一首，不仅赞颂宜兴紫砂，也充分肯定了顾景舟师徒作品展办得十分成功。作为时任上海市人大常委会副主任，他的到场让我们感到非常高兴。之前，正贤兄还陪同刘司令员来过宜兴几次。哥哥喝酒豪放，弟弟滴酒不沾；哥哥豪气万丈，弟弟谦谦君子——一母所生，个性风格迥然不同。十分可惜的是，刘司令员于2017年12月4日因病逝世，享年74岁。这对正贤书记来说，是巨大的打击，悲痛的心情一直让他难以释怀。哥哥原本身体如此健壮却突然病故，他实在无法理解。我们几次相遇，看得出他们兄弟情真。对兄弟如此，对已故父母更是深情难忘。在写回忆母亲的文章中，正贤同志是如泣如诉，对母亲的养育之恩是"寒天吃冷水，点点在心头"。小时候家庭生活艰苦，他的母亲千辛万苦地拉扯他们兄弟姐妹几人长大，读着那些饱含深情的字字句句，我情不自禁地流下了眼泪——这哪是文字啊，分明是优良家风的传承，是留给子孙们的宝贵精神财富。

2018年3月27日，我去上海第六人民医院做一个小手术，医院规定在病房住2天就得办理出院，但又要在一个礼拜后来医院拆线。正贤兄知道后，于3月29日把我们夫妻俩接到奉贤，安排住进南郊宾馆，他连续几天一日三餐陪着我们，直到我4月2日去医院拆线后他才离开。这也是我们相识相知30多年间在一起最长的日子。不料，这次相聚竟是我们最后一次的见面。回宜兴后，我一直邀他来宜兴聚聚，他倒是答应的，可是，当他于11月20日来宜兴时，我又在福建参加"壶抱白茶，器韵茶香"的活动，未能见面。他的这次宜兴之行，是由徐汉棠大师和李爱林全程接待的。他知道我忙，十分体谅我，原本以为今后时间还长，这一次不见面也不要紧，然而，他却在当年12月11日突发心梗，抢救无效，永远地离开了我们。我与正贤兄再也没有见面的机会了，这叫我怎么能不悲痛惋惜呢？他才72岁啊，人生还有许多美好可以享受呢!

  刘正贤同志逝世后,组织对他的评价是:"刘正贤同志长期在上海郊区工作,为奉贤、金山的经济社会、改革发展、法制建设事业作出了重要贡献。"从此,我们党失去了一位忠诚的能担当的好儿子,我的嫂子失去了一位好丈夫,他的女儿女婿失去了一位好父亲,第三代则失去了一位好外公,而我痛失了一位心心相印的好兄长。

  斯人已逝,风范永存。刘正贤书记,我将永远铭记您!

2019年11月22日

陶瓷之子张守智

2020年5月27日早晨，我打开手机微信，得知原中央工艺美术学院陶瓷美术系教授张守智老师因病医治无效，于5月26日20时在北京中日友好医院逝世的消息。虽然88岁已属高龄，但在我的印象中，张老师的身体状况和精神面貌一直不错，他走得还是有点突然，让人感到震惊。他的逝世，对中国陶瓷界来说，的确是一个噩耗，也是一个巨大的损失。

1932年，张老师出生于天津，原籍河北平泉。1951年至1956年在中央工艺美术学院实用美术系本科就读，后为在职研究生，是新中国高校培养的首批陶瓷美术专业人才。1956年至1998年，任教于中央工艺美术学院陶瓷美术系（现为清华美院陶瓷艺术设计系），先后担任副教授、教授、系副主任。是首批中国陶瓷工业协会顾问、历届中国陶瓷创新设计评委、中国陶瓷艺术大师评委、中国工艺美术大师评委等。

早在1953年，张老师在其学生时代便参与了"建国瓷"的设计及试制工作。1955年，相继参与"钓鱼台国宾馆用瓷""外交部中国驻外使馆用瓷”的设计和试制。其后，1959年的"人民大会堂国宴瓷"，1984年国庆35周年的"国务院紫光阁用瓷"，1985年的"中央机构怀仁堂用瓷"，1999年国庆50周年大庆、2009年国庆60周年大庆的"国家用瓷"，2014年"北京APEC会议首脑用瓷"的推荐遴选，2015年的"北京'读懂中国'会议用瓷"，2016年的"杭州G20会议用瓷"，2017年的"金砖国家领导人厦门会晤用瓷"，2017年和2019年的"北京一带一路国际合作峰会'集贤瓷'"和"春满园'晚宴瓷，等等。这些陶瓷作品的设计与监制工作，张老师都全程参与并全力以赴。可以说，张老师是新中国陶瓷发展的见证者和推动者。

张老师从教40余载，在中国传统陶瓷造型、宜兴紫砂、民间陶瓷、名窑陶瓷、国际餐具等领域均有深入细致的课题研究与探索，在国宴瓷、出口瓷、现代宾馆饭店用瓷和紫砂的设计开发工作中作出了卓越贡献，起到了引领作用。主要代表作品有："集贤瓷餐具""高长石质鲁玉餐具""硬质瓷牡丹配套餐具""曲壶""珍提""唐韵蓝牡丹餐具"等。其中，"高长石质鲁玉餐具"获全国陶瓷美术创作设计评比一等奖，"紫砂回方咖啡具"获全国评比二等奖，"曲壶"获全国陶瓷创新设计一等奖，"硬质瓷牡丹配套餐具"获国家质量金奖。在作品成果丰硕、获奖不断的同时，其本人也屡获殊荣。1992年，获得国务院授予的"为中国文化艺术事业作出贡献"表彰，享受国务院特殊津贴；

2007年，荣获中国陶瓷工业协会第五次代表大会授予的"中国陶瓷行业终身成就奖"；2011年，荣获"中国酒店业陶瓷设计终身成就奖"；2019年，在中国陶瓷继承与发展大会上，获得中国轻工业联合会、中国陶瓷工业协会授予的"中国陶瓷艺术设计教育终身成就奖"。

张老师为陶瓷而生。他心中满满地装着中国的每一个陶瓷产区和陶瓷人，在身体条件许可时，他长年奔走于各陶瓷产区，传递着国内外陶瓷信息，积极推动陶瓷产业的创新发展，推动并践行对陶瓷从业人员的培训工作。在我的印象中，他从不端教授的架子，是一位和蔼可亲的长者。张老师的设计合作者中，既有产区的许多陶瓷企业（中国日用陶瓷的振兴是他最大的愿望，他在这方面倾注的心血也最多），也有各陶瓷产区的传统陶瓷手工艺从业人员。这其中，充分彰显个性化特征的宜兴紫砂工艺，是他关注的重点，也是合作成果最多的艺术门类，为宜兴紫砂留下了诸多优秀器型，至今影响、启迪着紫砂艺人。

时间追溯到20世纪50年代，当时中央工艺美院的一批教育工作者就陆续来到宜兴参与紫砂器型的设计，其中高庄教授设计的"提璧茶具"（由顾景舟制作）、"报春壶"（由朱可心制作），这两件紫砂器的造型设计，加上两位大师的精心制作，因而成了经典之作，在2013年恢复设立的第七届中国宜兴国际陶瓷文化艺术节上，同时被评为十大经典紫砂器型（新中国成立后仅此2件，其余8件均为历史作品）。之后，张老师接连设计了"玉璧提梁"（顾景舟制作）、"曲壶"（汪寅仙制作）、"紫砂回方咖啡具"（徐汉棠制作）、"珍壶"（周桂珍制作）、"纳洪智提梁"（何道洪制作）、"月晕提梁"（曹婉芬制作）、"汉缘提梁"（张红华制作）等紫砂作品。中央工艺美院连续举办紫砂工艺培训班，为宜兴紫砂培养了大批优秀人才，紫砂界的多位大师如蒋蓉、徐汉棠、徐秀棠、高海庚、谭泉海、汪寅仙、鲍志强、何道洪等，都曾深深受益于紫砂工艺培训班。在这期间，国内各相关学院也先后来了许多老师，影响最大的莫过于张老师。60多年来，他与紫砂人的感情是"霜重色愈浓"，只要提到张老师，老、中、青三代紫砂人无不对他敬重有加。

业界公认，张老师能将现代设计理念与传统精神、艺术审美融于一炉。他生前也多次谈到，现代紫砂设计"不能食古不化"，创作者要热爱生活，善于发现这个时代的特征，才能创作出符合当代审美情趣的作品。他的紫砂设计代表作之一，是由中国工艺美术大师、中国陶瓷艺术大师汪寅仙制作的"曲壶"，壶身形态似自然界的蜗牛，又符合几何学中的渐开线，在20世纪80年代问世之初成为曲线美的代表，获全国陶瓷创作评比一等奖，并在日本展出时引起轰动。另一作品"回方壶"，则融入汽车的造型元素，极具现代感。

近20年来，我供职于省、市陶协，与张老师接触较多，他对中国陶瓷那份挚着的情结，在我们面前时有流露，他常常跟我们说："中国是瓷器的发明国家，中国瓷器在历史的长河中，曾经辉煌无限，一度让西方人顶礼膜拜，可现在人家已经超越了我们，无论是材质还是设计、制作工艺、装饰手段，远远走在了我们前面，这从国际售价可以看得出，中国的成套餐具瓷器价格太低了，实在让人惋惜。"他还说："目前，能在国际陶艺界让人佩服的就是宜兴的紫砂陶，传统的手工艺制作，造型千变万化，做工十分精致，装饰高雅，古朴端庄。改革开放40年来，宜兴紫砂人才辈出、传承有序，紫砂经济繁荣，紫砂文化昌盛，希望你们一定要珍惜来之不易的成就，把宜兴紫砂这块金字招牌擦亮。"

张老师对推介弘扬宜兴紫砂的贡献，不仅仅是设计了几件作品，在促成宜兴紫砂进入中南海紫光阁陈设，他是最重要的推手。1984年国庆，也就是新中国成立35周年，国家举行了一次盛大的庆典活动。此后，国际上的友好交往逐渐恢复，外事活动日益增多。中南海紫光阁，既是北京的四大著名古建筑之一，也是党和国家政务活动的重要场所，它的修缮工作也显得尤为重要和紧迫。在时任中共中央政治局委员、中央书记处书记、国务院常务副总理万里同志的建议下，修缮工作的总体设计任务交给了中央工艺美术学院，学院领导就把陈设陶瓷这部分工作交给张老师。拿着国务院办公厅的介绍信，张老师在浙江绍兴举行的第四届全国陶瓷艺术设计交流评比展览会上（这次会议我也去参加了），把这一任务同时交给了河北、江西、江苏、浙江的轻工业主管部门，因为这四个省都有一个历史悠久的陶瓷产区，即邯郸的磁州窑、景德镇瓷器、宜兴紫砂、龙泉青瓷，在往后的一段时间里，江苏、浙江两省的轻工厅积极主动，对这一工作十分重视，在向国务院办公厅行政司的领导汇报后，最后决定征集宜兴紫砂和龙泉青瓷作为紫光阁的陈设陶瓷。在此之前，紫光阁一直摆放的是几件官窑瓷器。这次更换工作，是新中国成立后第一次征集工厂生产陈设陶瓷。为了按时完成这项工作，张老师奔走在北京、宜兴、龙泉之间，审方案，提要求，催进度，查质量。当时，江苏省轻工厅、宜兴县人民政府、宜兴陶瓷公司、宜兴紫砂工艺厂的领导十分重视这项工作，大家都将此作为一项光荣的政治任务。

1986年9月，李昌鸿、汪寅仙、顾绍培3位紫砂艺人专程赴京，到中南海紫光阁实地考察陈设环境，回来后，一方面布置任务，另一方面设计红木架子。紫砂厂的技艺骨干人员纷纷一显身手，下决心要制作最好的紫砂艺术品送进中南海。这批作品完成后，陶瓷公司、紫砂厂的领导请来了顾景舟老先生和研究所负责人，一道对选送作品一件件仔细过目、严格把关，最后确定37件紫砂作品，精心包装后连同红木架子送到北京。国务院办公厅行政司给每件作品、每一位作者颁发了收藏证书。从此，这批材质考究、造型各异、工艺精湛、倾注着从领导到艺人的心血、饱含着紫砂人一片真情的宜兴紫砂作品，就一直在紫光阁轮换摆放，展示在来华访问的重要贵宾面前。这一重要事情的最终完成，也倾注了张老师的无数心血。

之后，张老师多次来陶都宜兴，或办班培训陶瓷紫砂艺人，或陪同客人参观访问，或为陶瓷文化艺术交流牵线搭桥，或找人合作设计紫砂作品，或当全国陶瓷评委，他始终把宜兴作为他的教育实践的重要基地、合作设计创作的最佳陶瓷产区。他对中国陶瓷界的贡献是巨大的，对陶都宜兴的影响是深远的，以至于知道他去世的消息，全国陶瓷界人士无不感到震惊，宜兴陶瓷紫砂界的反响尤为强烈。中国陶瓷艺术大师何道洪在第一时间抱病撰写《深切缅怀张守智教授》一文："我听到张守智先生溘然长逝，不胜唏嘘。和张老师相识近50年了，他是我在陶瓷造型设计上的老师，也是彼此心境相通的老师……应该说，我的设计和创新与张守智老师的指导是分不开的，我作品的美学构建，也是从中央工艺美术学院学习开始的，真的很感谢张守智老师，他一直对我的作品造型给予很高的赞誉。张守智先生是为中国文化艺术事业作出突出贡献的人，尤其对中国陶瓷行业厥功至伟；而在宜兴紫砂上，他参与设计的作品有很多都是经典之作。他的离去，象征了中国陶瓷史中一个章节的结束，他的名字，应该被紫砂人铭记，我们感恩他所付出的一切。"许多紫砂大师，如徐秀棠、曹婉芬等纷纷打电话给我，问宜兴紫砂界应该以什么样的方式来悼念这位贡献卓越的老师。其实，汪寅仙大师在生前也时常在我面前提到张守智老师，感恩之情溢于言表。当然，从内心敬佩并感恩张老师的人远远不止这些，大家都在心底里默默祝福他艺术之树常青，能够健康长寿。

张老师一生的科研教育和创作成果甚多，却从未追求著书办展，直至2013年8月，才与夫人吕晓庄教授（1957年毕业于华南工学院，陶瓷制釉专家，同样执教于中央工艺美院）在北京合办了"60年陶瓷设计作品展"，这场展览规模不大，甚至颇为低调，却吸引了逾千人到场祝贺，国内各陶瓷产区负责人、日用瓷生产厂家负责人齐聚，成为业内一件盛事。当时，我因其他事情脱不开身，就由鲍建生副会长一行专程前往祝贺。张老师在开幕式发言中说："我的导师祝大年交给我一把测绘'建国瓷'用的钢板尺和一只量杯，勉励我继续测量中华美食美器，测量世界名牌陶瓷餐具演变的往事。"他最后感慨地说："我用这组量具，已经量了整整60年，它测量着我的陶瓷设计与生活、生产相结合的尺度。在今天，它还在测量着我的陶瓷设计人生。"

自2015年第八届中国宜兴国际陶瓷文化艺术节暨顾景舟百年诞辰纪念活动之后，张守智老师就再也没有来过宜兴。不是他不想来，而是他若干年前去俄罗斯时，突然感觉腿脚不灵，经多方治疗虽有好转，但已离不开保健医生跟随。2017年的第九届陶文化艺术节和2019年第十届陶文化艺术节暨百年蒋蓉纪念活动，我们都邀请过他，他和夫人吕晓庄教授也都答应争取来宜兴，还讲好到时和保健医生一起过来，让我们安排好接待工作，但最终还是因为身体状况无法成行。尤其是在汪寅仙大师逝世一周年纪念活动之前，我专程跑去北京邀请，鉴于他与汪老师之间多年的合作和师生友情，他是很愿意来参加纪念活动的，但也考虑到身体状况，于是，就在家里制作了一段视频讲话，即对汪老师紫砂艺术成就的追忆和他们之间的友谊交往，说万一去不了，就用这个视频讲话代替。果不其然，在2019年3月1日的纪念汪寅仙大师逝世一周年座谈会上，张老师就以这样的方式发了言。

2019年6月，"紫砂九隽"在中国美术馆举办展览，这时的张老师因腰腿顽疾很少出门参加活动了。往日，对这样的展览活动，只要身体情况允许，他是非去不可的，然而，这次他还是心有余而力不足，无法参加开幕式了。

中国的陶瓷界为痛失这样一位泰斗级人物而悲痛，他对中国陶瓷行业的贡献，会一直被人们铭记。5月27日下午，我先给吕晓庄教授发了一条慰问微信消息，接着便以省市陶协的名义发了唁电："惊悉张守智教授因病仙逝，我们宜兴乃至江苏陶瓷界同仁深感悲痛。张老师毕生致力于中国陶瓷的振兴与发展，他情系陶业工作者，60年来奔走于各陶瓷产区，成为中国陶瓷人最亲密的知音,是广大陶业工作者心中最敬重的老师,中央工艺美院正是有了像张守智教授这样的老师而深受陶瓷产区的爱戴。他的逝世,是中国陶瓷界,尤其是陶瓷教育界的重大损失,我们将永远铭记他。"

斯人已去,音容宛在;生命总有尽头,但精神永远不朽。张老师,一路走好!

2020年6月18日

怀念乡贤吴金奎

在我辈的记忆中，计划经济年代的木材、钢材、水泥、玻璃等大宗建材，属于国家重点掌控的紧缺物资，不是谁想买就能买到的，但凡有基建项目的单位和想要造房砌屋的家庭，均为购买这些材料而费尽周折。

20世纪80年代之前，环绕在陶业重镇丁蜀镇周围的周墅公社（后来改为乡），有23个大队（现在叫村），23000多人口，在宜兴全县范围内属中等偏大的公社，不仅有沿太湖的5个大队，还有街边的10多个大队，山边也有几个大队，不仅农副业生产很有起色，社队工业（后来叫乡镇企业）起步也较早，因此，公社财政也逐渐殷实。

70年代中期，原来在蜀山潘家祠堂的乡政府机关搬迁至丁山大木桥南的小圩村（即现在的万安路），这是由周墅电子耐火器材厂出资建造的两爿平房，潘家祠堂的三进房子则留给耐火厂用作物资仓库（之后，也作为周墅紫砂厂，即宜兴紫砂工艺二厂的初创用房）。随着乡政府的安顿，一些如广播站、电影队、邮政所等公益服务机构的建设也逐渐到位。唯一缺的，是没有一座像模像样、可容纳数百上千人开会的大会堂。这怎么行呢？在那个年代，会议是少不了要经常开的。比如说"三干"会议，就是要开到公社、大队、生产队的三级干部。鉴于当时公社集体财力的结余，建造一个大会堂是完全可以的，而且是一件十分紧迫的事情。乡党委、乡政府在听取了方方面面的意见后，决定在乡政府对面的广场建造一座既可以开大会，又可以面向社会开放的影剧院。于是，打报告（必须得到县政府批准），选址搞规划，找人搞设计……通过前期的努力，筹备工作很快就绪，就等开工建造。但真正要开工，光有钞票是不行的，还必须用钞票换来种种建筑材料才行。

很快，乡党委召开会议，发动大家群策群力寻找物资来源。在林林总总的所需建材中，主要是钢材、水泥、砖瓦、木材等大宗材料需要解决。对钢材的采购，则发动社办企业的供销员找门路；水泥，宜兴已有多家厂生产，不是什么大问题；砖瓦，本乡虽有两个生产"八五砖"厂，但按设计要求必须用"九五砖"，好在由于江西煤的处理，已挂购了南通粮棉原种场，他们的砖瓦厂生产"九五砖"，可以支持解决；而木材却是个大问题，跑了几趟县计委、物资局、木材公司，他们都是爱莫能助，实在是解决不了，怎么办呢？

世上的事情，往往有着许多巧合。正在为木材需求发愁的时

候，却迎来了转机。周墅乡小圩村有一位乡贤叫吴金奎，20世纪
50年代大学毕业后分配到云南省交通厅工作，恰巧他们厅里要
建造员工宿舍，设计中应安装陶瓷卫生洁具（蹲便器），而当时
的陶瓷卫生洁具也属于紧俏物资。单位里知道他是江苏宜兴人，
而宜兴是我国的重点陶瓷产区之一，于是，就派他来宜兴看看能
否采购到20套陶瓷卫生洁具。对于久未回家乡的吴金奎来说，
这当然算是一件好差使。但老吴离开家乡太久，对采购卫生洁
具一事也心中没数，他回家后，便把这件事告诉了时任周墅乡工
交办主任的吴盘铭同志（他们同村同族），叫他帮着联系丁山的
陶瓷厂家，并允诺如能帮助解决20套陶瓷蹲便器，他们便可提供
20立方米的木材作为协作条件。

　　乡党委领导得知这一消息后，认为这是个好机会，于是就吩
咐我（当时，我已在工交办工作）去陶瓷公司找人联系，力争帮
助吴金奎同志解决这一困难。其时，陶瓷公司所属的几十家企业
中，仅有坐落在川埠的卫生陶瓷厂能生产少量的卫生洁具，且也
是供不应求。于是，我就拿着乡政府的介绍信，去宜兴陶瓷公司
找了分管供销的蒋藩副经理。我熟悉这位温文尔雅、和蔼可亲
的公司领导，之前也曾找过他解决过许多问题。我知道这次一下
子要解决20套卫生洁具并不容易，于是，就把求助他解决这个
困难的来龙去脉汇报了一通。蒋藩副经理微笑不语，思考片刻便
拿起笔来，在我的介绍信上批示卫陶厂予以尽力解决。有了这个

批示，我即刻跑去卫陶厂衔接落实，这样就有底气去和吴金奎同志签署一份物资协作的合同书，即我们为云南省交通厅员工宿舍项目提供20套陶瓷卫生洁具，对方则为我们影剧院项目提供20立方米木材。合同签了，20套陶瓷卫生洁具按时发至昆明，对方也十分满意。但接下来木材要从云南运回来，却有漫长而艰难的路要走。

吴金奎同志回到云南后，把合同盖好公章寄来两份。紧接着由他们报省计委、省协作办批准，否则，即使有了木材，也不能到车站发运，因为木材属国家管控的一类物资。因此，这一过程时间并不短，等这些手续办好后，马上通知我们派人去云南具体落实木材的发运工作。于是，乡政府派我和影剧院筹建办的杨福生同志二人，于1980年11月18日由上海乘79次列车去昆明，20日到达昆明，21日吴金奎同志就安排好省交通厅楚雄运输总队的四辆大卡车去林区拉木材，我和老杨二人则由昆明乘长途汽车去林区和运输车碰头。

云南在祖国的大西南，由昆明去中甸全是翻山越岭的盘山公路。第一天我俩乘车到楚雄，时间虽早却歇车过夜了，第二天一早上车开到下关过夜，第三天到大理过夜，第四天到丽江过夜，第五天才到小中甸的终点站——桥头。这趟旅途，大客车行驶了5天，我们途中停留住宿了4晚。这段时间，最高人民法院特别法庭正好公审"四人帮"，那时的旅店，是不可能每个房间配有电视机的，但过夜旅客可集中在广场上一起收看电视。出于好奇，也出于对祸国殃民的"四人帮"的愤恨，所以我天天收看从不落下，也可缓解一下每天坐车的疲劳。

我们到终点站桥头后，就和先到的运木材的汽车司机碰上头。桥头在云南十分僻远的迪庆州，是个人烟稀少、十分荒凉的地方，住的小旅馆条件十分差。我们也不晓得木材究竟在哪里提货，一打听才知道还要从这里乘卡车去中甸林区装运。25日随卡车到了林区，我们把随身带的一些罐头食品（记得是午餐肉）送给伐木工人们，这些工人非常开心，也非常关照我们，明明是20立方米的提货单，装载了差不多有一倍之多（付款按实际材积计算，只是超计划指标）。我记得好像是大小81根云杉，近40立方米的材积。云杉原木根根又直又粗，装了满满4卡车，我们从未见过这么好的原木。在这期间，我们还在伐木场的工棚里住了两夜。

杨福生同志坐第一辆车从林区出发，我押最后一辆车，一路翻山越岭，风餐露宿，司机也跑惯了这条线路，一路上跟着他在少数民族的老百姓家里吃饭，在山间小旅馆过夜。这次行程漫长而艰难，我们一路上始终提心吊胆，尽管直线距离并不算太远，但是盘山公路弯弯曲曲，途中险象环生，车子也跑不快。12月1日，我押运的最后一辆卡车才到离昆明不远的广通货运站（货运集散地）。从林区出发前，我叫老杨到了车站后，先找一个货场把木材集中堆放好，去买毛笔墨汁，在每根木头两端编上号。等我最后一车到达后，一颗悬着多日的心才算放了下来，望着这一堆木材，我们虽苦也乐，相拥而笑，以为很快就可以要到车皮发运回家，谁知烦恼接踵而来。

就在我们吃尽苦头，终于把这批木材从中甸林区运到广通货运站并堆放好，回昆明准备报运时，国务院突然下发了《关于制止森林乱砍滥伐的紧急通知》，于是，所有已砍伐的和正砍伐的一律停止发运，待清理整顿后再听通知。听到这个消息，我们不由得大吃一惊，心里一下子凉透了。果然，在昆明跑了几天后得到同样的答复，于是，只得叫老杨先回家，由我一人留下来继续打听消息，其间又不放心堆在广通货运站的木材，隔天还要去看看。就这样一直在云南耗着，看来实在是一时不能马上发运，打长途电话请示乡领导后，12月24日回到家中。这趟云南之行，时间长达40天，其间恰好遇到大浦乡冶炼厂的供销员顾品洪父子在昆明的东风旅馆包了房间，平时他们要到各市县去跑业务，就让我住在他们的房间，好歹也是个安身之处，至今我仍怀有感激之情。在昆明，每天的事情就是去车站货运处听听消息，实在闲得无事可做，就捧本书看看，或者到旅社对面的工人文化宫看看电影，但心里却十分焦急。对于这样大的政策变化，乡贤吴金奎同志也是爱莫能助，我回家时去向他告别，木材发运一事仍拜托他多加操心。

时间到了1981年2月，乡贤吴金奎发来电报，说我们的木材手续符合政策规定，可以发运了。我真是喜出望外，汇报乡领导后，立即和吴金奎的侄子吴新民发出。3月4日去上海，5日乘80次列车，8日凌晨到昆明。其间，还有一个让人十分扫兴的小插曲，18岁的吴新民第一次有机会去云南看望伯父，显得十分激动，觉得总不能空着手去，于是就背了30斤宜兴产的糯米，事先还通知吴金奎同志来车站接我们，结果下车时发现装着糯米的包袋不见了。夜里坐车迷迷糊糊，究竟什么时候让人拿走的也全然不知，出站时还向车站派出所报了案，后来也无下落，我们懊恼不已，吴新民急得哭鼻子了，见到伯父十分难为情，吴金奎同志只得好言安慰。就这样，我们在昆明广通来回跑了几天，3月15日终于把木材装上火车，我们也就返程回家。

因货运车速度慢，装运木材的火车4月中旬才到长兴站。然而，我们派车去长兴站装运好木材回宜兴时，又受到了木材检查卡口的盘查。长兴、宜兴既是一县之隔，也是一省之隔，木材从长兴运到宜兴属于出省，必须有批准手续。总之，又办了许多手续，真是好事多磨。当这些整整齐齐、又长又粗的云杉堆放在乡政府门口的广场上，围看的人啧啧称好，都讲出了娘肚皮从未见过这么好的木材。

这次到云南采购木材，从1979年4月30日陪吴金奎同志吃饭时谈意向，订合同，报审批，赴云南林区提木材，漫长的等待发运，到木材最终到家，长达两年时间。几趟去云南，吃尽了苦头，但功夫不负有心人，总算圆满完成了任务。之后，由戏剧家阿甲书写的"湖光影剧院"五个大字熠熠生辉。1981年国庆节剧院开张时，通过阿甲请来了江苏省京剧团，由著名京剧演员杨小卿、沈小梅领衔演出《凤还巢》。1982年4月，又有上海越剧名家金彩凤率团来演出《碧玉簪》。这两次演出，我都参与票务安排，由于是名家演出，真是一票难求，由此，作为乡镇所属的湖光影剧院也名声大振。

1986年，周墅乡正式并入丁蜀镇，乡政府机关撤销，大小会议也不在这里召开了，剧院也逐渐凋零，不久就被拆掉了，取而代之的是住宅房，这些都是后话了。

悠悠岁月，沧海桑田，斗转星移，物是人非。曾经和我一同去云南拉木材的杨福生同志长我7岁，已于6年前因病去世，当年的毛头小伙子吴新民也已58岁了，如今仍在为生计奔忙。

24年后的2005年，我再次去昆明，特意拜访了吴金奎同志。其时，出生于1927年的吴金奎已退休多年，人也老了不少，且体弱多病。去年和吴新民通电话，得知他已去世。

对乡贤吴金奎同志，我一直怀有敬意，他不仅为家乡建造影剧院解决了木材问题，也让我的人生有机会历练了一遭。

2021年4月28日

农村农业情怀　乡镇企业情结

深切追忆原农业部部长、党组书记何康同志

2021年7月3日，原农牧渔业部部长、党组书记，原农业部部长、党组书记何康同志，因病医治无效，在北京逝世，享年99岁。

自34年前第一次见到何康部长以来，他一直是我心中敬仰的长者。

那是1987年的3月上旬，时任江苏宜兴紫砂二厂厂长的我，忽然接到北京发来的一个通知，要求我于3月16日赴京参加由农牧渔业部召开的全国乡镇企业家座谈会。时值我的岳父病危，正在无锡市第二人民医院接受救治。去还是不去，确实是个两难选择。

这次座谈会，部里邀请了全国19个省（市）的26名优秀乡镇企业家，旨在一起分析当前全国乡镇企业所面临的新形势，研讨在商品经济竞争中乡镇企业的发展方向。这在中国乡镇企业发展史上还是第一次。我根本没想到，作为一个普通的乡镇企业的厂长，能受邀去北京参加这样高层次的座谈会。应当说，这不仅是我个人的荣誉，也是宜兴乡镇企业的光荣。在我爱人的鼎

力支持下，我匆匆安排好岳父后续治疗的相关事宜，毅然登上了北去的列车，如期赴会。

座谈会期间，我有幸见到了时任农牧渔业部部长、党组书记何康同志，并聆听了他关于发展乡镇企业的重要讲话，深受启发，也备受鼓舞。3月22日上午，他和薄一波、费孝通等党和国家领导人以及时任国家经委副主任朱镕基同志一起，在人民大会堂新疆厅接见了与会的全体乡镇企业家，并和大家合影留念。其间还有一个小插曲，当农牧渔业部乡镇企业局的领导把参会人员一一介绍给薄老，薄老听说我来自江苏宜兴时，显得非常高兴，连说宜兴的紫砂壶很有名的。也就是在这次座谈会上，时任中央书记处农村政策研究室主任杜润生同志提议成立中国乡镇企业联合会（即后来的中国乡镇企业协会），并由何康部长担任第一任会长。

7月30日，"当代中国优秀农民企业家"评选活动结果揭晓。时任农牧渔业部副部长陈耀邦向首都13家新闻单位介绍了这次活动的目的和意义，公布了评选出的100位优秀农民企业家名单。我作为江苏宜兴紫砂工艺二厂的厂长，有幸入选。这次百名"当代中国优秀农民企业家"的评选，中央人民广播电台、中央电视台、《中国乡镇企业报》三家新闻单位起了很大的推动作用，《人民日报》《光明日报》《经济日报》《科技报》《农民日报》等首都媒体也给予了大力支持。

9月1日，我参加了在人民大会堂举行的荣誉证书颁发仪式，何康部长为我颁发了证书。时任中共中央政治局委员、中央书记处书记、国务院副总理田纪云同志也出席了颁奖典礼，会议的规格非常之高。

自此以后，评选出来的农民企业家，便多了一个平台，大家经常相互交流学习。其他省市的企业家凡来江苏，都会到宜兴看看，然后，由我陪同去江阴华西村参观学习。我们也组织去杭州萧山万向节厂、武进洛阳自行车接头厂、南通江海电容器厂等参观学习，进一步开阔眼界、解放思想。

1992年，南通江海电容器厂厂长、农民企业家缪康强被破格提拔为南通市电子工业局局长。乡镇企业家擢升局长的新闻，一时间成为全社会关注的焦点。对于这件事，当时争议比较大。《中国乡镇企业报》抓住这一热点，在报纸上开辟了专栏，登载各界人士的讨论文章，各抒己见。恰巧，我在北京参加全国人大法工委召开的《税收征管法》座谈会，该报副总编李尔健同志专门到会场找我，约我也写一篇文章，谈谈对这件事的看法。我就以书信的形式，写了一篇交差，没想到该报以《缪康强现象众说纷纭，史俊棠书信感慨万千》为题，在头版全文登载。企业家到政府部门任职，在当时的情况下确实是破天荒的事，大家见仁见智，各有看法。

这段时间内，中国乡镇企业协会活动也较频繁。西安会议

（田纪云副总理到会讲话）、成都会议，每次，何康同志不仅以部长的身份，还以中国乡镇企业协会会长的身份参加会议并发表讲话。1990年，何康同志卸任农业部部长后，有了更多的时间来关注、关心乡镇企业。在多次的接触中，何部长不仅知道我们每个企业的基本情况，而且几乎能叫出我们每个人的名字。我们也真诚地邀请他能来乡镇、来企业看看，每一次，他都欣然接受了邀请。他的儿子何迪先生在追忆文章中，也写到父亲大力推进乡镇企业发展、促进农村城镇化建设、解决农民富起来等事迹。他担任了中国乡镇企业协会首任会长，与许多农民企业家建立了深厚的友谊。

　　1992年5月，时任宜兴市委副书记、市长刘湘根同志带着一班人，在北京疏通环节，争取中国环保科技工业园能落地宜兴，在跑了国家科委、国家计委等相关部委后，临时决定在北京人民大会堂召开新闻发布会，以扩大影响。当时，因丁蜀镇的中外合资企业金帆陶瓷一事，我在京报批有关事项，正好也住在国际饭店，于是，就被刘市长临时叫去服务新闻发布会。安排给我的任务有两项：一是邀请全国人大常委会副委员长费孝通同志参加新闻发布会，二是邀请何康部长到场。当时，费老刚从俄罗斯出访回来，时差尚未调整好就赶来参加会议，对宜兴设立环保科技工业园一事给予了很大的鼓励，并作了很好的讲话。何康部长原本答应到会，不料爱人缪阿姨突发重病送医院抢救，实在无法分身、匆忙之中，他题写了一幅字交予我，大意是"发展环保产业，振兴乡镇经济"。为此，大家也是感激不尽。新闻发布会最终取得了圆满成功。不久之后，中国环保科技工业园正式落户宜兴，为日后宜兴环保产业的发展，也为宜兴经济社会的发展作出了贡献。

1993年春天，何康部长来到宜兴，时任宜兴市委副书记戚顺元同志让我一起接待，见面后感到十分亲切。我们陪同他看了一些地方，最后来到华盛杜鹃场。他看到连片种植的杜鹃地，非常兴奋。我请他为杜鹃园题个词，他十分乐意。随同我们一起的《宜兴日报》记者俞静芬同志，随即从背袋里拿出册页和笔墨。何部长在桌子上摊开册页，手握蘸满墨汁的毛笔，若有所思地看着我，说题什么好呢？我立即接他的话题，说宜兴这片杜鹃园的种植，不仅面积大，而且水平也很高，可能在全国都找不出第二家，就题"华夏杜鹃第一家"吧。他稍作思考，欣然挥毫写下了"华夏杜鹃第一家"七个大字，令杜鹃场场主陈玉祥、嵇锡华夫妇非常感激。从此，这个题词成为杜鹃园的镇园之宝。当时，我在丁蜀镇当镇长，镇属定跨村建了一幢办公楼，村书记曾托我为办公楼题个词。我见何部长兴致正浓，于是又向他提出请求，他立马提笔，写下了"定跨新村"四个大字。一个农业部部长为一个村题名恐怕不多吧。为此，我深感何康部长的平易近人，浓郁感人的乡村情结。

何康部长生于1923年2月，福建福州人，1939年16岁时就加入中国共产党，1941年由广西大学经济学专业转入农学院农艺专业，新中国成立后，一直在农业战线工作。1990年卸任农业部部长后，在第八届全国人大财经委工作，依然致力于促进与保护农业、畜牧业、渔业和乡镇企业的立法工作。1993年，何康同志获得了世界粮食奖基金会颁发的第七届世界粮食奖，成为第一个获此奖项的中国人。他将20万美元的奖金全部捐给了中华农业科教基金会，用于奖励高等农业院校品学兼优的学生和农业科研项目。这笔奖金在当年可是一个天文数字，由此足见何部长的宽广胸襟和对农业的至臻情怀！

何部长离休后，我的工作也几经变动。好在我和首都几家媒体的老朋友，如徐潮江（中央人民广播电台）、张长明（中央电视台）等一直保持着联系。我心中一直挂念着何部长，时常向他们问起老部长的情况，知道他在家中颐养天年，由衷祝福他老人家健康高寿。可惜，我再未有机会去林业部大院他的家中拜望，实属遗憾。

20世纪八九十年代，正是乡镇企业的蓬勃发展，才使中国的农村、农业、农民发生了翻天覆地的变化。在这一历史时期，除了有一批敢于开拓、勇于拼搏、敢立潮头的乡镇企业家，更有一批思想解放、支持和鼓励乡镇企业发展的各级领导，尤其是像何康长这样的领导，他们关注、支持乡镇企业，关心、爱护奋战一线的乡镇企业家；他们顺势而为、因势利导，为中国乡镇企业的发展制定了一系列行之有效的方针政策，这才让中国这一伟大创举取得了如此巨大的成就，从而彻底改变了中国。

点滴追忆，缅怀我尊敬的何康老部长。

2021年7月26日

碧水无波　精彩华章

怀念我的挚友盛畔松

　　2022年8月7日，农历壬寅年七月初十，立秋，老天爷忘了给人们送上一丝秋的凉意，无情地接走了我的挚友、我的好兄弟盛畔松。这个立秋，不仅高温难耐，更让我悲伤难抑！

　　20世纪80年代初，畔松已是《宜兴报》的记者了，我在宜兴紫砂工艺二厂（当时叫周墅紫砂工艺厂）工作。冲破重重阻力创办的周墅紫砂工艺厂，无疑是当时宜兴社办工业一棵苗壮成长的苗子。怀有高度使命感的记者盛畔松，凭借他敏锐的眼光，开始关注这家企业的发展，尤其关注着我这位百折不挠、一心想让紫砂成为富民产业的年轻厂长。从此，我们成为心心相印、不是兄弟胜似兄弟的朋友，一路走来，竟已逾40年。

　　1951年，畔松出生于宜城与丁蜀之间的老104国道旁的查林村（原隶属川埠乡，现已并入丁蜀镇）。那个年月，生长在农村的小孩，生活是艰辛的，加上兄妹多，父亲身体不好，因此，他从小就在田间山林摸爬滚打。1964年，他是村里唯一考上宜兴中学读书的孩子，之后，因遭遇"文革"，再想读书也成奢望，务了几年农后，到川埠农机厂当徒工。畔松虽是初中生，但由于天资聪慧，文笔不错，喜欢写文章，被招录进公社广播站，开始了他的记者生涯。这期间，他刻苦用功，写稿投稿数量不少，1978年又被县广播站招去工作。1980年，《宜兴报》复刊，并更名为《宜兴日报》，他被调到了报社当记者。当时，《宜兴报》刚刚复刊，百废待兴，他十分珍惜这个机会，倍加努力，和为数不多的报社人一道，为宜兴报业的发展殚精竭虑、竭尽全力，很快就成为报社的主要笔杆子之一。他也曾担任了两届宜兴市政协委员。

1983年9月26日，当周墅紫砂厂第一顶52米隧道窑点火投产时，畔松以饱满的热情写就了新闻消息《社办企业又绽出一朵新花——周墅紫砂厂52米隧道窑点火》，在《宜兴日报》第一版发表。1984年12月22日，隧道窑点火投产一年后，他又写下了新闻通讯《"小钱"生"大钱"、"死钱"变"活钱"——紫砂二厂靠贷款、集资扩大再生产，三年产值翻四番》，并在《宜兴日报》第一版配发了评论《"学会用钱本领"》。之后的数年中，他一直关注着我的企业，经常写些文章在《宜兴日报》《中国乡镇企业报》《经济日报》等报纸上发表，一是肯定乡镇企业——宜兴紫砂工艺二厂的发展，二是给我以更大的鼓励，让我在创业的道路上不断获得精神动力。

一路走来，畔松和我相交40余年，工作交集不胜枚举，其中有一些较为重要的事情至今记忆犹新，也让我终身难忘。1986

年3月11日,《宜兴报》复刊6周年活动, 报社邀请了30多位宜兴籍的外地新闻工作者, 限于当时的条件, 如何接待好这批重要的客人, 报社颇费脑筋。畔松作为主要接待人之一, 目光盯在了我们紫砂工艺二厂, 也想让这批客人来参观一下乡办的紫砂厂。于是, 他和报社领导一同来找我商量。说实话, 一家乡办的紫砂厂刚刚起步, 除了几幢简易的厂房, 别说接待室了, 连个像样的会议室都没有。畔松说, 这些北京、上海等大城市的记者, 什么世面没有见过, 什么排场没有经历过, 到宜兴来就是回到家乡, 家乡有家乡的特色, 紫砂工艺就是宜兴最大的特色, 把特色展现出来, 他们一定高兴。这一想法也得到了报社领导的赞同, 于是, 我们因陋就简, 临时腾出半幢车间布置了一个产品陈列室。陶瓷生产企业环境比较脏乱, 于是, 我们就发动管理人员集中力量清扫卫生, 做到成型车间秩序井然, 刻字车间彰显陶刻特色文化, 窑务车间打扫得干干净净, 这样, 客人们来厂里参观, 就一定能留下一个好的印象。

还有个难题, 就是要招待客人吃一顿午饭, 简陋的职工食堂里连张像样的饭桌都没有, 因此动脑筋腾出几间堆坯的车间, 向厂后面居住的社员家里借了几张八仙台、长凳。吃什么呢? 既然到家乡了, 索性就让他们吃地道的家乡菜, 品尝他们记忆中儿时的味道。于是, 风鸡、糟扣肉、扣鸡、马兰头、春卷、芦笋烧肉、蛳螺肉炒韭菜、荠菜包馄饨, 酒就用农家自酿的"缸面清"(米酒），这样的苦心安排，真还收到了意想不到的效果。

这些来自《人民日报》《解放军报》《文汇报》《新民晚报》的记者，自小读书远离家乡，踏上工作岗位后也很少回来。来厂里的这一天，参观得兴致勃勃，他们出于记者的本能，对家乡改革开放褒奖有加，对乡镇能办紫砂工艺厂，能培养这么多农村人才，产品还能出口创汇，感到十分高兴，一片赞扬声不绝于耳（之后好多位乡贤记者在报纸上发表了文章）。而对这顿午饭，他们更是兴致高涨，一盘盘地道的家乡菜，不仅能叫得出菜名，也确实唤起了他们儿时的记忆，都说离开家乡后，很少能吃到家乡的菜肴，喝到这样的米酒。这些乡贤记者纷纷递出名片，与我合影留念。总之，在简陋的条件下，我和畔松很好地完成了这次俭朴而不失隆重的接待任务，为《宜兴报》复刊6周年的活动锦上添花。

1986年4月，畔松陪同时任江苏省作协主席的艾煊同志来找我，说要组织一批全国的散文家来陶都宜兴搞一次采风活动，并说是改革开放之后组织的第一次全国散文界的活动。说老实话，工厂的接待条件实在太差，要承接这样的活动还真有点诚惶诚恐，但艾煊主席的真诚打消了我的顾虑，他说只要工厂打扫干净，环境条件、设施设备这些作家是不会计较的。于是，我大胆答应，并提出何不借此机会办一届宜兴紫砂散文节呢？围绕这一构想，我们开始了积极的准备工作。

1986年11月16日，宜兴紫砂散文节在紫砂工艺二厂拉开帷幕，来自全国各地的著名作家、学者、新闻工作者60多人，欢聚一堂，畅叙友情，共同探讨古老的紫砂与文学的交融。中国作协党组书记唐达成，全国政协副秘书长叶至善（著名作家、全国政协副主席叶圣陶之子），著名作家柯灵、菡子、吴泰昌、林非、李国文、艾煊、陆文夫、高晓声、叶至诚、杨旭、忆明珠、郭风、何为以及《新华日报》高级记者赵翼如、《文汇报》高级记者金晓东、《新民晚报》高级记者林伟平等齐聚陶都，连紫砂工艺厂的顾景舟老先生也兴致勃勃地前来参加活动。这是一场从未有过的紫砂文化盛会，在宜兴紫砂史上是浓墨重彩的一笔。

时隔30年后的2016年金秋，当时参加散文节的至今尚健在的几位作家吴泰昌、谢大光、章辰霄等被邀请来宜兴（这批文学大家不少已作古），举办了"文心壶韵30年"的回顾活动，畔松高兴地参加了这一活动，同时也倾注了很多心血。散文节举办过后，宜兴的富民紫砂逐渐提升为文化紫砂，古老的宜兴紫砂插上文化的翅膀，飞得更高、更远。

1986年，紫砂工艺二厂请苏州的园林设计公司来做了一个别具风格的工厂大门，中间照壁上镶嵌了汉白玉，想请一位书法名家写"宜兴紫砂"四个大字。畔松自告奋勇，专门跑了一趟杭州，通过宜兴籍著名记者、时任浙江省委宣传部常务副部长兼浙江日报社社长的于冠西同志，成功请到书坛泰斗沙孟海先生题写了"宜兴紫砂"四个浑朴厚重、刚劲有力的大字。我看到后，真是喜出望外，立即安排专人做成铜字后安装在汉白玉上，为厂门增添了色彩。如今，这个厂门依然在，"宜兴紫砂"四个大字仍然熠熠生辉。沙孟海的书体"宜兴紫砂"，30多年来几乎为所有紫砂人所共享，无论是宣传广告，还是印刷包装，随处可见。这其实是盛畔松同志的功劳，紫砂人应感谢他。

1990年，宜兴紫砂工艺二厂为庆祝建厂10周年，与当时的上海《文汇月刊》共同发起征文活动，目的是弘扬紫砂文化、扩大企业影响，活动的效果还真不错，许多文人纷纷投稿。征文结束后，我和畔松去上海，组织专家评选征文一、二、三等奖，其中有台湾、香港的作家，更多的是大陆（内地）的作家。面对这么多的征文投稿，我们萌发了结集成书的念头，就这样，书名为《紫砂春秋》（顾景舟题写），全书35万字的一本紫砂文集由上海文汇出版社出版了。这本书的问世，也正值宜兴紫砂大放异彩之际，由于这本书汇集了顾景舟、罗桂祥（香港）、谢瑞华（美国）、徐秀棠、潘春芳、汪寅仙等诸多大家的有关紫砂方面的文章，因此十分抢手，3000册很快就送完，不得不再次印刷。后来出版的林林总总的紫砂书籍中，有相当一部分都引用了《紫砂春秋》中的内容。这本书实际上是由畔松在具体负责，他也为此倾注了大量心血。在畔松的记者生涯中，弘扬宜兴陶瓷文化、紫砂文化，他是作出了贡献的。更让我难忘的是，由他撰写的《办企业就要雄心壮志——访紫砂工艺二厂厂长史俊棠》的通讯稿,于1986年12月21日在中央人民广播电台播出,该文不仅入选《农民企业家》一书,还为我应邀参加农牧渔业部在1987年3月于人民大会堂召开的全国部分乡镇企业家座谈会,以及后来有幸入选百名"当代中国优秀农民企业家"创造了条件。

2002年,我有幸担任宜兴市陶瓷行业协会会长。2007年,我的拙著《永远的陶都》由上海古籍出版社出版,畔松欣然为我这本处女作作序,洋洋洒洒的文字,把我刻画得自信满满,真是"千篇著述诚难得,一字知音不易求"。由此可见,我们朋友加兄弟的40余年友情,是完全建立在支持我创业、激励我不断前行的工作基础上,是君子之交淡如水的莫逆之交。

1991年,在报社工作10余年的盛畔松,被抽调到市委宣传部新设的外宣办工作,虽然换了岗位,但工作性质没有变化。这段时间里,他全身心投入工作,并利用原有的人脉关系,为宜兴市的外宣工作开创了一个很好的局面。

小平同志南方谈话后,体制内的一批人萌发了下海创业的念头,畔松也跃跃欲试,他离开了旱涝保收的岗位,到丁山创办了申大衡器公司。畔松身为公务员,当时的家属一直是农村户口,仅凭一个人的收入支撑全家,日子过得是紧巴巴的。我想,这也是他下定决心放弃铁饭碗,投身创业的原因之一吧。创业是艰辛的,对他来讲,资本、人才、技术、产品、市场,可以说是一张白纸，何况一介文人，虽然当记者时各种企业跑得比较多，略知一些经营之道，但真正要自己白手起家办实业委实不容易。好在乎他有明确的目标，也有一股不服输的劲头，厂还是办了起来，而且从最初的家用衡器到有较高技术含量的传感器，开发了许多产品。短短几年时间，企业有了较好的发展，养活了工人，上交了税收，还清了贷款，还把在丁山的厂搬到了宜兴环科园，企业更名为申大实业公司，业务也有了进一步的拓展。

应该说，作为长期在机关工作的群体中，像他这样下海创业并取得成功的，确实为数不多，让我这个一开始就摸爬滚打搞企业的人不得不佩服他。我搞企业时他当记者，我进入体制内时他则搞起了企业，世事就是这样，真是三十年河东，三十年河西。在历史的进程中，每个人实际都是矛盾综合体，有时会因一个事件，或受自身特定的性格、信仰、价值观和人生观的影响而导致截然不同的人生结果。

在当记者这段时间里，畔松为弘扬宜兴陶文化、紫砂文化写了大量文章，也为不少紫砂人的成长给予了精神上的鼓励。据我所知，他先后为紫砂艺人徐汉棠、徐秀棠兄弟，王石耕，范盘冲，范洪泉，范永良，吴同芬，徐达明、王秀芳夫妇，杨勤芳，徐建国，徐雪娟等写了报道文章，并在各种报刊上发表。所以，紫砂界很多人都亲切地称他为"盛老师"，这也充分证明了他甘为人梯的优良品格。

作为土生土长的宜兴人，畔松不仅为挖掘、研究、弘扬陶文化、紫砂文化付出了大量辛劳，而且为宜兴茶文化的发扬光大倾注了许多心血。2014年6月18日，宜兴市茶文化促进会成立，他被推举为副会长，他的爱人裴秋秋则参与创办茶促会刊《阳羡茶》杂志并担任执行主编。为此，近几年来，畔松把相当多的精力放在宜兴茶文化的挖掘、研究上，先后写出了大量关于宜兴茶的研究文章，还搜集了许多茶诗，刻在了由他亲自遴选的80多把茶壶上。他原本想完成一百把后结集成书，使之成为茶诗配紫砂壶及相应书法作品的多层次组合的洋洋大观之作，只是后来因身体日见衰弱未能完成心愿，甚至他在知道自己时日不多的情况下，嘱我要找一个合适的地方把这批刻好茶诗的紫砂茶具捐赠掉，以表示他对紫砂文化、茶文化的一生爱好。

秋秋对我说，畔松五年来拖着病躯，以坚强的毅力和使命感，致力于完成三部书稿：一是《宜兴茶事》，二是为好友紫砂艺人范盘冲整理一本图文并茂的纪念文集，三就是集自己一生爱好的紫砂文化与茶文化的诗、书法、壶组合图册。我一直期待着这几本书能早日面世。

2017年9月，畔松在检查身体时，发现自己得了肠癌。出于兄弟情谊，我真一时难以接受这个事实，于是，立即陪他去上海肿瘤医院治疗，并找了蔡三军教授亲自为他动了手术。按现在的医疗技术，肠癌动完手术愈后是蛮好的，当然必须不断治疗和加以保养，因此，他经常跑上海复查并配以中药服用，病情一直比较平稳，心情也较为乐观。但是，今年上半年病情出现反复，他知道不妙，我也为他着急。在他生病这几年，我基本上每个礼拜至少打一通电话问候，每个月会去他家中看望一次。有时，他感觉身体不错，也会自己开着车来找我喝喝茶、聊聊天，我们共同的朋友来了也会一起接待。今年7月，畔松的情况急转直下，不仅癌细胞全身扩散，而且开始有腹水。在连续几次进出医院和护理院后，最终，他那颗顽强的心脏于立秋之日停止了跳动。

当湖北省天门市陆羽研究会顾问范齐家先生得知畔松逝世后，特以"畔松倾颓，西江山雨哭硕师；盛学绝唱，圣地新茶祭巨匠"的挽联表达哀悼之情。

人的一生是无数细节构成的过程，或者说是被细节所填充的过程。畔松，我的挚友，我和他40余年的友情，也就是这样一些细小琐碎的工作、生活的交集，如果真要详细叙述，远不是这篇小文所能承载。"桃花潭水深千尺，不及畔松情深重"，如今，斯人已去，傅建龙老弟为他在龙墅公墓选了一个不错的安息地，还有汉如兄远行在先，他一定不会寂寞孤单。都说天堂无病痛，也不知真假，只知他们留给我无尽的思念。

盛畔松一生平凡，碧水无波，却华章精彩。他走的当天，我急就一副挽联："二十五载记者生涯情系百姓文采飞扬留华章；与时俱进下海创业风雨岁月历尽艰辛诚为本。"这不足以概括他的一生，点点滴滴、丝丝缕缕，还是让我慢慢回忆，这样才能使他永远活在我的心中。

　　挚友畔松，一路走好！

2022年9月14日

我心中的一盏明灯

2022年12月28日，北京传来噩耗，原外经贸部中国工艺品进出口总公司总经理刘培金同志，于12月26日不幸去世，享年87岁。我悲恸不已，顿感痛失了一位良师益友。我与刘培金同志有着近40年的友情，往事历历在目、触手可及。

我知晓刘培金同志的名字，是在20世纪80年代中期。当时，我担任宜兴紫砂工艺二厂厂长，我所在的单位是一家乡镇企业，每年春、秋两次去参加广交会，虽说已是改革开放的岁月，但计划经济的色彩依然很浓，作为外经贸部的广交盛会，进馆参展，一个摊位难求。出于长期以来对全国陶瓷主要产区宜兴的深厚感情，也出于一贯对乡镇企业的包容关心，刘培金同志给予了我们帮助和支持。

自那时起，刘培金同志便成了我一直敬重的师长，我总觉得他是一位有着儒家风范、道家骨气的好领导。每次接触，聆听他对外贸出口方面的战略性思考，总能获得诸多启迪。特别是在20世纪80年代，宜兴紫砂深受台湾市场青睐，在两岸尚未有经贸往来的情况下，他大胆培育香港的双鱼、锦锋、海洋、英泰等四家经销商，赋予他们宜兴紫砂的经销权，并由各家轮流在香港举办展览。一方面由大陆组织制壶工艺师赴港，另一方面邀请台湾客商来港，直接与紫砂壶制作者在香港见面交流、融洽关系。一时间，宜兴紫砂对台销售搞得既活跃又规范。这一时期，以香港商人为纽带的台宜交流推向了一个又一个新高潮，紫砂名人名作也由此风生水起，一把紫砂壶价值高达数万元、数十万元而引起世人瞩目，一大批紫砂名人由外向内而声名鹊起，这为日后宜兴紫砂转向内地销售打下了良好的基础。这一做法，刘总一直认为是工艺品出口创汇的得意之作，作为经验在行业中广为推广。

回过头来看，定点客商专销的好处是热而不乱，很好地促进了价格的良性攀升。而且，每每香港展览，中国工艺品总公司总是十分关心、支持，在港的机构也会鼎力相助，那个时候不像现在这么放开，要组团去香港十分不容易，倘若没有国家外贸进出口公司帮忙，好多事情是断断办不成的。有时候，刘总会亲自赴港参加活动，以起到更好的展出效果。我亲身经历的几次展览，外贸公司会安排香港的电视台采访，还安排我为中资公司的营业员作紫砂知识的专题讲座，这对弘扬宜兴紫砂文化起到了事半功倍的效果，从中也让我看到了刘总的良苦用心。他一心要把宜兴紫砂培育成出口创汇的大户，一直致力于培养紫砂艺术新人。所以，但凡55岁以上的宜兴紫砂人，都知道刘总是宜兴的老朋友，是宜兴紫砂的知音，都对他十分尊重。

　　一段时间的交往，刘总对我也是厚爱有加，尽管他已是中国工艺品进出口公司的总经理，但在他身上看不到一点官架子。20世纪90年代，我已到丁蜀镇政府任镇长，这段时期，上级号召全面推动三资活动，即外资利用、外经输出和外贸出口。作为一镇之长，我十分希望能够在陶瓷方面吸引一些外资，办一家较具规模的外资企业。此时，由中国工艺品进出口总公司控股的美国天山陶瓷公司的布朗先生正好来宜采购日用餐具，我们有缘结识，在交谈中，他迫切希望我们能创办一个专门生产满足欧美市场需求的精陶釉下彩餐具厂。得知这一信息后，我认为是极好的机会，于是，就想利用我原来担任厂长的宜兴紫砂工艺二厂，与美国天山公司共同出资创办一家中外合资陶瓷企业。我马上找刘总汇报，刘总听了两方的情况汇报，当即拍板，指令在美国天山公司的中方经理陈金兰女士与我联系，很快达成意向，即由紫砂工艺二厂作为甲方，美国天山公司作为乙方，由他们投资120万元美金建厂。在当时，120万元美金是个不小的数字。接下来，宜兴紫砂工艺二厂以"火炬计划"的名义，向中国农业银行申报项目，农总行派人来考察后，同意列入信贷计划1500万元，由江苏农行、无锡农行将指标直接下达到宜兴农行。于是，规划、征地、建设。紧接着，刘总安排我们去美国考察市场，和天山公司作进一步的交流商洽。就这样，一个占地150亩、年产日用陶瓷3000万件的中外合资陶瓷企业，在丁蜀镇的东南部建成。宽大的厂房，流水线的生产，煤气发生炉、隧道窑一应到位。当时，美方布朗先生十分高兴，直夸我们办事效率高。在这期间，刘总也亲自来现场指导。最后，我们和刘总商量将厂名定为"金帆陶瓷"，并请韩美林老师书写这四个金光闪闪的大字挂在工厂大门，寓意是金风送帆，远航国际市场。

这件事如果没有刘培金老总的鼎力支持，是无论如何做不到的。举个例子，光企业的出口许可证，我与郑春和就多次上北京找外经贸部，即便是刘总打了招呼，但办理过程也是一拖再拖，让人头疼不已。一个新厂的建立，尤其是如此规模的陶瓷厂，抓进度，抢工期，保质量，促投产，其间困难可想而知。刘总一直鼓励我、支持我，叫我克服急躁情绪，让我感激不尽。此后，金帆公司又兼并了同样由我牵线的中英合资的金鱼公司，这样一来，工厂的规模更大了，生产、管理、营销的难度也更大了。

后来，我工作调动至宜兴市计经委，在之后历届丁蜀镇党委、镇政府的关心、支持下，以谈志坚为首的公司经营班子付出了辛勤的汗水，使工厂逐步走上正常轨道。在炻器釉下餐具大批量出口欧美市场的同时，又上了陶质酒瓶生产线，工人最多时达3000多名，年销售收入达5亿多元，2000年创汇高达680万美元。这在宜兴陶瓷日用陶生产史上也是个里程碑，至今没有哪家日用陶生产企业能够超越。刘总对这一合资项目的帮助，我永远铭记在心。

后来，刘总因到龄退休了，然而，我们之间都一直保持着友情的联系。2002年7月，我又回到陶业重镇丁蜀镇，成立了宜兴市陶瓷行业协会并担任会长至今。他也因宜兴的陶艺陶文化活动多次亲临指导，而我每次去北京总要和他见个面、吃顿饭，谈谈工作，叙叙友情，他也总是启迪我、鼓励我为宜兴陶瓷行业的高质量发展尽职尽责、出力流汗。

进入老年后的刘总，身板硬朗，头脑清晰，思路敏捷。作为一名一辈子从事我国工艺品进出口工作的老外贸，他总是心系国家经济发展大事，念念不忘的是我国外贸事业的持续健康发展，关注得更多的是几个主要陶瓷产区的发展、产品的水准、人才的培养、活动的成效。他善于观察、勤于思考，经常提出一些十分中肯的建议意见，让我们受益匪浅。

新冠疫情暴发后，进京亦难，刘总也无法走动，我们只能在电话里互致问候，好在宜兴市陶瓷行业协会的《陶都通讯》每期都寄给他，他看到我们举办的一些活动后，总是感到十分高兴，尤其是看到我写的一些关于发展宜兴陶瓷、提升宜兴紫砂的文章，他总会及时点赞、鼓励有加。

对刘总的身体，我十分放心，他年龄虽大还这么健康好动，估计不会有什么问题，然而，使人始料不及也不敢相信的是，

2021年12月28日，竟然在微信朋友圈里看到他溘然长逝的噩耗。这样一位可敬可爱的慈祥老人、恪尽职守的中国老外贸人、让人心生景仰的优秀老干部的轰然倒塌，实在让我无法接受。

2023年3月5日，中国工艺美术大师、福建省工艺美术学会会长黄宝庆来宜，他和我一样，一直是刘总的"铁粉"，谈到刘总逝世一事，忍不住泪眼婆娑，并说要写怀念文章，要争取为刘总搞个纪念活动。这与我不谋而合，我俩约定，共同写文章，在适当的时候，为刘总谋划一个纪念活动。当即，我和刘总的儿子刘灼通了电话，并向他全家致以问候，他亦代表全家表示感谢。

相识相知40年，矢志不改忘年情。敬爱的刘总，您一直是我前进道路上的一盏明灯，不仅照亮我前行，而且永驻我心中。我虽已过古稀之年，但对您的怀念会一直到永远。

2023年6月

书香忆墨林

7月20日，我刚刚参加完中国轻工业联合会在黑龙江伊春召开的"2023大师工作会议"，坐飞机到北京，手机上忽然跳出许墨林老师不幸逝世的消息。其实，在此之前，我就收到孙亚琴医师关于许老师身体情况不好的微信消息，毕竟他体弱多病已有几年，我一直在心里默默地祝愿他能挺过这一关。去年，许墨林老师在疗养时，我特地去无锡看望了一次，他很高兴，尽管精神状态不算好，但还硬撑着和我拍了几张照片。我心里感到十分酸楚。

许墨林老师出生于宜兴周墅乡（20世纪80年代划归丁蜀镇）木石村，和我所在的双桥村就只有4公里距离。他长我10岁，此前我们不相识，因他读完书后就一直在无锡工作，我们也没有什么机会接触。

20世纪80年代，沐浴着改革开放的春风，我们宜兴的农民凭借着自身的智慧和力量，办起了紫砂工艺二厂。我受命担任厂长以后，感到宜兴紫砂作为中国优秀的传统工艺，是历代艺人和文人的智慧结晶，不能光当日用品卖，应当充分挖掘它的文化价值和艺术价值。1986年，宜兴紫砂工艺二厂在接待条件并不好的情况下，创新性地举办了首届紫砂散文节。当时，我们邀请全国一批知名作家来宜，如上海的柯灵、菡子、金晓东、林伟平，北京的唐达成、林非、李国文、吴泰昌，天津百花文艺出版社的郑法清、谢大光，福建的何为、郭风，江苏的艾煊、海笑、陆文夫、高晓声、忆明珠、杨旭、苏叶、赵翼如，等等。考虑到首届紫砂散文节在宜兴举办，省作协也通知了常州的章辰霄和无锡的许墨林，苏州大学的范培松、朱子南。就这样，我和许老师才有了接触。

37年来，参加过这次散文节的作家们大多已经离世，剩下的少数几位也再难联系，而唯有墨林老师，我们的友谊长跑从未中断，而且历久弥新。首届紫砂散文节期间，前来参加活动的作家大都写了赞颂宜兴陶瓷、宜兴紫砂的散文、诗歌。之后，写紫砂的文人越来越多，至今连续不断。我离开紫砂工艺二厂后，散文节未能连续举办。直到2016年，我利用在陶协工作的机会，邀请了尚健在的几位作家，举办了一次"文心壶韵30年"的活动，可惜已是物是人非，无法奢望达到当年的阵容，墨林老师倒是兴致十足地参加了这次活动。

墨林老师一辈子从事他所钟爱的文化工作，是无锡公认的知名文化学者。他作为一位宜兴人，何尝不想为宜兴的文化事业加油助力呢？他看到我在致力于紫砂文化的挖掘弘扬，当然十分高兴，于是鼓励我、鞭策我向紫砂文化的"深处挖、高处走"。他说，当厂长再忙也不能忘记学习，要拿起笔来写点东西，不仅要创造物质财富，还要积累精神财富。这一点，我深受鼓舞。

1982年至1992年，我在宜兴紫砂工艺二厂工作整整10年，从扩建办主任到副厂长、厂长兼党总支书记，三千几百个日日夜夜，从无到有、从小到大、从弱到强，创建了一个千人工厂，延伸双桥、西望两个分厂，为周边的农民搭建了一个致富的平台。工作确实很忙，也很苦很累，几乎没有时间坐下来写文章，其间仅与好友盛畔松编了一本《紫砂春秋》，出版后虽受好评，但总觉得意犹未尽，也辜负了墨林老师的一片期望。

1992年6月至2002年6月，我在市政府综合经济管理部门工作，其间还到市属国有企业宜兴水泥厂挂职锻炼两年半，工作不可谓不忙，却未能取得显著的成就。在这段时间里，墨林老师也常来宜兴，看望一些紫砂艺人，他听人说，我离开了丁蜀，离开了紫砂，觉得十分可惜，期望我能重新回归，扛起弘扬宜兴陶瓷紫砂文化的旗帜。

2002年6月，市委、市政府决定成立宜兴市陶瓷行业协会，推荐我作为会长候选人，我也没有辜负组织的厚望，最终顺利当选为协会会长。墨林老师闻此消息，立即从无锡赶来，祝贺我并鼓励我努力做好陶瓷、紫砂文化这篇文章，我深以为然并牢记教诲。我深谙，当今的陶瓷、紫砂产业，既有经济属性，也有文化属性，且其文化属性已远远大于经济属性。于是，我带领协会一班人团结一批文人，在短短的几年内编著了《宜兴陶瓷史》《宜兴紫砂陶》《宜兴均陶》《宜兴青瓷》《宜兴彩陶》《宜兴美陶》《宜兴工业陶》等几本专业书，陆续编著了1—6辑《紫砂研究》，一下子把协会重视陶文化、紫砂文化的工作特性彰显了出来。

到协会工作后，我始终不忘墨林老师的期望，除了组织人员编书，自己也开始写一些有关陶瓷、紫砂方面的文章。到2007年，估计定稿的文字已有10万字，就请来墨林老师这个高级编审，让他先过过目，看看是否可集结成书。他认真翻阅后，认为完全可以，就这样，我的第一本随笔散文在墨林老师的精心雕琢下成书了。这段时间里，关于景德镇"瓷都"的称号，被南方一个产瓷区戴在头上，因此，业内外有识之士议论纷纷，而另一个产陶区也仿效，向中陶协申报"陶都"称号。于是，我写了一篇《永远的陶都》，以正视听，这是向世人昭示，宜兴，才是名副其实的中国陶都。在选编入书时，墨林老师说，你的第一本书名就叫《永远的陶都》，由上海古籍出版社出版发行。墨林老师不仅精心编审，看到我的好友盛畔松写了序言，他就即兴写了一段跋，他说："出于对文化人的敬重，史俊棠和一大批作家、艺术家、学者、教授、陶艺家结下了情缘。杯酒谈文、品茗说陶、砥砺切磋、敞襟抒怀，不可否认，这些人的人品、学养、见地、气质、追求，给了史俊棠有益的濡染和启迪。"

第一本《永远的陶都》出版后，在墨林老师的鼓励下，5年来我又陆续写了一些文章，手头的稿子又厚厚一叠。再次请他来指点，他认为比第一本散文集的文章有进步。在他编审下，第二本散文集《唱响陶都》由上海锦绣文章出版社于2012年12月出版，这次还请了装帧设计家周晨先生一道参与。墨林老师亲自为这本书写了序言，他写道："水与土、土与火，紫砂文化，注入了他的血肉，捏塑了他的灵魂，他唱的是生命的赞歌，感恩的赞歌！"

之后的5年中，我又笔耕不辍，向宜兴陶瓷、紫砂文化的"深处挖、高处走"。第三本散文集《守望陶都》依旧得到了墨林老师的赐教，在他又一番心血的浸润后，于2017年10月由苏州古吴轩出版社出版。著名作家徐风先生撰写了精彩的序言，墨林老师按捺不住激情，写了一篇洋洋洒洒的后记。也许是为我感到高兴，也许看到宜兴紫砂文化的繁荣而心生触动，他在后记中写道："无愧于心，无愧于脚底下的这块热土，也无愧于陶都成千上万对他这位会长寄予厚望的从业者！史俊棠每每想到他是以拳拳报国之心，以一生的执着，去做好守望陶都的一件件事，他就会思绪万千……"

都守望了，还写不写？墨林老师说，你还是要不停地写，你手写你心，何况你还在陶协会长这个位置上，你肯定还有许多东西可以写。我哪敢放下手中的笔？只不过陶瓷、紫砂以外的内容写多了，家里家外的，父母弟妹的，尤其是写了不少对已逝老朋友的怀念文章。新冠疫情期间，足不出户，除了看书，就只能写点东西了。5年出一本书，是我的目标，当然不能和专业作家比，但对我这个学历为初中的人来说，自以为是够努力的了。原设想，2022年可以再弄一本，只是墨林老师的身体不太好了，发一些稿件给他也无法多看了。我叫他安心养病，待身体好后再说，他也满怀信心，答应拖一拖，他身体一旦许可，再来帮我编审第四本书，而且书名我们都商量好了，叫作《陶外集——凡人琐事》。

墨林老师走了！我的书还出不出？我思前想后，为了不辜负他生前对我的期望，也为了缅怀他的教诲之恩，这本书我一定要出，包括收录这篇回忆文章。前三本书都有他的辛勤付出，而这本书竟然编入了缅怀他的文章，真是人生苦短，世事无常。

最近，又翻了翻这三本书，感觉墨林老师并未走远，似乎还在关注着我，还在鞭策我继续努力……

7月22日，墨林老师的儿子许俭打电话问我，赠送的花圈怎么落款，我的回答是：学生史俊棠敬挽！

2023年7月28日

肆

岁月静好家常在

我的农民父亲

父亲走了，永远地走了。

今年的冬天，是一个令人揪心的冬天。前些日子，中央电视台新闻节目播出了"因气温骤降，病人急增，北方许多大城市的医院已是人满为患"的新闻。看到这则新闻，不知怎的，我的心着实"咯噔"了一下。我十分清楚，父亲长期来肺部一直不适，且伴有慢性支气管炎，每年的冬天，难免会让人揪心几天。果不其然。从1月初起，父亲就感冒发烧，肺部感染，按常规打点滴几天都不见好转；5日急送医院，住院治疗；8日晚病情加重，请来专家会诊，一再加大用药的档次和剂量；9日病情恶化，经多方抢救，仍回天乏力。

2007年1月10日（农历丙戌年十一月廿二日）13时25分，一颗跳动了82年的火热心脏戛然而止。一刹那，生离死别，天人永隔，做儿女的怎能不悲痛欲绝？父亲是个地地道道的农民，在生他养他的农村，与农民兄弟们战天斗地几十年，最后还是因天气的变化而得病住进医院，竟被病魔无情地夺去了生命。

伤哉我心，痛哉我心!

父亲生于1925年9月5日（农历乙丑年七月十八日），自小家境贫寒，生计艰难，我的祖父未能等到解放就撒手归天，可怜的祖母在吃了上顿无下餐的景况下，含辛茹苦把5个儿女拉扯大。新中国成立后，才和全国亿万劳苦大众一样，翻身得到解放，全家重见天日，迎来了全新的生活。20多岁的父亲满怀感恩之心，积极投身党和政府开展的农村各项工作，衷心拥护共产党的领导，并决心一辈子跟着共产党走。

周墅乡双桥村的史姓人家是在清道光年间由邻县溧阳埭头干东迁徙而来的，双桥村大姓为范，史姓只能算小姓。在那个年代，史姓人家为了与邻村许姓通婚，花了几担米，门口挂上范姓的灯笼，就这样原本姓史就改为了姓范。新中国成立后，父亲和几位同宗兄弟为了追求政治上的翻身，首先恢复了原来的姓氏。小时候我看到旧社会留下来的农具上，所写的长辈名字姓范而不姓史也正出于此。

由于父亲积极追求进步，1956年，他光荣地加入了中国共产党。在农村由初级社、高级社到人民公社的集体化进程中，父亲一直是个积极分子。1958年大炼钢铁，他受命带领双桥一批人到张清挑运铁矿石，后又转到丁山耐火器材厂参与筹建工作，最后仍回到生他、养他的农村，当他的农民。一开始担任双桥繁殖场场长，之后长期担任生产队长，他竭尽全力、无私奉献，为改变所在农村贫穷落后的面貌而拼命工作。

1966年，不满17岁的我，刚刚初中毕业就跟着老师同学外出去北京，一路到了海南岛，不料途中生病住进医院，结伴而行的同学把这一消息传到了他的家里，再由他的家长告诉了我的父亲。父亲得知这一消息后，只能整天以泪洗面。苦于当时通讯不发达而无法联系，父亲只能毫无目的地天天跑蜀山轮船码头，指望有一天我能走下轮船回家来。好在我也命大福大，在海口第一人民医院住了10多天，病愈后随老师同学乘坐海轮、汽车、火车，再坐轮船一路辗转到家。父亲见到我，真是喜出望外。时隔不久，农村混乱局面得以控制，很快恢复了农业生产秩序。于是，父亲重新挑起生产队长的担子，一干又是多年，在"农业学大寨"的口号声中，又和农民兄弟一起战天斗地了。在那个"以粮为纲"的年代，春天"掘掉芦苇、围湖造田"，夏天"战高温、夺高产"，秋天开展"坟头像和尚、田埂像浮桁、河滩像广场"的积肥造肥运动，冬天则"兴修水利、挑高填低、隔田成方"，周而复始，年年如此。当时，叫作"敢教日月换新天"。就这样，长年起早摸黑、瞎干蛮干，集体经济却越来越穷，父亲当这么多年生产队长，吃尽了苦头。

1974年，年过半百的父亲被安排到双桥电灌站工作，这期间更是兢兢业业、任劳任怨，以站为家、废寝忘食，一心扑在农田灌溉上，多次被评为周墅乡、丁蜀镇优秀共产党员，还被宜兴县

（市）农机水利局评为先进工作者。离开电站后，他担任双桥村老年协会会长，殚精竭虑做好刚刚挂牌的村级老年协会的各项基础工作，满腔热情地服务于老年工作，将所有的余热奉献给了老年事业。66岁后，父亲才告老还乡。他对党的信念矢志不渝，对生他、养他的双桥村始终怀有深厚的感情。1991年，我把父母接到了镇上，安顿在我家中，即便这样，他还是始终心系农村，一直关注着村里的经济发展，时刻惦念着村上的长辈和邻里乡亲、同辈兄弟、亲朋好友，时不时地拔腿就往乡下跑，尤其是每当接到村党支部让他去开会的通知，更是兴奋不已，临走时，总要把皮鞋擦亮，换上整洁的衣服，口袋里揣上两包好烟，有时身体不适，也坚持要去参加会议，并能直抒己见、踊跃发言，力所能及地发挥一个老共产党员的余热。每次开完会回家，都要拉住我，跟我讲讲开会的内容、村里的规划、村里的变化……

父亲人缘好，处事公道，在村上有较高的威望，以至于村上一旦有兄弟分家，妯娌之间、父子之间、婆媳之间有了口角或不愉快的事情，都愿意找他倾诉，请他调解，只要经他做工作，双方都能言归于好。父亲还乐此不疲的事情，就是为年轻人做媒，过去的婚姻要靠媒人穿针引线，要靠嘴巴去说服双方，当然也要有一定的基础，或者说基本上门当户对。晚年，他常常甜蜜地回忆，经他撮合成功的婚姻不下数十桩。

改革开放以后，我们兄妹4人都踏上社会、参加工作，有的还走上了领导岗位。父亲十分严肃地教育我们，要心系群众，好好工作，要不贪不占，好好做人。对国家改革开放带来的大好形势和身边发生的日新月异的变化，对子女的进步和下一代的健康成长，他由衷地感到高兴。

近年来，父亲尽管体弱多病，在家很少外出，但对生活仍充满着信心，他把工作时所获得的各种荣誉证书看得很重，不仅把那些红本揩得雪亮、保管得很好，还把它们放在办公桌上最显眼的位置。这是一种甜蜜的回忆，还是在提醒他的儿女他曾经光荣过？他要我每天带《宜兴日报》给他看，借以了解宜兴的形势和变化；他爱看电视里播的新闻节目，一边看一边还解说给我母亲听，有时还要把电视里的消息告诉我听，生怕我不知道；他尤其爱看电视里的戏曲节目，看到有京戏时，更是全神贯注，时不时还摇头晃脑跟着哼上几句。我从儿时起，就感受到了父亲的乐观豁达，别看他身体瘦弱，几十公斤的石锁能甩上好几把，拿起鸡毛毽子能踢得滴溜转，农村的文娱活动也积极参与，还能拉拉二胡，除了锡剧大陆调、行路调，拉得最拿手的就是那段"新中国，东南上，我国的领土台湾省……"我们兄弟二人都会拉拉二胡，可以说完全是受父亲的影响。

父亲晚年仍十分热爱生活，他把各种照片用镜框镶好挂在墙上，尤其是那张放大了的、和我母亲于1998年春天拍摄的金婚纪念照，胸佩大红花，神采奕奕，光彩照人。只要来人，就要和人分享他的喜悦。父亲常常回忆过去在农村当农民、当队长时的艰难岁月。他古道热肠、待人真诚，常常不忘故旧、不忘旧情。新中国成立前就结识的老朋友殷阿毛在浙江长兴，身体许可时，每年都要前往看望一两次，得知他去世后，父亲自己去不了，要我们做儿子的赶去吊唁。当生产队长时因卖萝卜结识的朋友张大川在武进漕桥，前几年因病去世未得到消息，第二年去知道了情况后，父亲竟然捶胸顿足、号啕痛哭。村上的几位老友，更是常常聚在一起，唠叨不完。平时，我给他的好烟他自己舍不得抽，而对老朋友却十分慷慨。他常常提醒我们，做人要懂得感恩，不能忘记曾经帮助过自己的人，要尽可能去帮助别人。父亲弥留之际，几位老友来看望他，都失声痛哭，知道他去世后，又纷纷赶来吊唁。已过古稀之年的老友汤扣根起早来送他到火化场，甚至还坚持到南山公墓为他送行。

由于有电灌站的工作经历，父亲也因此略通电工知识，61岁那年还考了一张电工证。来到我这里时，除带了些日常换洗衣服，怀里还揣着那张电工证，手里拎着一袋电工工具。平时，他总是用他那些"宝贝"不停地敲敲打打，发挥自己的特长，给我们家庭生活带来很多方便。刚来我家的头几年，父亲身体还算硬朗。于是，园子能种菜的就种上菜，一年四季换品种，香菜、大蒜长年不断。不能种菜就种上花草，各种花只要经他的手，都能摆弄得漂漂亮亮、竞相绽放。他把两盆雀梅剪成凤凰形状，枸杞藤做成花篮形状，开花过后的季节里，他还将纸花、塑料花装点在盘中。当昙花开放时，他搬到客厅里，叫我们围在一起，看着洁白的花蕾慢慢绽放，又看着它慢慢合拢。有几年，在菊花盛开的季节，他竟能摆弄出各个品种几十盆怒放的菊花，让人陶醉不已。但凡有好的花卉品种，他总是一栽好多盆，培育好后，叫几个不住一起的子女和左邻右舍、亲朋好友都来端一盆。有时，几天不在家，他总是牵挂着他亲手培育的花草树木，还打电话来，叫我们别忘了浇水。特别让人感动的是，他把一盆多年来十分钟爱的何首乌放在阳台上，让枝藤牵满窗框，正对花盆上方，倒挂着一只装满清水的塑料瓶，在盖紧的瓶口上钻一个小洞，塞上一根牙签，留有一定空隙，让水珠沿着牙签慢慢滴到盆中，水量既不多也不少，能够确保这盆何首乌长年滋润不干。我风趣地对他说："老爸啊，这可是先进的'农业滴灌技术'啊！怎么让你给研究出来了？"每当这时，他总十分得意地笑笑。

父亲这样热爱生活，让我们子女感动不已。他在国营电站工作的这16年，始终未能转正为国家职工，离开时得到的全部补偿是4000多元，他似乎不好意思地对我说："这就是我一辈子的积蓄，今后我和你母亲要靠你们养了。"我安慰他说："儿女赡养父母天经地义，您就放心吧。"事实上，来我家后的15年，父母亲的生活是无忧无虑的，无论是物质上，还是精神上，都享受到了我们兄妹4人的悉心照顾。这一点，也使我们在悲痛之余，稍稍得到些许安慰。

父亲在2006年最为满意的一件事，就是得知溧阳史氏文化研究会要对史氏宗族的家谱续修的消息。为此，他异常兴奋，除了要我们子女积极配合，还不顾年迈体弱，亲自挨家挨户做工作，对溧阳来的客人总要撑着身体热情接待，并时时打开记忆的闸门，将自己所知道的情况一一道来，令人感动。到了12月中旬要去接谱时，父亲因身体极度虚弱不能前往，于是，便叫我的母亲和弟弟去溧阳接来家谱，恭恭敬敬地放在家堂前的长台上。当他发现家谱中新增的内容有出入，又打电话请人修正。他认为，盛世修谱对史姓家族来说，是一件值得庆幸的事，对自己在有生之年能配合好这项工作感到十分满意。如今，只见家谱，不见了父亲，怎能不叫人无限伤感？我弟弟翻开家谱，妹夫在父亲的名字"史小林"后面写上"卒于公元2007年1月10日，农历十一月二十二日"。

父亲一辈子都是个农民。纵观他的一生，是一个平凡的人，一个高尚的人，一个脱离了低级趣味的人。父亲永远地离开了我们，这对我们兄妹和母亲，是无法弥补的损失，是让人不能释怀的巨大悲痛。但是，我们也尊重科学，遵循自然规律，人，总是要老的，生生死死，周而复始，这一点，谁也无法抗拒。

父亲一生光明磊落、心怀坦荡、重情厚义、古道热肠，赢得了子女的爱戴，赢得了亲朋好友的敬重，更赢得了村上农民兄弟们的好口碑。他以82岁高龄走完人生，也使我们感到无比欣慰。愿我的父亲一路走好。我们兄妹一定牢记您的教诲，清白做人，规矩做事；我们一定孝顺母亲，让她开心，让您放心；我们一定秉承您的优秀品质，尊敬长辈、善待亲友、关注社会、关爱他人。

　　八二春秋，平凡人生，风雨历程见精神；
　　半百党龄，普通一员，坚守信仰终不变。

　　谨以此挽联，告慰我的农民父亲。
　　敬爱的父亲，慈祥的父亲，您劳累一生，终得安宁。您火化安葬那天，那么多的人前来为您送行，您一定很高兴，您会一路走好、一路平安。
　　父亲，安息吧！

　　　　　　　　　　　　儿子史俊棠2007年1月17日10：30含泪搁笔

我的母亲

　　我的母亲赵才华，生于1928年10月16日，属龙，今年虚岁93岁，身体尚健，她在我们家庭中是最长寿者。

　　母亲其实不是赵家所生。我的外公赵伯寅、外婆吴虎大从宜兴迁来汤渡吴家段后，因连生几胎小孩遭夭折，才把同属汤渡孟家的小女儿抱回家养，成了赵家的大女儿，还取了个名字叫作"顺招"，其寓意不言而喻，就是要为今后再生孩子压住脚。果不其然，外婆又连续生了三女二男，依次为二女儿赵娣华、三女儿赵顺华、大儿子赵焕新、二儿子赵顺中、小女儿赵菊华，生下来个个活泼可爱。母亲作为领养来的大女儿，被赵家视如己出，从未受到半点另眼看待，在我外公外婆心中就是亲女儿。顺招大姐在弟弟妹妹心中，也永远是大姐。

　　纵观母亲90多岁的生涯，可以说像白开水一样平淡，自小生活在汤渡窑场，跟随我外婆学会了做瓮头（汤渡窑场以瓮盆坛罐等陶器产品跻身于宜兴陶业），她的几个舅舅也算是窑户。然而，新中国成立之前的宜兴陶业，时热时冷，时兴时衰，窑场工人难免饥饱冷暖之忧，有时也只能肩挑窑货（指陶器皿）进山换柴，下乡换来米菜以度日。在新中国成立前夕，母亲认识了生活在乡下的父亲，经人撮合，两个人结为夫妻。我的父亲也出身贫苦，此时，祖父已逝，家中仅剩几亩薄田，靠我祖母拉扯着四男一女五个孩子艰难度日。母亲出身窑场，从小不事农活，这对要靠种田谋生的家庭来说，无疑是个缺憾。

父母结婚后，连续生了三男三女六个孩子，在我之前，有个哥哥，生下来不久就夭折了，之后一个大妹，三年困难时期靠野菜充饥，因误食了有毒蘑菇而不幸身亡。最后，我这个本该是老二的孩子，成了家中的大儿子。

新中国成立初期，我年纪还小，父母怎么拉扯我们长大的我全然不知，想象中也绝不是那么容易的，想想我们全家六口人，挤在一间20多平方米的老屋里，就可看出我们的生活是何等艰辛。我的父亲于1956年加入了中国共产党，算是当时农村较为积极的一个青年农民了，入党后，父亲什么事都带头去干、去奉献。在我的印象中，父亲先是被抽调到张渚去开铁矿石，后又受命去筹建丁山耐火器材厂，最终回到家中，一直当生产小队长、繁殖场场长，也就是说，家中的一切，几乎都要母亲来操持。这对从小生活在窑场、不谙农事的母亲来说，压力该有多大。特别是1963年我进入丁蜀中学读书后，弟弟也在村上小学读书，1962年、1965年两个妹妹相继出生，父亲患腰痛病，干农活不利索，在这样的情况下，母亲的艰难可想而知，然而，她从未在我们面前流露出任何的畏难情绪。那时，我记得每年年终分红，我家总是超支户，即全年收入抵不上支出，反欠生产队的钱，因此，粮食也不能拿回家。好在几个姨娘这时都是工人阶级了，每次都是她们出手相助，帮衬她们的顺招大姐，所有的这些，至今都让我感恩不尽。

母亲无论是干针线活，还是下厨房做菜，都是可以翘大拇指的，50多岁时，还成为村上有名的"大厨"，能一下子为人家的婚丧喜事整上十几乃至几十桌的大菜，因而颇受欢迎和好评。

眼看我们兄弟俩已然长大，母亲开始为儿子成家立业操心了。

为了改变住房的窘境，自20世纪70年代起，她就想方设法筹款筹料翻盖房子，先是在原来一间狭小的老屋基础上翻盖了两间平房，后来又在下场头猪圈的基础上翻建了两间小屋，在这个过程中，母亲为了逐梦成真，真是做到了千淘万漉、燕子衔泥，其中的千般艰辛、万般苦楚，唯有亲历者自知。想到这些，就知道母亲是多么伟大了。

1991年，我因工作关系迁居镇上10年后，终于有了自己盖的房子。这时，在国营电站当了10多年临时工的66岁的父亲没有退休工资而"退休"回家了，母亲那年63岁。于是，老两口带了几件换洗衣裳住到了丁山镇上我的家中。63岁的母亲，身板硬朗，动作利索，操持家务是一把好手。其时，我的女儿也由小学升入初中,继而进入高中读书,我们夫妻二人整天忙于工作,父母亲多少是个帮手。之后,我又在房子院落的东面买下了一套二手房,供父母单独居住。那是一个独立的空间,但又通过院落和我的房子连成一体。父母对此十分过意不去,说是双手空空住到儿子家,有一间可以安置床铺的房间已经足矣,何必再耗费资金为他们单独买一套房呢?当然,这也是说说而已。为二老改善居住条件,做儿子、儿媳、孙女的,又何尝不是一件快乐的事情呢?

父亲晚年身体一直不好,主要由母亲照料。虽然和我们住在一起,三个弟弟妹妹也时常前来探望,但谁又能替代母亲在父亲心中的位置呢?几十年相依为伴、相濡以沫,母亲可是父亲心中的好老伴啊!2007年1月10日,父亲最终因病医治无效而撒手人寰,将生命永远定格在了82岁。那一年,母亲79岁。

父亲走后,母亲仍和我们住在一起,转眼又过了14年,她能吃,能动,能睡,身体蛮好。她虽不识字,但人民币不管哪套版式张张认不错;她虽不识字,但每年春节给小辈的压岁钱却一点儿也不含糊,谁谁谁一个也不能少,谁谁谁给多少绝对心如明镜;她虽不识字,但还是用29年前从乡下带来的一杆秤,用来秤东西,几斤几两都错不了;她虽不识字,但父亲留下了一本兄弟姐妹、主要亲友的电话簿,她想要找谁,准会叫一个年轻的邻居帮她在电话簿上找电话号码联系,错不了;她虽不识字,但洗衣机、电视机、空调、热水器、电扇均能开启使用,尤其是电饭煲、微波炉、煤气灶，都能用得极为顺溜。

2019年12月30日，她在自己房间不幸跌了一跤，整整一夜无法传递信息。直到第二天早上，我爱人发现后，才急忙联系家人，把母亲送到医院救治，我也连夜从海口坐飞机赶回来。母亲92岁了，左股骨还动了手术，在宜兴市骨科医院住了20多天后，由我们接回家中过了春节。为此，我和妻子在网上买了一张可以升降的病床，为她请了一个24小时的陪护，过完年，亚棠弟把她接去，还单独安排了房间。老太太还真神奇，拔了导尿管，不久就能下床活动，虽然需扶着拐具，但慢慢地就能行走了。当然，再要像以前那样由她自己洗衣、做饭是不可以的了，我们得管住她，不能再让她"任性而来"。

母亲的房间里依然放着父亲的遗像，屋子里挂满了父亲和母亲的照片，这里是她住了29年的家，即使住在弟弟家，这里仍然是她心中的家，我知道，她放不下这个家。

父亲逝世后，我们兄妹一直把对父亲的怀念，以满腔热情、实际行动倾注在母亲身上，让她真切地感受到子女们对她的孝顺。母亲的晚年是幸福的，我们祝她健康，愿她长寿。

2020年9月7日

2021年9月17日，母亲以虚岁94岁高龄逝世，从此，我成为没爹没娘的孩子了。

我的爱人

宜兴人总爱报自己的虚岁。我的爱人蒋秀娟,生于1955年8月,属羊,今年虚岁66岁,比我小5岁。

秀娟出生于同属本市丁蜀地区的张泽乡南湾村,蒋姓在南湾是一个大姓。

秀娟的一个姨妈嫁在我们双桥村,经由她姨妈撮合,我们最终走到了一起,成了夫妻。我第一次看到她时,就从心底里喜欢上了她,她那两条粗黑的辫子垂过腰间,一双乌黑发亮的大眼睛炯炯有神,苗条的身材,修长的双腿,以及那健康的赤糖色的皮肤……这些,都给我留下了极为深刻的印象。真是人如其名,秀娟,娟秀。

那是1974年前后,彼时我已在村办五金加工厂跑供销,秀娟在家里种田。我经常要出差东北一带,往往一出门就是半个月甚至一个月,每当我出差回来,首先想到的不是在丁山汽车站下车或在蜀山轮船码头下船往自己的家双桥村去,而是乘轮船到张泽大河上的宜庄渡下船,去往南湾村我未来的丈母娘家。就这样,来来往往了三四年。终于，在1978年元旦，我用一条挂桨机帆船把她接到双桥村，我们举行了婚礼，步入了婚姻的殿堂。

秀娟嫁来双桥村后，仍然协助家里种田。其时，农村已然分田到户，由于我父亲身体不太硬朗，母亲又不事农耕，结婚后，我也调到周墅公社工交办工作，两个妹妹亚琴、科琴尚在读书，因此，秀娟和我弟弟亚棠成为家中的主要劳动力，其劳动强度一点儿也不比在娘家时轻松，但她从未流露出半点不乐意。

由于秀娟在娘家是大女儿，下面还有一个弟弟和三个妹妹需要照顾，爷爷奶奶已不在了，父母亲是要在生产队挣工分养家糊口的，所以，她没有机会多读书了，即使读了一两年，也要每天带着小她5岁的弟弟在身边。13岁时，她就和大人一样参加生产队劳动挣工分了，而且她生性好强，从不服输，虽然是女儿之身，但男青年能干的活她都抢着去做，没有其他目的，就是想多挣两个工分。尽管分红时工价低得可怜，但大家都一样，多也要去挣，少也要去挣，不挣工分，怎么生活？从小在农村生活，秀娟养成了坚韧不拔的毅力和凡事都要争一争的性格。

好在来我家后，真正务农的时间并不长。不久，就经我三姨夫（时任宜兴陶瓷公司供销科长）介绍，秀娟到离双桥村最近的合新陶瓷厂耐火车间做起了农民工。尽管一天工资只有一块两毛钱，尽管这笔钱每月还拿不到手，必须年终一次性地汇到所在大队所属的生产队，扣除积累后才算作家庭收入，相比在生产队挣工分要多得多、强得多，且只要坚持天天上班，倒也是旱涝保收。这期间，在耐火车间包装扎货，工作劳动强度不小，后来，她又去了花盆车间做花盆，这也是一个拼力气的活。好在秀娟身板硬朗，每天上下班拎着饭盒，来回步行约8公里路。偶尔我能弄到一辆自行车，上班时载着她一起去，但由于下班时间很难统一，很多时候她只能一个人走回家。碰上农忙，下班回家后还要去田里帮忙。总之，结婚头几年，她是十分辛苦的，但她从无怨言，在大家庭里起到了一个好嫂子的表率作用。她在村上的口碑也很好，乡亲们都说："俊棠，你真会挑老婆。"

　　1979年3月1日（农历二月初三），我们的宝贝女儿史一星出生了。两个月后，秀娟就抱着女儿在厂里工作，辛苦程度可想而知。我虽天天早出晚归，但有时还会弄辆自行车踩踩，比起她，可是轻松多了。于是，在1981年，我斗胆向当时的周墅电子耐火厂提出了要租借潘家祠堂（当时用作厂里的物资仓库，后爿楼下尚有空余）的房子安置小家庭。最终，厂领导答应了，给了楼下最西一个整间、一个半间，总计约16平方米的旧房子，然后，我们在天井里靠西墙头搭了一个灶间。老屋稍加整理，安上电灯，由我父亲用水泥船摇来几件家具，我和爱人、女儿就住进了潘家祠堂。那时，居民尚未通自来水，于是，我便到丁蜀农机厂凭票买了一对水桶，灶下放置一个水缸，天天去河里挑水。所谓"灶"，其实就是合新厂生产的一只经济适用的小煤炉。从此就开始了我的小家庭生活。住家东面不远处，就是秀娟上班的地方，和每天从双桥家中上下班相比，她实在是开心多了，更何况宝贝女儿还可以上隔壁的合新厂托儿所。之后，女儿先是进幼儿班，再是进东坡小学读书。

小家安定后，秀娟干活的劲头更足了，这时，厂里已开始讲计件制定额劳动，可以多劳多得了。当然，工资还是老规矩，必须按正常渠道汇付到所在农村生产队，包括我在周墅公社工交办的每月45元，统统不能按月到手。对此，秀娟毫无怨言，只觉得能够从农村上来已经跨越了一大步，离理想的彼岸又前进了一大步。

电子耐火器材厂是当时周墅公社最重要的骨干企业之一，后因新品开发，就电阻绕线盘产品和上海电阻厂搞起了合营企业。借此机会，秀娟去了电阻厂上班，而且和原来上班地方离得很近。

电阻绕线可是个技术活，没有念过多少书的秀娟怎么会懂什么电流啊，电极啊，欧姆啊。然而，好胜争强的她，坚持向人家虚心学习，硬是把这项技术学到了手，以至于去上海电阻厂学习时，她所绕线的各个规格的电阻产品因误差极小受到广泛好评。这期间，她还兼任分厂的车间主任，兼管妇女工作和计划生育工作，还光荣地加入了中国共产党，更了不起的是，利用业余时间完成了成人高中文化补习，拿到了毕业证书，她的学历已经超过了我这个初中生。

我在工交办工作的5年和在紫砂工艺二厂工作的10年中，对我支持最大的，莫过于秀娟了。她不仅要积极认真地完成自己的工作，还要操心女儿一星在托儿所、幼儿园、小学（六年）的学习和生活。户口迁来蜀山村后，蜀南大队照样分给我们两亩多的田，一年稻麦两季还要种，平时有人帮忙管理，收种两次则全靠秀娟忙着张罗，否则，一家三口就没有粮食吃。潘家祠堂一住4年，长期占用集体的房子也不是个滋味儿，而且，住在局促潮湿的空间也绝非长久之计。于是，在蜀山村领导的关心下，在红阳大桥南堍安排地基造了两间小楼，整个建房工作在1985年至1986年。那时，我在紫砂工艺二厂当厂长，企业的迅猛发展让我忙得焦头烂额，没有时间过问自家改造房子，因此一切只能仰仗秀娟。当然，还有我的岳父，他不仅来帮忙，还送来了当时十分紧俏的水泥桁条、水泥楼板。

1986年，我们从潘家祠堂搬进新屋，由于西面的出口迟迟未能通行，一直从蜀山村耐火厂的大门进出，这样一住就是6年。当时，我已被评为全国百名优秀农民企业家之一，也获得了江苏省、无锡市劳动模范殊荣，其实，这一切荣誉的背后，站着一位默默奉献的妻子蒋秀娟。时任丁蜀镇镇长顾柏生同志见到我住房环境极不舒畅，建房多年却未能解决通行问题，于是，就建议我往丁山搬，他还说："镇政府在为机关造两幢商品房，这几年你当厂长贡献那么大,镇里奖你一套(约75平方米),你自己掏钱买一套,连在一起。"我当然高兴,便和秀娟去看房。不料,她说长期住在农村,条件虽差却宽敞得很,这种局促的商品房住不惯。于是只得作罢。后来,这事让时任宜兴县委常委、丁蜀镇党委书记刘湘根同志知道了,说:"你们全家都是农民户口,我来叫丁山村给你一块宅基地。"就这样,丁山村书记周龙生为我在龙溪公园(当时全是菜田)东边划了一块地基,镇政府叫县城建办代为建设,造了一幢小楼。

1991年,我们告别生活了10年的蜀山村,搬进了第二次造的新房子。至此,我们把乡下父母也接来一起生活,女儿一星也开始上初中了,这样,秀娟便担负起了工作以外更繁重的家庭事务。其时,陶瓷公司因征用蜀山村的土地建造货场,村里按照政策,让秀娟和女儿转为城镇户口,因此,她的劳动关系转到了宜兴彩陶工艺厂,且选择了在一线岗位工作。1992年上半年,我到丁蜀镇政府担任镇长一职,工作更忙了,压力更大了,无形中也给了秀娟一种压力。其实,我在紫砂二厂的10年间,完全可以把她调到一起,她也曾经尝试过做茶壶,并像模像样地做出了几把紫砂壶。然而,为了支持我的工作,为了避嫌,她一直在其他单位认真工作,且干一项爱一项,始终受到大家的好评。

在这里,我真正感觉到的是秀娟对我父母的一片孝心,都说我是孝子,但是没有一个善解人意的媳妇,你对父母能孝得起来吗？自1991年底父母住进我家后，父亲一直体弱多病，平时都是秀娟买药配药，同去医院检查，直至我父亲2017年1月7日去世，她都始终如一，毫无怨言。其次，就是她对女儿、女婿和外孙女所倾注的一片爱心，对亲家的一片真心，这些对我来说却是难以企及的，因此，我从内心深处感谢我的爱人秀娟，她才是我背后的那棵大树。

1994年，我调任市计经委副主任，秀娟也转至工商银行下属的银湖房产开发公司，而岗位却在工行工会创办的经济实体"陶都黄金屋"。就这样，一直干到1998年，金店要和银行脱钩，实行改制，人员要下岗，人生面临新的抉择。秀娟毅然决然，决定盘下之前一直处于亏损状态的金店，以极大的热情和心血去浇灌这片新的"土地"。一眨眼，22年过去了，她和兄妹一起自主经营、自负盈亏，硬是把这个金店撑了下来。至今，她仍然上班，家里、店里两点一线，买菜、做饭、做营业员、管账，越干越有劲头。基于20世纪70年代在农村曾参加毛泽东思想宣传队，秀娟身上有着一些宝贵的文艺气息，去年开始被人拉去唱戏，她乐此不疲，真是忙上加忙。一年多下来，也拿得出好几个沪剧、锡剧的唱段，一旦登台亮相，竟也获得一阵阵好评。

自1978年至今，我与秀娟结婚已经快43年了。时光荏苒，岁月不居。一路走来，我们相濡以沫、相敬如宾，当然也难免磕磕碰碰，也少不了口舌之争。我认为，她是我最善意的"对手"。比如，我出差回来，总要为她买几件衣服，她不管三七二十一，先数落我一番再说，不是颜色不行，就是款式不对，挑不出毛病就说价格太贵。所以，我总结出来，你想给老婆买东西让她高兴，说不定就会讨她骂。虽是这么说，其实，女人内心还是指望丈夫宠她的。又比如，在外面工作，她说我大小也是个公众人物，对我要求就高了，说站要有站相，坐要有坐相，不能随随便便、马马虎虎，穿什么衣服，扣子要扣好，拉链怎么拉好，这些都要唠唠叨叨。在如何对待老人和小孩上，我们有时也会理念不同。后来，我发觉，她对女儿、女婿也这样唠叨；再后来，又发现，她对外孙女也会唠叨。我顿悟到，被人唠叨，就是被人牵挂，原来这也是一种幸福。我终于释然了。

总之，这就是充满了阳光的夫妻生活，这就是琐碎而温暖的家庭生活。习惯了，就好了。

2020年9月8日

我家女儿

我晚婚，做父亲时已经30虚岁了。女儿史一星出生于1979年3月1日（农历二月初三），属羊，今年42虚岁。

女儿一星出生的年代，是中国改革开放刚刚拉开序幕的年代，整个社会处于"摸着石头过河"的变革之中。作为父母一代，正在奋力追赶受时代原因影响而失去的一切，譬如：读书受阻的，此刻正加倍努力地复读以求一线生机；死守在农村那有限的几亩田地中的，此刻正极目远眺农村之外的广袤天地；因盼致富而找一份农业以外的工作，此刻干脆投身后来被叫作乡镇企业的社队工业。尚在襁褓中的这一代，不谙世事而等待幸福的到来，作为独生子女的这一代，他们注定是衣食无忧的一代，他们在成长过程中没有兄弟姐妹的陪伴，也未必享有真正的幸福童年。

女儿一星在农村和我们跟着爷爷奶奶、叔叔姑姑们生活了两年多。1981年，随我们夫妻俩搬到蜀山潘家祠堂栖居。那时，我已到周墅公社工交办工作，爱人秀娟则在合新厂做临时工，能住在潘家祠堂，对爱人来说是很好的，因为她上班的地方就在潘家祠堂往东几十米的小山坡上，省得每天抱着女儿从双桥村步行8公里来回上下班。这还是眼前的，紧接着，有更多的利好在后头，即一星可以就近上合新厂的托儿所、幼儿班、东坡小学，几乎都在100米范围之内，女儿实在是太幸运了。倘若还在老家双桥村，是不可能上托儿所、幼儿班的，要么就是到龄直接上小学——我们这一辈人就是这样过来的。

搬迁到蜀山后，我把全家三人的户口也迁到了蜀山村。虽说同是农村户口，可蜀山是街边村，今后的发展机会肯定不少。住在蜀山的10年，也是女儿一星上完托儿所、幼儿园、小学的10年。这10年，应该说是她最快乐幸福的10年，活泼可爱，礼貌待人，学业也不错。到了她上初中时，我们又把家搬到了丁山，离她的学校也就500米左右，所以，她早上去上学，中午可以回来吃饭，下午再去，不用我们接送，放学回到家后自己做作业。即使到1994年考上高中，丁蜀中学离家也不是太远，根本不用住校，我这个做父亲的，每天晚上会骑着自行车，去学校门口等她晚自习结束后接她回家。我时任丁蜀镇镇长，站在门口一起接孩子的家长们和我打招呼的实在太多，弄得我怪不好意思的，有时只能推着自行车远远地躲在树底下，等女儿出来找我。高中阶段的学习是非常辛苦的，尽管她付出了许多努力，但1997年她的高考分数还是不理想，只考上江苏省第一所民办大学——三江学院。好歹也进大学了，我们鼓励她不要气馁，今后的路还很长，可读的书还很多，面对现实，她也逐渐释然了。女儿在三江学院3年大专就读期间，先后在南京中央门北边的老校区和雨花台铁心桥的新校区，我不知跑了多少趟新老校区，嘘寒问暖，送吃送喝，父女连心，一片真情，跃然心间。

2000年走出校园后的头几年，女儿一星供职于江苏省弘业集团。她学的是外贸日语专业，所以专事外贸业务，接外商订单、组织货源、报关、发货，每一项程序虽枯燥无味，却也学到了不少知识。当然，作为一个小姑娘家，一个人在外面确实够辛苦的，作为父母，我们开始关心她的婚姻大事。后来，她调到宜兴某公司的驻宁办事处，工作相对轻松一些，便开始考虑个人问题。妻子比我更着急，女儿不在身边，找什么样的女婿心中无底，女儿在南京读书、工作五六年了，有读书的同学、工作的同事，一个小姑娘有人追求是很正常的事情。然而，这些我们都看不见、摸不着。但凡有人在妻子面前提及这事，她就会非常敏感，显得焦虑无比，只要一有机会，她就会拜托人家做媒。最终，我和妻子的好友中医师夏建德推荐了他的外甥吴烜。吴烜出生于陶业重镇丁山，父母是青瓷厂的退休工人，吴烜本人其时尚在东南大学读硕士研究生（微电子专业）。妻子知悉后如获至宝，立即要来吴烜的手机号码发给了一星，同时也把女儿的手机号码给了吴烜，希望他们能够自己在南京相互联系、相互了解。

通过几次接触，这对有情人终成眷属。

2004年元旦，女儿披上了婚纱，双方家长在丁山上海饭店为他们举行了隆重的婚礼。

自此，女儿在南京安了家，父母在宜兴也放心了。他们结婚后，我们鼓励女婿硕博连读，2007年女婿攻下了博士学位。女儿则在单位上班，并把公公婆婆接到南京一起生活，她默默支持着丈夫吴烜的未完学业。在吴烜的鼓励下，她也完成了东南大学的成人本科学业，拿到了毕业证书，甚至一度还想攻读硕士研究生学位，只是生了孩子，也只能作罢。2008年9月25日（农历八月二十六日），外孙女诞生在南京市妇幼保健医院，孩子生下来七斤二两，母女平安，这天正好"神七"上天。

2009年，女儿凭借实力，考入了江苏广电网络有限公司，成为一名国企正式员工，并光荣地加入了中国共产党。

这几年，家乡宜兴发展得不错，尤其是我所在的紫砂行业，更是风生水起，十分诱人。女儿也曾几次流露出想回家的念头，即使不学做茶壶，做做茶壶生意也是可以的，但都被我晓之以理、动之以情地拒绝了。我说："你们的小家在南京，你有你的工作岗位，结婚了，生孩子了，就要相夫教子，绝不能这山望着那山高，好女儿应该志在四方。"最终，女儿也安心了，也理解了我这个做父亲的良苦用心。

女儿在父母面前永远是小孩，会撒娇，甚至有点任性。人生在世，不管工作是还是生活，不如意事常有八九，做父母的当然都理解，我们也是这么过来的，只不过在我们那个年代，我们这个大家庭，是无法撒娇且更无法任性的，一切都只能默默承受，唯有自己打拼，舍其奈何？

值得欣慰的是，女儿很孝顺，不仅孝顺父母，尤其孝顺奶奶，每次来电话都不忘问一声"亲娘好吗"，每次回家时，给奶奶不是带吃的就是带穿的，或者再给几张钞票，而奶奶也每次笑得合不拢嘴，开心地叫着"大心肝，大心肝"。我是长子，一星是长孙女，从小在一起生活有感情，虽然一星上大学后就离开了家，但家庭情结还是深厚的。

一眨眼，外孙女也上小学六年级了，他们和千千万万的普通人一样，工作的步伐无法放慢，生活的节奏永远那么周而复始。但我觉得，女儿成熟了，女儿和公婆、父母的心贴得更近了，女儿对丈夫的爱更深了，女儿对自己的孩子倾注得更多了。

祝福女儿，好好工作，幸福生活。

2020年9月9日

我家女婿

　　女婿吴烜，生于1978年3月21日，属马，今年虚岁43岁，大我女儿1岁。

　　吴烜出生于宜兴陶业重镇丁蜀，父母皆为原陶瓷公司所属的国营青瓷厂退休工人，他的父亲吴惠法、母亲俞美君均为我的丁中校友，1966年我初中毕业时，他们好像是高中一年级，同样受时代影响而无书可读。

　　吴烜能做我的女婿，完全是一种缘分。在丁中读高中时，他高我女儿一届，相互并不认识，吴烜学习成绩优秀，是个"学霸"，我女儿史一星也只是有所耳闻。1996年，吴烜以高分考进了东南大学电子系，其时，我女儿尚在丁中读高三。1997年，她考取的三江学院虽在南京，但他们没有交集的可能。当我女儿大专毕业在南京找到工作后，我爱人就为她的婚姻操起了心。

　　俗话说，多个朋友多条路。这时候，我的老朋友——原矿山医院的医师夏建德推荐了他的外甥吴烜。夏医师对我的家庭也很了解，他说看着我女儿长大，小姑娘清纯可爱，可以来攀攀亲。当时，女儿不认识吴烜，我们也不熟悉，当提到他父母时，我才记起他们是我在丁中的校友。在没有得到女儿同意的情况下，我让夏医师把他外甥吴烜带来我家，大概是假期，那时，他尚在东南大学读硕士研究生，我们一看，小伙子很文气又聪明，一米七二的个头，看上去很精干，第一眼就觉得是理想中的乘龙快婿。于是，就把史一星的手机号码告诉他，让他回南京后主动联系我女儿。随即，我们夫妻俩打电话告诉女儿，说今天相女婿了，小伙子我们看着不错，让她有思想准备。

就这样，他俩在南京相识了，从逐渐相知到相互认可，慢慢地，感情也培养起来了。吴烜学习优秀，可以硕博连读，他原本想硕士毕业后先找份工作再说，在我们的鼓励下，他一气呵成，于2007年拿到了博士学位，然后，在某微电子公司工作，从事芯片开发。2011年初，调至南京美辰微电子有限公司（由国瑞集团控股），负责射频和高速模拟电路设计，尤其擅长变频电路和时钟电路的设计。这些术语对我来说是一头雾水，对他来说却是津津乐道。女婿专注于技术业务，性格内向，沉默寡言，因此，平时我们和他在一起可交流的话题不多，我们无法深入讨论他的专业，他也不太关心家长里短、张三李四的琐事，饭桌上他倒是喝上二三两白酒，除了翁婿频频举杯，就是让他多吃点菜了。

吴烜大三时就加入了中国共产党，读本科时担任电子工程系学生会秘书长，还任研究生班党支部书记。这样说来，我和老伴、女儿、女婿都是共产党员了，等外孙女长大了，一定也会受到我们的影响。

女儿、女婿结婚后，就把父母亲也就是我们的亲家接到南京生活。我们要感谢他们为这个小家庭的付出，洗衣，做饭，搞卫生，接送孙女上托儿所、幼儿园、小学，十多年如一日，风雨无阻，真不容易。希望女儿、女婿懂得感恩，善待双亲。

我家女儿心性比较急躁，有时也较为任性，在丈夫面前显得有些强势，我们也总是批评女儿要尊重丈夫，而女婿脾气温和，总能以柔克刚，化解矛盾。其实，这与人的学养有关，在这一点上，我要为女婿点赞。

都说女婿是半个儿子，而我始终认为，我家女婿绝不是半个儿子，他就是儿子。因为我们身处计划生育的时代，有了女儿就不可能再有儿子，生了儿子就不可能再有女儿（除非能生龙凤双胞胎），至于姓什么，那只不过是个符号而已。我们夫妻俩这辈子最满意的，就是找到了一个好姑爷，女儿最大的幸福就是有这么一个好丈夫，我们全家引以为豪。

女婿走出校门，一直从事自己所钟爱的专业，这是时代使然，没有复杂的经历，也没有什么坎坷磨难。至于他的专业技术吧，我也实在写不出片言只语，但我知道，在当前国家如此重视芯片生产技术的大背景下，他的专业一定会得到进一步的发展，他也一定能够为这个行业作出自己更多的贡献。

祝福吴烜！

2020年9月10日

我家外孙女

外孙女吴棹楠，生于2008年9月25日（农历八月二十六日），属鼠，今年虚岁13岁。

外孙女出生于南京市妇幼保健医院。当时，除了女婿吴烜跑前跑后忙着张罗，亲家公吴惠法和亲家母俞美君也都在，我和爱人蒋秀娟也专程从宜兴赶去。大家既开心，又紧张，聚在产房门口的走廊里团团转，大约下午两点钟，一位妇产科医生出来说×床生了，母女平安，是个女孩，七斤二两，胖嘟嘟的，够大了。我们当即给孩子取了个乳名叫"嘟嘟"，这天正好"神七"上天，是个好日子。我因要去北京联系"陶都风"中国宜兴陶瓷艺术展"，所以，只能带着这份喜悦的心情匆匆赶往禄口机场。

外孙女出生后，大家一直叫她嘟嘟，蛮顺口，也蛮有趣的，后来，她外婆在丁山找一个专门起名的先生给她取了个大名，叫吴棹楠，说她命里缺木，就用了木字旁"棹楠"两字作为名字，叫起来也很好听。

外孙女出生几个月后，女儿要上班工作了，所以，一直由她爷爷奶奶在南京带着。从3岁开始，每年暑假，两亲家要回丁山来照应外孙，于是，嘟嘟就交给我们外公外婆，连续5年，一直到7岁。晚上，由外婆陪着在另一个房间睡觉，但外婆一早要起来做早饭、洗衣服，必须由外公过去偎着她才行。她说，一个人有点怕，但只要我靠在她身边，她就踏实了。她眉清目秀的小脸蛋，真是可爱极了。每每看着这种情景，我就喜悦万分，这大概就是"隔代亲"吧。

每天早上，她起来洗漱后，吃完早饭就跟着我们一起上班。先在外婆的金店里待一会儿，然后，送到阳光艺培中心学画画、钢琴、朗诵、溜冰、跆拳道，有时，下午还要去另一个地方学游泳。嘟嘟小时候很活泼，尤其喜欢朗诵一些儿歌，有时我们带着她去参加一些饭局，她一看人多了，就和我说今天她要朗诵一些儿歌给大家听听。于是，外公就为她"报幕"，她一本经地站在凳子上，像模像样地给大家朗诵，大家报以热烈的掌声，她显得十分开心。

外公教她的第一个汉字不是她的姓名，而是"苏"字，教她的第一个英文字母不是A而是B、U、K三个字母，教她的阿拉伯数字不是1而是0，这些是我当时用的车牌号码，每天上班出发前，她都会用小手指着牌照念一遍。

外孙女连续在丁山的5个暑期，参加这个兴趣班、那个兴趣班，真正感兴趣的好像就是画画，她画了许许多多的小姑娘形象，别说，还真有点天分。现在一手钢笔字写得也是蛮好，娟秀清晰，看上去赏心悦目。当然，学龄儿童必须先读好书，至于今后有什么特长只能走着瞧了。

总之，这5年的暑期，外孙女给我们带来了很多欢乐，也让我们的生活更加充实，享受了天伦之乐，孩子很乖巧、很听话，跟着谁就认准谁。

2015年暑期一过，她就上小学读书了。之前，她上的是南京市第一幼儿园；后来，父母为她买了学区房，她进了北京东路小学，据说，这所小学很不错。所以，嘟嘟无论是上托儿所、幼儿园，还是上小学，父母都倾注全力，不让她输在起跑线上。

外孙女嘟嘟读书后，暑期就再不能来宜兴了。现在的孩子，只要一踏进校门，就有没完没了的作业负担和各种各样的校外补习，童年的快乐少了许多。

随着年龄的长大，嘟嘟不像小时候那样活泼多话了，也许是个性使然，也许是学业的压力。不爱说话，不等于没有思考，据我观察，她还是蛮有思想的。头几年，学习上总比别人慢半拍，上课也不爱举手回答老师的提问，学习的主动性、积极性不够；另外，回家做作业不是很快做完，而是喜欢磨磨蹭蹭，所以成绩一直徘徊在中游。到了四五年级就明显进步了，今年五年级学期结束，各门功课全优，可喜可贺！这里面，爸爸吴烜起了很大的作用，除了辅导，就是两个字——督促。我看，是吴博士的业余时间都用在女儿的学习上了。

今年下半年，外孙女升六年级，明年就要升初中了，能进什么样的学校，还面临着很大的压力，爸爸妈妈也在担心。其实，用不着，书肯定有得念，还是遵循孩子成长的规律为好，外公十分看好她的潜力，是金子总会发光的。

2018年9月25日，外孙女嘟嘟10周岁生日时，我们以外公外婆的名义给她写了一封信，在此不妨公布于众。或许，10岁的外孙女还不完全理解我们写这封信的含意，但是，我想随着她慢慢长大，读了初中、高中，上了大学以后就会明白，这就是隔代老人对儿孙辈的爱和期望。

2020年9月11日

写给吴棹楠小朋友10周岁生日的一封信

嘟嘟：

今天，2018年9月25日，是你的10周岁生日。也就是说，你已经10岁了。照理，外公外婆不应该再称呼你的小名，而应该叫你吴棹楠了，但我们总觉得叫嘟嘟显得亲热，在我们眼里，不管到什么时候，你永远是那个活泼可爱的小嘟嘟，你说是吗？

10年前的今天，中国的"神七"升上了天空，而你在南京的妇幼保健医院里来到了人间。外公十分清楚地记得，当你妈妈躺在产房里痛得嗷嗷叫的时候，奶奶、外婆、我和你爸爸只能在医院的走廊里急得团团转。当医生来告诉我们，你已生下来了，是一个七斤二两的胖女孩时，我们都高兴极了。随即，外公去禄口机场乘飞机去北京，而外婆和奶奶，还有你爸爸，除了欢乐，也开始因你的出生而忙碌。这一忙，到今天整整10周年了，你已不仅是一名亭亭玉立的小姑娘，也是一名小学四年级的学生了，为此，我们都为你高兴。

10年，3650天，在历史的长河中仅是一瞬间。但对伴随你一同成长的我们而言，也是由中年步入老年的10年。你要感谢父母的养育之恩，更要感恩爷爷奶奶的不离不弃，无论在生活上还是在学习上，这10年，都是他们精心照料你的10年。外公外婆因工作繁忙，很少到南京陪你，仅仅在上学前的每个夏天把你接到丁山来，让你愉快地度过每一个暑期。你还记得吗？每天外公开着汽车，外婆领着你到阳光艺培中心参加多个培训，生怕你输在起跑线上。在众多的培训项目中，看得出，你特别感兴趣的是画画，喜欢画那些长辫子、长裙子的小姑娘，对弹钢琴似乎兴趣不浓，溜冰、跆拳道一学就会，游泳开始有点怕，慢慢就学会了。能陪伴你度过几个暑假，我和外婆特别高兴。很快，2015年下半年你就上小学了，之后的暑假，你就不能来丁山了，因为你要为学习而忙于应付各种补习班。你比我们小时候读书不知要辛苦多少，我和外婆十分心疼你，但又爱莫能助，因为现在的小孩都这样，一旦进入学校，就无法摆脱紧张的学习和繁重的作业负担。妈妈十分关心你，爸爸上班很忙也不忘为你补习功课，爷爷奶奶在南京操持家务，我和外婆只能隔三差五地和你爸妈通通电话，精神上给予你鼓励，学习上我们帮不上一丁点儿忙。好在嘟嘟还是自觉的，智商也是不错的，虽说考试分数时高时底，成绩也有起有落，但总体上还是好的。要知道，你所在的北京东路小学，同学们个个都很棒，你是在强手如林的氛围里学习成长，虽有压力，但也有好处。

今年暑期的8月18日，你在雏鹰假日活动中，和其他7位小同学一起走进陶都，来到宜兴，见你又长高了，看着这些活泼可爱的孩子，我和外婆真为你们感到高兴。你生活、学习在一个前所未有的好时代，你们完全可以心无旁骛地读好书，打好基础，向初中、高中、大学进军。随着年龄增长，人的潜能也可逐渐得到挖掘，再过10年，你一定是一位优秀的大学生。

嘟嘟，新学期又开始了，衷心希望你好好学习，天天向上，做到德、智、体全面发展，这是你对爷爷奶奶、外公外婆、爸爸妈妈，还有一位家中的老太太最好的回报。

祝你10周岁生日快乐！

你的外公史俊棠、外婆蒋秀娟

2018年9月25日

伍

砥砺传承　奋楫争先

美术与紫砂的又一次美好结缘

在韩美林紫砂艺术馆奠基仪式上的讲话

尊敬的韩美林老师、周建萍老师,各位陶艺家、嘉宾朋友们:

今天,我们在这里隆重集合,参加韩美林紫砂艺术馆奠基仪式,共同见证美术与紫砂的又一次美好结缘。在此,我代表陶都宜兴的陶瓷行业及所有陶艺工作者,向韩美林老师致以崇高的敬意!对关心这一文化工程的市委、市政府及相关职能部门表示衷心的感谢!

早在20世纪70年代,韩美林老师就和宜兴的陶瓷结下了不解之缘,美陶厂的那些由他设计创作的"美林猴""美林虎""美林羊"及许多青瓷作品,成为当时收藏家喜闻乐见的陶瓷艺术品。时至今日,这些散落在民间的陶艺作品,仍然成为收藏家苦苦寻觅的收藏重器。

自20世纪80年代起,美林老师把他的艺术触角延伸至宜兴紫砂领域,他不仅结识了顾景舟、汪寅仙、鲍志强、陈国良、施小马等一批紫砂艺术家,和他们结为了终身的朋友,而且设计和创作了一大批造型独特、被称为"韩氏风格"的紫砂艺术品,成为改革开放40年来宜兴紫砂传承发展、创新发展中不可或缺的部分。它们不仅唤醒了传统之魅，而且赋予其现代文化之魂。这些作品，不仅成为美林老师多个重大艺术展览中的重要展品，而且也分别陈列在北京、杭州、银川的三大韩美林艺术馆中，为弘扬宜兴紫砂艺术、繁荣祖国紫砂文化起到了很大的作用。

多年来，美林老师始终关注和支持着宜兴陶瓷的发展。2009年为我们题写了"陶都风"展标并亲自参加了在中国美术馆举办的首次"陶都风"中国宜兴陶瓷艺术展；2013年恢复举办宜兴陶文化节，他又为我们题写了"中国陶都，陶醉中国"八个刚劲有力的大字；在2015年的第八届陶文化节，他又题写了"百年景舟"四个大字，使我们深受鼓舞。

更令人振奋的是，美林老师提出，要把他对陶瓷、紫砂的一大批设计手稿捐给宜兴，陈列在陶瓷博物馆，让他的艺术精神及部分艺术成果永久落户陶都宜兴。于是，市陶协、市文广新局和宜兴陶瓷博物馆在张立军市长的带领下，几次拜访美林老师、建萍老师，也先后参观学习了在北京通州、宁夏银川、浙江杭州的三个韩美林艺术馆。大家被美林老师这种献身艺术的精神所深深感动，同时也为筹建韩美林紫砂艺术馆而积极努力。最终，我们划出陶博馆主馆北侧最好的地块来建造韩美林紫砂艺术馆。

去年，第八届中国宜兴国际陶瓷文化艺术节开幕时，美林老师远在国外，为此，他特派专人前来捐献他的部分设计手稿。今天，美林老师、建萍老师专程赶来参加艺术馆的奠基仪式，使这项功在当代、利在千秋的宜兴紫砂文化项目，又向前推进了一大步。我们坚信，在市委、市政府的高度重视下，在市文广新局、丁蜀镇政府、市陶博馆和市各相关职能部门的共同努力下，艺术馆一定能又好又快地建好，在不久的将来开馆迎客，成为陶都宜兴陶瓷文化的又一亮点。

再次感谢韩美林老师、周建萍老师以及他们的工作团队。作为宜兴市陶瓷行业协会会长，在今后建馆、开馆的过程中，我一定不忘初心、不遗余力、倾情奉献。

2018年4月6日

在相互成就中砥砺前行

在宜兴市茶促会第二次会员大会上的发言

尊敬的章主席、鲁所长、张监事长：

值此宜兴市茶文化促进会第二次会员大会召开之际，我谨代表宜兴市陶瓷行业协会表示热烈的祝贺！

岁月不居，时节如流。转眼间，市茶促会成立后已走过了5载春秋，2014年成立大会之盛况至今仍历历在目。

社团组织是靠自己存在的意义和价值，靠服务和质量去换取自己的生存条件的。5年来，市茶促会始终秉承服务会员的宗旨，坚持"茶文化引领宜兴茶产业发展，茶产业促进茶文化繁荣"的理念，开展了一系列卓有成效的工作，尤其是以弘扬宜兴茶文化为抓手，编撰了一系列有关宜兴茶的图书，并坚持出版《阳羡茶》杂志，引领相关茶企业和全国各茶产区交流互访、学习取经，结交文人朋友，进一步彰显和提升了拥有"茶的绿洲"称号的宜兴的美誉度。市茶促会5年来的工作，赢得了广大会员的信任，也得到了市委、市政府的充分肯定，是我们其他社团学习的榜样。

　　宜兴有着悠久绵延的茶业历史和源远流长的茶生活,从而带动了紫砂业的发展。改革开放以来,又因在全国范围内呈燎原之势的茶文化和家家户户的茶式生活,宜兴紫砂百尺竿头,更进一步,进入了一个鼎盛的发展时期。茶与器相互成就,共同发展,相伴而行,相得益彰,共同构成了陶都宜兴广袤天空下的靓丽风景。宜兴紫砂永远要感激茶产业、茶文化。

　　纵观全球,有50多个国家和地区种植和生产茶叶。中国虽然地域辽阔,种茶历史悠久,但茶产业至今仍落后于许多国家,排在第一位的是印度,而不是我们中国。就茶叶消费而言,目前全球有160多个国家和地区近30亿人喜欢喝茶,中国虽然是人口大国、产茶大国,但在人均消费饮茶的国家(地区)排序中相对靠后,排在中国前面的分别是土耳其、爱尔兰、英国、俄罗斯、摩洛哥、新西兰、埃及、波兰、日本、沙特阿拉伯、南非、荷兰、澳大利亚、智利、阿联酋、德国、乌克兰等。排名第1的土耳其,人均年消费茶叶达3.2公斤。所以,中国的茶叶市场还有很大的拓展空间,中国的茶文化弘扬任重道远。

　　茶叶消费是茶产业发展的基础,茶生活才是茶文化的主要内容。所以,致力于茶生产、经营的同人们应加倍努力,种好茶、做好茶、卖好茶,让人们能喝到好茶;而致力于茶文化的同人们也应不忘初心、继续前行,弘扬茶文化,让人们不仅品饮到作为物质的茶,而且享受到作为精神的茶。物质与精神相互贯通、相辅相成，才能使中国茶、阳羡茶具有家园感。文化建设具有引领性作用，我们要以高度的文化自信来传承弘扬茶文化、发展提升茶产业。诚如马克思所言："人们自己创造自己的历史，但是他们并不是随心所欲地创造，并不是在他们自己选定的条件下创造，而是在直接碰到的、既定的、从过去承继下来的条件下创造。"

让我们携手同行，为再创宜兴茶陶新辉煌而贡献新力量。

祝宜兴市茶促会第二次会员大会圆满成功！愿宜兴茶产业、茶文化的明天更美好、前景更光明！

2019年7月16日

交流互鉴　携手精进
在重庆荣昌第四届"中国四大名陶"展评活动
开幕式上的讲话

尊敬的张崇和会长、杜同和理事长，各位领导、各位嘉宾、陶瓷界的同人们：

大家好！

在新中国成立72周年的前夕，很高兴和大家欢聚在重庆荣昌，一起来分享第四届中国四大名陶荣昌展的喜悦。中国是个陶瓷生产历史悠久的国家，中国生产的精美陶瓷早就造福人类，陶都宜兴、瓷都景德镇等各有特色的陶瓷产地早就享誉中外。

中国名陶这一概念，是1953年时轻工业部的一位部长在北京参观陶瓷展览时提出的，他说：中国有"江苏宜兴紫砂陶、广西钦州坭兴陶、云南建水陶、四川荣昌陶"等四大名陶。很可惜，这一历史文化深厚、现实意义深远的中国四大名陶文化品牌深藏不露60多年，没有得到很好的宣传、推广和利用。

2015年上半年，云南的陶艺家马行云老师编著了一本图文并茂的《中国四大名陶》。他来宜兴找我，要我为他的这本书写篇文章。我当时对四大名陶未作深入研究，不敢贸然动笔，仅仅为他题写了"华夏文化陶为最"七个字，以表示鼓励和支持。同年11月21日，广西钦州古陶城及陶瓷文化创意园落成，各陶瓷产区的代表应邀参加开园典礼，云南建水的郭向东同志、重庆荣昌的梁先才同志、广西钦州陶协的同志及中陶协的常务副理事长傅维杰同志等聚在一起，提出了一个想法：能否让宜兴牵个头，挖掘一下中国四大名陶的历史文脉，组织大家搞一些活动？我当时表示可以考虑。2016年春节过后，我们先到北京拜年。2月20日，傅维杰同志就带着我们去云南建水参观考察。建水陶传承有序，陶瓷产业有一定的基础，尤其是新打造的紫陶一条街给我留下了深刻的印象。一年后，我们又来到重庆荣昌，参观考察了安富街道的陶瓷生产情况。荣昌的陶瓷产业也有一定的基础，相对传统的陶瓷艺术也在传承发展。于是，我们当即就和傅维杰同志约定，在2017年宜兴举办的第九届国际陶瓷文化艺术节上，推出"中国四大名陶"展评活动。首届"中国四大名陶"展评活动在宜兴举办，得到了中国轻工业联合会和中陶协的大力支持，张崇和会长、步正发老会长、杨志海老部长、杜同和理事长都来到现场参加了这次展评活动，并给予了充分的肯定。

当时，我们设计了一个方案，即四个产地轮流主办，宜兴为首届，紧接着钦州、建水、荣昌挨个办，为此还特地做了一面绣有"中国四大名陶"的锦旗，在活动闭幕式上，由该届主办单位向下一届主办单位授旗，以增强这一活动的仪式感。原本设想两年一届，可大家认为这样时间太长，轮一圈要6年，于是就定为一年一届。照此，2018年应由广西钦州主办，但由于种种问题，拖到2019年才办。2020年由云南建水主办，今年（2021）由重庆荣昌主办，荣昌区委、区政府如此重视这一活动，安富街道做了大量的准备工作，我们由衷地表示感谢！

关于作品参评参展，我们也设计了一个方案，即主办单位提供100件（套），其他三地各提供50件（套）。陶艺作品250件（套）的展览规模已经不小了。同时考虑到由各主办方出好作品画册。

关于作品评奖，主办方为两金、四银、六铜，参展三方各为一金、二银、三铜，按参评作品数量，这个比例不低了。同时，对金、银、铜各给予一点奖金，由各主办方支付。

今年由荣昌主办，第一轮的"中国四大名陶"展评活动已结束。纵观四届的活动，每届都有特色，各主办方都十分重视并且做了大量工作，不仅有行业的积极性，更有当地党委、政府的高度重视，这是我们意料之外的，这对推动这一活动的持续主办、高水平主办给予了很大的鼓励和支持。

从2022年起，"中国四大名陶"将进入第二轮展评活动，陶都宜兴将接着主办第五届，我们将认真总结第一轮四届的成功之处，学习借鉴其他三方的宝贵经验，提升展评水平，提高活动质量。

当下，传统陶瓷不仅有经济属性，也有文化属性，更是一种历史脉络的延绵，挖掘历史、赓续文脉，传承发展好传统陶瓷生产,对当地的经济发展、文化繁荣、旅游振兴都有很大的作用。因此,我们必须紧紧抓住这一陶瓷文化品牌,并把它越做越响。

要发展传统陶瓷艺术,人才是重中之重,只有人才队伍不断壮大,我们的传统陶瓷传承创新才能得到保证。我看了一下连续四届的参评作品,明显看得出:人才兴,陶艺就兴;人才稀缺,参评作品就相形见绌。对于陶瓷艺术,我们主张学习借鉴,但不能一味模仿抄袭,作为各具特色的中国四大名陶,应保持它的地域文化特色、艺术风格,一味迎合市场需求去模仿做紫砂茶器具,久而久之不成为"一大名陶"了吗? 各产区的传承人责任重大,行业协会要加以引导,地方政府应加以重视。

9月上旬,在内蒙古呼和浩特的十大节庆品牌评选活动中,中国宜兴国际陶瓷文化艺术节和青岛国际啤酒节、哈尔滨国际冰雪节等一起被评为"中国十大节庆品牌",这是陶都宜兴的骄傲,也是中国陶瓷界的骄傲。十分感谢中国轻工业联合会和主办单位之一的中国陶瓷工业协会多年来对这一节庆活动的关心和支持。为此,宜兴将继续携手各陶瓷产区,不忘初心、牢记使命,坚持把各自的特色做特、传统做优、作品做精、文化做响,继续为当地经济社会的发展作出陶瓷人应有的贡献。

（本文根据2021年9月27日上午在重庆荣昌第四届"中国四大名陶"展评活动开幕式上的发言整理）

守住根魂　再造高峰

在顾景舟紫砂艺术学院成立一周年暨揭牌典礼上的讲话

尊敬的各位领导、嘉宾:

金秋十月,硕果累累。陶花盛开,紫玉生辉。陶天、陶地、陶世界,陶事、陶艺、陶盛会,好戏连台,台台精彩。在如火如荼的中国宜兴第十届国际陶瓷文化艺术节接近尾声之际,今天,我们在这里隆重举行陶都中专顾景舟紫砂艺术学院成立一周年的庆典暨揭牌典礼。我们身逢国运蒸腾的新时代,国泰民安,繁荣昌盛,感恩改革开放给我们陶都大地带来的勃勃生机。

早在30多年前,我担任宜兴紫砂工艺二厂厂长时,出于对人才的渴望,联合丁蜀职中开办了紫砂工艺美术班,从那时起,我便与职业教育结下了深厚的情缘。这个工美班培养出了范泽锋、蒋瑞峰等一批优秀的青年紫砂才俊。承蒙学校厚爱,聘我长期担任学校理事长一职,一路走来,我亲历了宜兴紫砂陶生产发展的兴盛,也目睹了丁蜀职中办学过程中艰辛的探索、不断的壮大以及今天所获得的辉煌成果。所以,我坚信顾景舟紫砂艺术学院的揭牌,是陶都中专学校发展史上的一个新起点,具有里程碑式的意义。今天，顾景舟紫砂艺术学院聘请了众多的陶艺大师分别担任名誉院长、艺术顾问和兼职教授，顾景舟紫砂艺术学院必将如虎添翼，一定会不负社会各界的重托，众望所归地勇于承担起为陶都紫砂陶产业培养技艺人才的重任。

感谢学院，这次聘我为名誉院长，盛名之下，其实难副。我诚惶诚恐，深感不安，但我定会尽好服务之责。

明年8月，我将年满70周岁，也是我在宜兴市陶瓷行业协会服务满18周年，我将逐步卸下协会工作，把尚余的精力投入陶都中专的职教事业。

在这里，我向陶都中专历届的领导和教职员工们致以崇高的敬意！对长期以来一直关心、支持教育事业，同时也一直鼎力支持协会工作的各位大师表示衷心的感谢！你们是宜兴陶瓷艺术苑中一面面鲜艳的旗帜，是宜兴紫砂家园里辛勤耕耘的园丁！有你们，才有宜兴紫砂光辉灿烂的今天；有你们，宜兴紫砂一定能走向更加美好的明天。

人逢佳节倍思亲。在盛大的第十届中国宜兴国际陶瓷文化节举办之际，看到盛世陶瓷、紫砂辉煌的今天，能以紫砂人顾景舟的名字冠以艺术学院时，我们更加怀念老一辈的紫砂先贤。我们不仅深切缅怀新中国成立后为恢复振兴宜兴紫砂而奉献一生的以任淦庭、吴云根、裴石民、王寅春、朱可心、顾景舟、蒋蓉、陈福渊等为代表的紫砂老艺人，我们也深深怀念第二代紫砂艺人中近几年来先后离我们而去的谭泉海、汪寅仙、徐达明大师，王石耕先生，李碧芳老师，凌夕苟、吴震、谢曼伦大师，束凤英、邵新和、夏俊伟老师，等等。我们永远不会忘记他们，他们献身紫砂的精神，将激励着后辈们不忘初心，继续前行！除了今天聘请的各位老师外，我想，陶都中专欢迎更多的紫砂艺人们来关心、支持学校的专业发展，投身到神圣的职教事业中来。

宜兴是陶都，陶业在丁蜀。陶都宜兴的紫砂工艺和均陶工艺分别在2006年和2014年被列入国家级"非遗"名录，宜兴的青瓷工艺和彩陶工艺也于2011年被列入第三批省级"非遗"名录。这些"非遗"项目的确立，提升了宜兴陶瓷艺术的历史文化含量，也有力地彰显了宜兴陶都的美誉度，更加巩固了宜兴作为中国陶都的地位。

宜兴陶艺的传承发展，是事关宜兴陶艺能否永续辉煌的根本所在，传承是为了发展，发展是最好的传承。而陶业陶艺的发展关键在人，顾景舟紫砂艺术学院的职责就是培养一批又一批的紫砂技艺人才。我始终认为，当下的宜兴紫砂：

需要潜心传承而不走捷径的人。回望我们老一辈陶瓷艺人，他们一旦捧起这只饭碗，就一门心思潜心传承，从不指望走什么捷径，无论是以一代宗师、壶艺泰斗顾景舟为代表的七大老艺人，还是他们的高足们，还是今天在座的各位大师，无不如此。所以，我们必须以一种"咬定青山不放松"的姿态，在紫砂艺术的园地里沉潜砥砺、勇毅前行，而决不走终南捷径。

需要能够不断创新却又能守正的人。时代在发展，社会在进步，传统的宜兴陶瓷艺术发展当追随时代的步伐，这就需要我们陶艺人不断创新，不断推出新品以满足不同审美需求、不同的消费群体。但宜兴陶艺的根在传统，魂在文化，这个根和魂就形成了宜兴陶瓷艺术的血脉，如果本末倒置，搞守不住根魂和基因的所谓创新，必将成为无源之水、无本之木，就会使宜兴陶瓷艺术，特别是极负盛名的紫砂艺术丢根失魂，从而失去它的优势和在世界陶瓷、中国陶瓷中的地位。

需要不忘初心、能永远进取的人。当今社会，在经济快速发展、文化繁荣昌盛的同时，也伴随着不少喧嚣和浮躁，各级各类技术职称的评审，种种荣誉称号的授予，频繁的赛事评比，金、银、铜奖的诱惑，让陶艺人难以应付却又不愿放弃，一些人一旦获得了技术职称、荣誉称号，或者若干奖项，就飘飘然，就不再学习进取，作品也不见创新而吃老本，这样的传承人是不可取的。

需要艺德并举以德为先者。从事传统工艺的人，应是崇尚儒家文化的人，孔子育人始于美育，终于美育，就是要培养一个大美的人。陶艺传承者不仅要传承专业技能，更要传承老一辈艺人道德风尚。

需要遵纪守法、不越底线的人。我始终认为，一个陶艺家，成名一定是靠作品，没有精品佳作问世，你难以成名，但成名之后就要靠人品，没有人品的支撑，只能是一个不成功的陶艺人。尽管你头上有无数光环，甚至集种种名头于一身，但艺德不好，也会让人不屑一顾，也不能算是成功的传承人，最终会被社会所遗弃。

一个有理性的紫砂人，自然会透过这盛况空前的迷雾，看到隐藏在背后的危机。记得2015年我们在纪念顾景舟百年诞辰时，曾有人问道：百年之后谁景舟？我可以自豪地说：顾景舟等是他们这个时代的紫砂高峰，而我们现在的紫砂已是一片高原。我也深信，高原之后必将产生一座座高峰，景舟之后一定会百舸争流，千舟竞发。

谢谢大家！

2019年10月22日

"宫廷珍韵"绽芳华

在范永军紫砂艺术暨弟子作品展上的致辞

很高兴,今天能和我们宜兴市人民政府相关部门的负责人及陶艺紫砂界的同人们一道,来到上海,来到朵云轩,一起参加"宫廷珍韵"范永军紫砂艺术暨弟子作品展。非常感谢大家的光临,在今天活动的嘉宾中,有许多人是我的老朋友,也是宜兴紫砂的忠实追随者。

宜兴紫砂进入上海,可以追溯到明末清初。当时,沪上文人雅士对宜兴紫砂的推崇和把玩极大地推动了宜兴紫砂的兴起和在上海的立足。至清朝末年、民国初期,上海已涌现出一批经营宜兴紫砂的商号、鉴赏紫砂艺术的收藏家和古玩商人,如城隍庙的"铁画轩""吴德胜""陈鼎和""葛德和"及利永公司等。二十世纪三四十年代,冯桂林、裴石民、王寅春、顾景舟、蒋蓉等一批代表当时紫砂器制作最高水平的艺人被延揽至上海,为古董商从事紫砂器制作。

一直以来,沪上喜爱宜兴紫砂者众,二十世纪八十年代,在著名画家唐云先生等人的支持发起下,上海成立了紫砂协会,我是亲身参与者，并有幸被推选为理事长。因此，宜兴紫砂和上海的文化、艺术、商贸交流源远流长、绵延至今。甚至，宜兴紫砂工艺与海派书画共生共荣、相映成辉，海派文化风格被投射到紫砂壶艺的创作上，极大地提升了宜兴紫砂的艺术高度、人文气息和格调品位。可以说，沪上文人、紫砂爱好者对紫砂的热情参与和不离不弃，促进了宜兴紫砂行业的传承发展和紫砂文化的不断升华。

二十一世纪以来，中华盛世，经济腾飞，文化繁荣，为宜兴的紫砂行业发展提供了良好的机遇，宜兴紫砂从来没有像今天这样充满生机活力。宜兴紫砂陶制作技艺于2006年被国务院列入国家首批"非物质文化遗产"名录，紫砂已然成为陶都宜兴最为亮丽的城市名片。

今天，江苏省技能大师、研究员级高级工艺美术师范永军紫砂艺术暨弟子作品展在朵云轩隆重举办。这些集材质美、造型美、装饰美、功能美和人文美于一身的紫砂器在这里一展芳华，再次给上海壶艺爱好者带来新的视觉盛宴。我们也衷心希望，通过这次虽规模不大，但具有较高艺术水准、很强特色品位的展览，从侧面更好地展示宜兴紫砂的魅力。

长期以来，上海朵云轩文化经纪有限公司为推介宜兴紫砂不遗余力，我们也多次组织紫砂艺人利用这个平台举办作品展览、彰显宜兴特质，收到了很好的效果，产生了良好的反响。上海市收藏协会为弘扬宜兴紫砂文化做了大量工作，在此一并表示由衷的感谢！

祝本次展览取得圆满成功，致上诚挚的祝福！

2021年11月13日于上海朵云轩

志存高远　心追造化

写在董亚平"紫韵墨风"艺术作品展开幕式上

江南多才女，巾帼陶艺美。紫韵墨风展，开幕迎新年。

今天，无锡工艺职业技术学院教师董亚平女士在宜兴陶博馆举办个人作品展览，这是她个人从艺生涯阶段性成果的一次汇报，很有勇气，值得祝贺！

在此之前，我认真翻阅了她的《紫韵墨风》作品集，对她作品的总体风貌有了一个整体把握和深入了解。上午，我又提前来看了她展出的这些作品，深有感触，甚为感动。作为一名女性艺术家，她真的很不容易。因为，她是地方高校的一名老师，老师的首要任务是搞好教育，上好课，带好学生出成果。她在做好本职工作的前提下，能够涉足书画、陶艺、雕塑、紫砂等这么多的领域，并且能创作出这样一批高品质的作品，着实让人惊叹。这要花多大的功夫，要挤出多少的时间？应该说，这真是境界可佩、精神可嘉。

我为什么要把紫砂和陶艺分开来讲？这是因为陶艺和紫砂并不是一回事，陶艺有世界通用的语言，而宜兴紫砂是我们宜兴特有的文化语言，也是中国特有的文化语言。当然，越是民族的，便越是世界的，所以，对宜兴紫砂不要偷换概念，它就是一门独特的传统民间工艺，它真正让人们喜爱之处，就是优质的矿料、丰富的造型、精湛的工艺、高雅的装饰、舒畅的功能，这一点不会改变。倘若改变了，那么，宜兴紫砂就失去了生命力。

　　说到宜兴紫砂，在我们传统的紫砂行业里有这样一群人，在他们出生成长的那个年代，也许没有机会读多少书，但他们端起了紫砂这只饭碗，经过几十年的磨炼，练就了这个行业最为高超的技艺。做壶时"凝神屏气无言语，两手一心付案牍"，他们每做一件作品，都有着异于常人的严格要求。他们一生所追求的目标，就是打造那些完美的作品。这样的人，在当今时代被尊称为大师，他们秉承的那些精神，我们称之为"工匠精神"。宜兴紫砂能够如此辉煌，是一代代的紫砂匠人精神的延续，做出了一批批脍炙人口的精美作品，继而成就了紫砂器在文化艺术界的特殊地位。几百年手工艺的坚守，让这把壶的一整套制作工艺列入了国家首批"非物质文化遗产"名录。宜兴紫砂传承发展到今天，一路走来并不轻松，曾几经兴衰、几度枯荣，这既是外部环境所致，也有业者走偏之因，说到底就是"工匠精神"的缺失。因此，当下重提"工匠精神"，是关乎整个行业能否健康有序生存发展的紧迫之事。

　　说到学校，不得不让我想起当时的江苏省宜兴陶瓷工业学校，即现在无锡工艺职业技术学院的前身。在二十世纪七十年代，他们培养了像徐安碧、邱玉林、王亚平、吴鸣、兰亭等一批现在已是国家级陶艺大师的人物，也有像孔德双这样的陶瓷企业家。他们刻苦学习，立志成才，报效社会，这是他们最大的动力。

当今，也许是缺少了这样的时代背景，也许是缺少了像张志安这样横贯今古、学贯中西的名师，也许更是缺少了自己身为一名陶校学生的荣誉感，因而使得志存高远、心追造化的艺术家显得日渐珍贵。

生长在宜兴，是董亚平的福气。江南宜兴，地气丰沛，山高水长，物华天宝，人杰地灵，文脉绵延，底蕴深厚，书法、绘画、文学，哪一样不充满灵气？陶瓷、陶艺、紫砂、陶文化就更不用说了。就本次展览来看，她已经取得了不小的成就、不菲的成果，但她年纪还轻，今后的道路还很长，应当志存高远，继续努力，不断攀登。

衷心希望她当好一名优秀的老师，培养一批优秀的学生，在此基础上，充满底气地热爱艺术、热爱陶瓷、热爱紫砂。

2022年1月1日

砥砺传承　守正创新

在曹亚麟紫砂艺术馆开馆仪式上的讲话

各位领导、各位嘉宾，陶艺界的同人们：

　　大家下午好！值此党的二十大胜利闭幕之际，被列入第十一届中国宜兴国际陶瓷文化艺术节重点陶瓷文化活动之一的曹亚麟紫砂艺术馆，今天在这里举行开馆仪式。我谨代表江苏省陶瓷行业协会、宜兴市陶瓷行业协会，对曹亚麟紫砂艺术馆的开馆表示热烈的祝贺，对前来参加开馆仪式的领导及嘉宾们表示热烈的欢迎和衷心的感谢！

　　女娲用五色石补天，是一个美丽的神话；而宜兴人用上苍赐予的五色土成就了紫砂器，却是一桩实实在在的事情。数百年来，宜兴紫砂传承发展，窑火生生不息，文脉延绵不绝，工匠大师代不乏人，经典作品不断问世，已然成为宜兴紫砂这片高原上一座座突起的高峰。

　　曹亚麟同志作为新中国成立后的第三代宜兴紫砂传承人，他接受过高等教育，回厂后拜师学艺，并能做到理论与实践相结合，成为一名研究员级高级工艺美术师。几十年来，他潜心传承、善于创新，其作品文化气息浓厚，时代特征明显。前几天，我有幸对他在新馆陈列展出的作品先睹为快，可谓蔚为大观、气象万千，是紫砂艺术文化的大餐。

2012年，曹亚麟同志被授予第六届中国工艺美术大师荣誉称号。市、镇两级政府按照大师艺术馆建设相关规定的要求，启动了曹亚麟紫砂艺术馆建设。在市委、市政府及相关职能部门的关心爱护下，经过夫妻俩几年的辛勤付出，占地面积5600平方米的紫砂艺术馆拔地而起，为名副其实的大师一条路——通蜀路又增加了一座紫砂艺术馆，我们为此感到非常欣慰。艺术馆交通便捷，环境优美，设计新颖，风格独特，功能齐全，藏品丰富，成为传承宜兴紫砂技艺、弘扬祖国紫砂文化的又一平台，成为对外文化交流、推进文化强市建设的又一窗口。曹亚麟大师的徒弟、学生开枝散叶，各擅其长，每一件作品无不隐含着师父的艺术基因。

今天邀请各位共襄盛举、分享喜悦，让大家共同见证宜兴紫砂近年来高质量发展的一个缩影，不啻是宜兴紫砂事业的又一振奋人心的消息。2022年，宜兴陶瓷、宜兴紫砂喜事连连，尤其可喜的是，高端人才不断涌现，不仅有一批省级工匠、技能大师被授予荣誉称号，更有5位陶艺人喜获第八届中国工艺美术大师称号。截至目前，宜兴已拥有16位中国工艺美术大师，10位中国陶瓷艺术大师。陶都宜兴、陶业重镇丁蜀已然成为全国县级市，尤其是乡镇一级国家级大师最集中的行政区域，这必将带动宜兴陶艺、宜兴紫砂传承发展，迈向新的高度。相信在不久的将来，正在建设中的李守才均陶艺术馆、顾绍培紫砂艺术馆、吴鸣紫砂艺术馆也都将迎来落成开馆。我们期望，能有更多的大师艺术馆能建成开馆，为陶都宜兴陶文化的繁荣昌盛、为陶业重镇丁蜀镇的经济社会高质量发展多作贡献。

　　祝曹亚麟紫砂艺术馆日益繁荣兴旺！

　　祝全体来宾心情舒畅，身体健康！

2022年10月29日

砂壶与茗茶的相互映照

在2023年"国际茶日"庆祝活动暨
联合国邮票《国际茶日》发行仪式上的讲话

2019年11月27日,第74届联合国大会宣布设立"国际茶日",时间为每年的5月21日,以赞美茶叶对经济、社会和文化的价值。这也是以中国为主的产茶国家首次成功推动设立的农业领域国际性节日。从此以后,每年的这一天,广大茶农、茶人、茶企、茶商都为庆祝自己的节日而欢欣鼓舞。

今年的"国际茶日",对宜兴、对紫砂来说,尤其让人感到高兴。5月18日,联合国邮票《国际茶日》在北京联合国大楼举行了发行仪式,宜兴市人民政府常务副市长周峰、宜兴市农业农村局局长万年青以及紫砂邮票的主角——江苏省工艺美术大师、江苏省陶瓷艺术大师、宜兴紫砂范家壶庄创办人范伟群来到发行现场,并就两枚紫砂邮票的创作作了介绍:一枚是民国时期制壶名家范大生的"东坡提梁壶",一枚是范伟群创作的"无相壶"。联合国副秘书长阿图尔·哈雷作了视频致辞以表示祝贺,联合国粮农组织驻中国和朝鲜代表文康农以及国家农业农村部农村国际合作司一级巡视员倪洪兴、环球网总编辑朱研等嘉宾分别作了讲话。中国茶叶流通协会会长、全国茶叶标准化技术委员会主任委员王庆，斯里兰卡驻华大使馆公使衔参赞（商务）娜丽卡·科迪卡塔，中国农业科学院茶叶研究所副所长王新超参加了活动。

今天，我们怀着激动的心情，在紫砂的故乡宜兴与大家一起分享喜悦。宜兴紫砂邮票，在20世纪90年代就由国家邮政局遴选了时大彬的"三足如意壶"、陈鸣远的"鸿运四方壶"、邵大亨的"龙头一捆竹壶"、顾景舟的"提璧壶"等四把紫砂壶作为题材发行了邮票。2011年的亚洲邮展出了一把"四方壶"的邮票。之后，在中葡建交40周年之际，已故中国工艺美术大师汪寅仙的"九头南瓜套壶"也出了邮票。这次，由联合国邮政总局来出两枚邮票，而且是在"国际茶日"发行，意义非同凡响。这充分说明，宜兴紫砂壶的文化影响力早已远远超出国界，超出亚洲而奔向全世界。将宜兴紫砂称为陶中奇葩、艺中瑰宝，可谓毫不夸张。

蜀山南街是古老丁蜀紫砂陶的孕育之地。如今，在宜兴市委、市政府和丁蜀镇党委、镇政府的重视、关心下，积极开发资源禀赋，修旧如旧展现古街风貌，蜀山南街已成为"网红"打卡地。今天，把它称为陶式生活、陶文化旅游的驿站，更赋予了它陶文化、紫砂文化的内涵，随着各种历史文化挖掘以及人文精神的展现，蜀山南街将愈发增加神秘色彩，成为人们愈加向往的文化圣地。做好紫砂文章，讲好丁蜀故事，是我们这代人义不容辞的职责。

祝今天的活动圆满成功！祝丁蜀更加繁荣兴旺！

2023年5月21日

千工易得　一匠难求

宜兴市紫砂行业"工匠精神"主题作品展前言

在传统的宜兴紫砂手工行业里，有一群这样的人：他们经过几十年的磨炼，有着这个行业里最为高超的技艺，他们"凝神屏气无言语，两手一心付案牍"，每做一件作品，都有着异于常人的严格要求。他们一生所追求的目标，就是打造最完美的作品。对这些人，我们尊称他们为大师；他们所秉持的那些精神，我们称之为"工匠精神"。

宜兴紫砂始于北宋，成熟于明、清，繁荣于当代。这是一代代的紫砂匠人精神的延续，继而成就了紫砂壶在茶器界的特殊地位，成就了紫砂壶从工具到艺术品的蜕变。几百年手工艺的坚守，让这把壶的一整套成型工艺，成为国家级非物质文化遗产。宜兴紫砂发展到今天，一路走来并不轻松。近几年来，由于利益使然，喧嚣不已的紫砂市场上出现了一些不健康的东西。粗制滥造、以次充好、以假乱真等乱象的出现，正是由于这个行业工匠精神的缺失，以致让整个行业的发展受到负面影响。所以，重提工匠精神是整个紫砂行业生存发展的当务之急。

回望历史，曾经的那些一拍一打的细腻、那些一板一寸的推敲、那些一次又一次的重来，越来越为我们所怀念，愈来愈为我们所需要。工匠精神有着"不因材贵有寸伪，不为工繁省一刀"的严谨。曾经的匠人离我们越来越远，但他们身上的工匠精神却越来越变得可贵。眼看当今"千工易得，一匠难求"。其实，工匠精神就是专注极致，就是荣辱不惊，就是淡泊名利；工匠精神就是敬畏自然，就是心有法度，就是追求天人合一。

在高速发展的互联网时代，重提工匠精神并不落伍，相反，它是一种态度、一种传承，更是一种坚持、一种恪守，它有利于增强人们的精神力量，促进行业的全面发展，推动整个社会的不断创新。工匠精神，不但要传承，更要不断融入以改革创新为动力的时代精神，让这精神发扬光大，从而带动我们传统行业更好地发展。

2018年8月12日

梅竹松柏曲未终

汪寅仙大师逝世一周年纪念文集《宿德显正》前言

　　"人终曲未散，余音仍绕梁。"岁月易逝，时节如流，转眼间，汪寅仙大师离开我们已经整整一年了。业内外人士通过各种不同的形式，或著书或撰文，追忆、缅怀这位可亲可敬的紫砂艺人。斯人已乘黄鹤去，抚膺扼腕长叹息。人们尊重她、敬仰她，念念不忘的是她留给我们的对紫砂艺术始终不渝的执着，依依不舍的是她启迪后人对紫砂艺品皓首没齿的坚持。

　　"苍龙日暮还行雨，老树春深更著花。"汪大师从艺六十多年，从不懈怠，毕其一生，都奉献给了她所钟爱的紫砂事业。她爱岗敬业，一丝不苟；她严谨细致，执着专注；她精雕细琢，精益求精；她诚实守信，传承创新；她培育新人，诲人不倦；她白首无悔，艺树常青。她对紫砂的眷恋，她对繁荣紫砂的持之以恒，她对紫砂艺术至美至善的追求，创造了在紫砂艺术道路上无与伦比的成就，矗立起了陶瓷艺术界的又一座巍然丰碑。她生前虽未名冠"大国工匠"，艺品却处处彰显工匠精神。

　　"梅竹松柏曲未终，一代楷模紫砂人。"壶如其人，艺如其人。可敬的汪寅仙大师，她用表里如一的朴素情怀，不搭架子，不摆谱子，为人谦逊，勤奋刻苦，心无旁骛，开拓进取，书写出富有传奇色彩的亮丽人生；她用无比宽阔的伟大胸襟，不计名利和得失，荣辱不惊，默默耕耘，感恩社会，无私奉献，表达了对党的事业的无比忠诚；她有着高尚的人品、高超的技艺和精湛的技能，筑梦前行，奋发有为，创造出无愧时代的辉煌业绩，赢得了至高无上的名誉和尊荣。

正是汪寅仙大师超群的技艺和非凡的人格魅力，才让人们对她如此不舍；正是她的那种精神，才让我们在她逝世一周年之际如此隆重地举办这样的纪念活动。她的技艺长存，她的精神不朽！

《宿德显正》这本文集汇集了海内外专家学者、汪寅仙生前好友、她的亲人、徒弟和学生们饱含深情的纪念文章。当我们发出纪念汪寅仙一周年活动的消息后，短短的两个月内，怀念文章纷至沓来。看了这些文章，让人难抑悲情，为之动容。正是汪老师的德艺双馨，才让撰稿人笔下生情、笔下有意，才让汪寅仙的形象有血有肉、可敬可亲、栩栩如生。

纪念文集要定一个书名，我和有关人士多次商量后拟了多个名称。想到韩美林老师和汪寅仙大师亲如兄妹般的情谊，我专程请韩老师题写书名，他不仅欣然应允，还撇开我们拟的几个书名，大笔一挥"宿德显正"。韩氏风格十足的四个大字，笔锋犀利，刚劲有力。不用诠释，"宿德显正"正是韩老师对汪大师一生至高的评价。

　　汪大师，我们可以告慰您在天之灵的是，人们永远怀念您、敬仰您。您的品格、您的精神，将永远激励一代又一代的紫砂人砥砺奋进，让宜兴紫砂在传承中不断创新，让中国陶都始终与时代同行！

2019年2月5日春节

大美如斯

"壶上清风" 鲍志强师生紫砂陶刻艺术展前言

宜兴紫砂, 五色土得天独厚。手工抟植, 殷殷匠心而流韵; 刀耕火淬, 素面洁心而高雅。

陶刻, 乃紫砂艺术不可或缺之组成部分, 是文人紫砂之象征。宜兴制壶高手代不乏人, 陶刻艺人相生相伴、相映生辉。

鲍君志强乃当代宜兴紫砂陶刻大家、壶艺高手, 六十余载渡人渡己, 乐此不疲, 德艺双馨。慨乎言之, "唯有制心于壶, 方得大美于斯"。鲍君艺脉承古、文气宏通, 一刀掇砂、金声玉振, 自出机杼、守正创新, 根深蒂固、枝繁叶茂, 领军当代紫砂艺坛于一方。

远识贤人意, 清风愿激扬。"壶上清风" 鲍志强师生紫砂陶刻艺术展, 集鲍君及高徒范建军等紫砂陶刻一脉之大成, 展当今紫砂陶刻艺术之风采, 如清风徐来、水波不兴, 纵一苇之所如, 渐入佳境, 于宁静中感受隽永, 可谓高雅艺术的至美境界。

宜兴紫砂, 大美当如斯。

2021年7月

承前启后　继往开来

"宜陶青韵"宜兴青瓷艺术展前言

1986年,30多件(套)宜兴青瓷艺术品被中南海紫光阁收藏,与宜兴紫砂一起长期陈设,尽显风流。今年,值此中国共产党成立100周年之际,"宜陶青韵"——宜兴青瓷艺术展共有118件(套)作品,在北京人民美术出版社美术馆展出。该展览汇集了近年来宜兴青瓷传承和创新的各个门类,风格多样,内涵隽永,作品均为不同流派的代表之作,是当代宜兴青瓷艺术品的一次集中亮相。

青瓷的出现,是中华陶瓷数千年历史发展过程中的重要转折点,是由陶质向瓷质飞跃发展的产物,具有7300多年制陶历史的陶都宜兴有幸参与了这一进程。据宜兴大量古窑址的挖掘考证,商周时期宜兴已开始大规模生产几何印纹硬陶和原始青瓷,东汉到两晋时期青瓷生产空前繁荣。其后,因宜兴多种类陶瓷艺术品的出现,青瓷自唐宋后日渐式微。新中国成立后,江苏省人民政府设立"恢复宜兴青瓷的试制和生产项目"并取得成功,宜兴青瓷发展创新成果颇丰,一路高歌。目前,已经形成"谈青窑艺"、碧玉、碧云、中远等众多品牌,产生了一批非物质文化遗产传承人,形成了宜兴青瓷独特的文化脉络和艺术风格。

宜兴青瓷有着鲜明的地域特色,其釉青中泛蓝,嫩荷涵露。20世纪80年代,宜兴青瓷风靡欧洲,被誉为"东方蓝宝石,精美碧玉器"。现代的宜兴青瓷不局限于传统的仿宋代哥窑、弟窑的产品和传统器型,其釉色多达数十种,其窑变、飞红令人惊艳,嵌金丝、重饰釉、露筋、彩绘、浮雕、雕刻等装饰手法层出不穷,杯、盘、瓶、罐等门类齐全,品种繁多,充分展现了宜兴青瓷丰富的艺术表现力和深厚的文化内涵。

长期以来,大家对宜兴的紫砂耳熟能详,而宜兴青瓷却"深藏闺中无人识"。我们希望通过这次展览,能听取社会各界、业内同行对宜兴青瓷的传承创新的宝贵意见,以便得到更好的发展,从而使宜兴青瓷文化发扬光大。

2021年8月

传承创新　奋楫者先

第二届"勃勃交融"宜兴市紫砂雕塑展前言

宜兴市陶瓷行业协会雕塑协会于2019年3月28日正式成立。在两年多的时间里，他们举办了多项活动，这些活动不仅加强了会员间的联系与交流，而且在行业内产生了一定的影响。特别值得一提的是，首届"勃勃交融"宜兴市紫砂雕塑展于2019年第十届宜兴国际陶瓷文化艺术节期间在丁蜀镇青龙山公园开幕，所展出的紫砂雕塑品种丰富，有传统的，有现代的，有写实的，有意象的，受到广大观者的一致好评，为宜兴陶瓷艺术赢得了更多的美誉。

雕塑协会计划在今年的第11届陶文化节期间举办第二届"勃勃交融"宜兴市紫砂雕塑展，为此，我十分期待。宜兴的雕塑从业者来自五湖四海，他们年纪轻、学历高，毕业于院校雕塑专业的人比例很高，更为难能可贵的是，他们勤奋刻苦、踏实肯干，特别具有创新精神，这一点尤其让人感到欣慰。

紫砂雕塑体现中国特色，彰显民族魅力，在当前文化繁荣的大潮中，永葆民族文化的经典性。老一辈的雕塑艺术家把在文化上、精神上乃至灵魂上的感悟化为雕塑创作的语言，充分体现紫砂艺术在当代语境下的新面貌和新价值。艺术贵在坚持，也贵在创新。站在中国传统雕塑艺术新的历史节点上，衷心希望雕塑协会的所有会员在创新中坚持传承中华文脉，继承优秀传统，同时学习吸收世界各国雕塑艺术的优秀元素，渗透融合到当代的雕塑创作中去。与古为徒，与古为新，把宜兴的紫砂艺术推向一个新的高潮。

时代发展能带来机遇，也会带来挑战。新一代雕塑人要继续敢想、敢试、敢闯、敢啃"硬骨头"，在百花齐放、百舸争流的时代氛围下，最终让作品说话，为宜兴陶瓷艺术的传承创新，也为雕塑艺术的提升作出自己的贡献。

市陶协的工作依靠各分会的积极配合，支持包括雕塑协会在内的各分会的各项工作，是我们义不容辞的职责。让我们上下团结、勠力同心，共同为宜兴陶瓷艺术的发扬光大、再创辉煌而不懈奋斗。

2021年8月

陶都与东莞的深情对话

"紫悦莞邑" 宜兴西望紫砂作品展前言

宜兴地处江南福地、太湖西岸，历史悠久，文脉厚重，是享誉海内外的陶都。在7300多年制陶历史的长河中，尤以紫砂闻名。

宜兴紫砂壶，随中晚期国人泡茶方式的改变应运而生，500多年来伴随着中国茶文化的兴衰而兴衰，至今因茶文化的繁荣而繁荣。

提到茶生活、茶文化，让人不由得想到东莞，东莞人不仅爱喝茶，而且乐于藏茶。淡淡茶香，浓浓情长，这也是东莞经济发展强劲、文化日见繁荣的象征。宜兴紫砂壶总是追随着茶生活而不离不弃，数年一次大展、年年几次小展的宜兴紫砂，已成为东莞市民，尤其是茶人、藏家不可或缺的文化大餐。

谢钧馆长有着深厚的紫砂情结，他在莞城美术馆时，和我们携手合作，先后主办了多次紫砂大展。此次供职岭南美术馆后，又嘱我再续紫砂情缘。每次在东莞的展事活动，都能得到各级领导的关心和支持，于是，我十分乐意并饶有兴趣地推荐了宜兴紫砂陶西望专业合作社,让他们来展示一下近年来紫砂艺术所取得的成就。

2009年1月,宜兴市第一块"紫砂专业合作社"的牌子挂在了西望村。截至目前,全村1500多名紫砂从业人员中,高级工艺美术师有38名,工艺美术师有76名,助理工艺美术师有200多名,工艺美术员有100多名。正是这支技术骨干队伍使西望村紫砂业的传承发展有了一个坚实的基础,加上在无锡市人大代表、江苏省工艺美术大师、宜兴紫砂"大生传人"范伟群(担任紫砂专业合作社社长),江苏省政协委员、江苏省陶瓷艺术大师范泽锋(担任西望村党总支书记)两位领军人物的作用下,这个原本名不见经传、十分贫困的乡村,因紫砂业的发展而名声大振,各种荣誉接踵而至。

更让人振奋的是,2021年10月又传来喜讯:西望村上榜新一批全国"一村一品"(紫砂)示范村,11月"西望紫砂"被国家知识产权局注册为集体商标。"一村一品"、极具特色的紫砂产业,在实现强村富民、振兴乡村中发挥了极为重要的作用。这充分彰显了自成立合作社以来,西望村的紫砂产业发展很快,整个村级经济、村容村貌、党建工作、精神文明建设都有了很大的提高。当然,百闻不如一见,欢迎海内外朋友来陶都宜兴时,顺便也来看一看西望这个紫砂专业村。

此次,他们将在众多的紫砂从业人员中,遴选工艺美术师职称以上的100多位作者以及范家壶庄、龙德堂两家艺术馆的近300件作品来岭南美术馆主办"紫悦莞邑"紫砂作品展览，就是向热衷于茶文化、紫砂文化的东莞朋友作一次汇报，希望得到大家的批评指教。

2021年12月6日

现代艺术彩陶的又一次集中审美

"宜陶彩歌"宜兴彩陶艺术北京展前言

2021年11月17日，宜兴市丁蜀镇通蜀中路的国大师艺术馆集聚区迎来了"秋园·邱玉林"彩陶艺术馆开馆。这一盛况，标志着陶都"五朵金花"之一的宜兴彩陶有了集中展示的艺术殿堂。

翻开宜兴灿烂辉煌的制陶史，宜兴彩陶历史源远流长，它上溯远古，下贯当今，生生不息，代代相传，是现今与宜兴青瓷一样最为古老的一大陶瓷品种。从新石器中晚期到商周的原始古彩陶，再到汉代的釉陶，从单一的印纹装饰，到后来的彩釉图纹装饰，从以实用为主的坛、罐、碗等，发展到现代艺术彩陶，无不彰显时代的发展与人类文明的进步。陶都先民与匠人们的聪敏才智，为宜兴7300多年的制陶史谱写了浓墨重彩的篇章，积淀了极为厚重的彩陶文化，久而弥坚，历久弥新。

宜兴现代艺术彩陶适应了人们物质生活的追求和文化审美，不断地以艺术品市场为导向，创新求变，用不同的艺术形式展示文化的多元和包容。它的发展轨迹，得益于各级领导长期以来的重视、关怀，得力于江苏省老字号宜兴彩陶工艺厂这方沃土，得道于科研创新设计人才的开拓进取。其中，有着40余年从艺经历的中国陶瓷艺术大师、正高级工艺美术师、全国"五一劳动奖"章获得者、江苏省非物质文化遗产代表性传承人邱玉林领衔宜兴彩陶一班人，开发新品，成果迭出，屡屡参展，获奖多多。这期间，在彩陶工艺厂厂长葛伯初的高度重视和强力支持下，为国内数十家名酒企业成功设计了特色鲜明的艺术化陶瓷酒瓶，至今盛销不衰。宜兴彩陶工艺厂获得茅台集团优秀供方荣誉称号，已成为行业公认的国内优质陶瓷酒瓶生产基地。

宜兴现代艺术彩陶的特质反映在造型与装饰的多变、出新、出彩、出奇，扁、尖、异的造型及彩釉的刻、划、填、洒、浇、沥、画等10多种装饰方法，以及化妆土、浮雕擦色、挑毛点法、拉丝法、剪纸法、肌理纹、仿古等工艺技法，彰显出作品的雄浑与奔放，或明快、妍丽，或飘逸、灵动，引发视觉冲击，感悟审美愉悦。

这次"宜陶彩歌"宜兴彩陶艺术在北京展出，是继前年"宜陶雅韵"宜兴均陶艺术北京展、去年"宜陶青韵"青瓷艺术北京展之后的又一场精彩亮相，市陶协与彩陶界从业人员共同遴选了163件（套）经典代表作参展。我们希望通过这次展览，听取社会各界人士、业内同行对宜兴彩陶传承创新的宝贵意见，使这一陶艺瑰宝得到更好的发展，从而将宜兴彩陶文化发扬光大。

2022年5月5日

青年强则艺术强

《百名宜兴青年陶艺家作品大赛优秀作品集》前言

　　青年是最具创新热情、最富创新动力的群体，青年是社会中最有生气、最有闯劲、最少保守思想的群体，蕴含着改造客观世界、推动社会进步的无穷力量。我市的青年陶艺家，也是庞大的陶瓷技艺群体中最有生机的一支队伍。在庆祝中国共产党成立100周年大会上，习近平总书记专门谈到青年，他指出："100年来，在中国共产党的旗帜下，一代代中国青年把青春奋斗融入党和人民事业，成为实现中华民族伟大复兴的先锋力量。"

　　百年，是一个重要的历史刻度。今年，是中国共产主义青年团建团100周年，也是党的二十大召开之年。为此，宜兴市陶瓷行业协会与共青团宜兴市委共同主办了"喜迎二十大、永远跟党走、奋进新征程"百名宜兴青年陶艺家作品大赛。本次大赛，共收到作品照片近500件，经过初评筛选，选出了100余件作品。4月29日，也是宜兴市陶瓷行业协会青年陶艺家分会成立一周年之际，这些作品通过了现场评审，并于五四青年节这一天，在丁蜀镇文化中心展出，拉开了百余位青年陶艺家作品展的序幕。

在展览中，我们可以看到，除了传统"五朵金花"陶瓷工艺外，宜兴的青年陶艺工作者在继承传统的基础上作了创新的尝试和努力，他们尝试将陶艺与漆艺以及复合材料相结合，一些从高等院校学成来宜的陶艺从业者在作品中还糅进了在高校学到的美学理论以及概念，从而丰富了陶瓷器型的风格与面貌。本次大赛特设了"兰主题"，主要侧重于陶瓷坯体的装饰，陶刻与泥绘两种装饰手法在命题的情况下各放异彩。这样的命题大赛是首次举办，纵观参展作品，青年陶艺工作者还有很大的发展空间，随着年龄的增长和技艺的进步，相信他们会日趋成熟，成为未来宜兴陶瓷艺术的重要力量。

把此次展出的青年陶艺家作品结集成册、广为传颂，是对此次活动的很好纪念。时代各有不同，青春一脉相承。青年之于党和国家而言，最值得爱护，最值得期待。衷心希望当代陶艺青年在实现文化复兴的大道上增强自信、奋勇争先，用青春的智慧和汗水创造出一个更加美好的陶都。

2022年5月26日

国际视野　包容共生

写在西望村被授牌"国际壶艺村"之际

宜兴是中国著名陶都，7300余年的制陶史孕育了丰厚的陶瓷文化。始于明代的宜兴紫砂，在数百年薪火相传中逐步由一般日用陶瓷成为"冠绝一世，独步千秋"的陶中瑰宝。

公元15世纪以后，宜兴紫砂随着中国海上丝绸之路的兴盛，伴随着瓷器、丝绸、茶叶一道传到欧州。时至今日，许多欧美的博物馆，如大英博物馆、大都会艺术博物馆、比利时皇家博物馆等，都将宜兴紫砂列为重要藏品。

时光荏苒，岁月如梭，文化积淀在时代的激荡中焕发新的光彩。改革开放后，宜兴与国际的陶艺交流越来越频繁。第十届宜兴国际陶瓷文化艺术节期间，携手国际陶艺学会举办了首届世界壶艺大赛等活动，吸引了一大批在国际上有影响力的陶艺家前来参赛参展，让宜兴的陶瓷文化国际交流上了一个新的高度。时任国际陶艺学会主席雅克·考夫曼和一众国际陶艺家多次来到宜兴参加活动，并给予了国际壶艺大赛活动高度的评价。新冠疫情暴发前，宜兴陶艺界还多次组织陶艺家赴英、美等欧美国家，韩、日以及阿联酋等亚洲国家交流，让陶文化走出了国门，讲述了更多的陶都故事。

位于陶都宜兴丁蜀镇的西望村，制陶历史悠久，制陶人员众多，如今"家家捶泥，户户做坯"，是著名的紫砂村，是江苏省振兴民间传统工艺、实现强村富民的示范村。全村大大小小的紫砂工作室、门店林林总总，具备技术职称的陶艺人才有400多名。从单一的壶艺制作发展成陶刻、雕塑、堆花等门类齐全的综合性艺术生产，能够取得这些成绩，作为西望村领头人，同时也是国际陶艺学会会员、江苏省陶瓷艺术大师的范泽锋，西望紫砂合作社理事长、江苏省工艺美术大师范伟群等人功不可没。

今年第11届宜兴国际陶瓷文化艺术节期间，在国际陶艺学会中国区理事万里雅教授、史小明等多位会员的推动下，将授牌西望村为"国际壶艺村"。希望西望村得到这个荣誉后，能引领宜兴陶瓷特色乡村振兴，推动宜兴陶艺发展，走上世界舞台，作出更大的贡献。陶都宜兴将坚持用国际视野、国际标准，推进宜兴紫砂与国际陶艺界的融合发展，不断提升宜兴紫砂在国际上的吸引力和美誉度。

2022年10月

传承有序　大美无言

范建华、陆君紫砂艺术馆开馆作品展前言

宜兴紫砂苑林阁，是由中国陶瓷艺术大师曹婉芬领衔，其儿子范建军、儿媳费寅媛，女儿范建华、女婿陆君等技艺演绎、作品展示的紫砂艺苑，在业界已声名鹊起。继曹婉芬大师艺术馆之后，范建华、陆君紫砂艺术馆也隆重开馆，是苑林阁的又一延伸。

宜兴紫砂讲究传承，建华、陆君紫砂艺术馆既有师承，亦是家传。范建华的母亲曹婉芬是宜兴紫砂真正的实力派大师，20世纪50年代进厂，师承七大老艺人之一的朱可心，练就了一身扎实的制壶基本工，这样的母女相传，势必学到真本领，此为家传。陆君随岳母同时也是师父的曹婉芬学艺，岂能马虎？再说和爱人建华一起，妇唱夫随，相互切磋，相互促进，此乃师承。尤其是多年来的招徒授艺，桃李遍布，成果斐然，为极少数能坚持下来的培训机构。在这过程中，建华、陆君既有言传身教，又有教学相长，是一个不断提升自我、惠泽他人的过程，其林林总总的陈列作品，观者可以明白也。

整个展厅以5个篇章布局，主题鲜明、体系明晰，可谓画苑冠冕、紫艺荟萃。

咏梅篇：以梅花为题材的范建华大师之花器作品。

赏菊篇：以筋纹器为风格的范建华大师特色作品。

品玉篇：光素器以及和各美院的老师合作之作品。

听泉篇：陆君大师独具风格的紫砂壶之雅隽小品。

啜墨篇：多年来与众多书画家合作的紫砂壶作品。

宜兴紫砂进入新时代，守正创新既是时代的要求，也是新一代紫砂人的执着追求。讲究泥料品质、传统功底扎实且人文气息浓厚的紫砂壶，受到当今用壶人、玩壶人的倾心追捧，两者相向而行，为宜兴紫砂的传承发展注入了不竭的动力。

如今，苑林阁的第三代传承人——陆君、范建华的儿子陆超飞，一个清华美院的硕士研究生，子承父母之业，已深深地爱上了紫砂。他们这一代，必将在宜兴紫砂传承创新中更有作为。

范建华、陆君紫砂艺术馆所呈现给大家的艺术创造，是一种美的享受，然而大美无言也。

2023年6月19日

以梦为马　不负韶华

"风华正茂、勇挑大梁"青年陶艺家作品大赛精品展前言

作为祖国的希望，青年人定要肩负使命，铆足"干劲""韧劲""闯劲"，保持顽强的意志，锤炼过硬的本领，在祖国的建设中挑大梁、唱主角。

去年7月28日，习近平总书记主持召开中央政治局会议，会议提出"经济大省要勇挑大梁"的要求，江苏省陶瓷行业协会、无锡市文广旅局、共青团宜兴市委、宜兴市陶瓷行业协会、宜兴市文化艺术界本着基于本地文化历史基础，激发本地青年陶艺工作者创新意识，协同合作，共同筹备，用近一年时间征集青年陶艺工作者们创作"勇挑大梁"相关主题作品，并于今年6月底举办"风华正茂、勇挑大梁"青年陶艺家作品大赛。本次大赛共收到作品照片近300件（套），经过筛选，选出了159件（套）作品，在"紫砂九隽"展出，同期评比。

"江山代有才人出，各领风骚数百年。"从古到今，圣贤名人层出不穷，但是世界是一直发展着的，它终究是属于青年人的。历史赋予青年人的，是使命，是责任。挑大梁，就是要发挥关键

作用、支柱作用。近年来，随着网络发展，社交媒体迭出，自媒体发展空前活跃，在一些流量至上的社交媒体上，总会出现一些为博眼球而不尊重事实的自媒体人。面对一些不实的信息，我们陶都青年们应当挑起大梁，用自身的努力和智慧在继承传统的基础上作出更多的创新。也应通过作品的多方展示，让更多的人认识和了解什么是传统的紫砂陶制作工艺，什么是中国陶都的真正魅力。

时代的责任赋予青年，时代的光荣属于青年。不负时代，不负韶华，新时代陶都青年要肩负起历史赋予的重任，保持昂扬的斗志，锲而不舍地坚持，以不断钻研的匠心，敢为天下先的闯劲和拼劲，扎实推进，久久为功，以准确识变之智、科学应变之道、主动求变之能，在危机中育新机，于变局中开新局，勇做新时代创新的领跑者，创造出无愧于新时代的辉煌业绩。

2023年8月16日

陆

守正创新　各美其美

一片丹心终不悔

"陶行方圆"顾绍培从艺六十周年紫砂作品展序

在顾绍培大师从艺六十周年之际,宜兴市博物馆举办他的作品展览,深情回眸六十年艺途足迹,实乃可喜可贺。

一片绿叶,展示五千年文化;一捧五色土,演绎千年紫砂传奇。紫砂壶为茶而生,因茶而兴,不同文化形态之间的相交共融,成为千古传诵的美妙乐章。而今,盛世辉煌的宜兴紫砂蕴育出一大批传承有序、技艺精湛、德艺双馨又敢于担当重任的大师、名人、高工等技艺队伍,一路走来,为传承紫砂技艺、弘扬紫砂文化而不遗余力、千磨百砺,顾绍培大师就是其中之一。

1945年,绍培大师出生于紫砂陶业世家,1958年进宜兴紫砂中学读书学艺,转入紫砂工艺厂后,师承著名老艺人陈福渊研习盆艺,后得当代壶艺泰斗顾景舟悉心指导壶艺,抟泥制坯功力深厚,造型设计创新精进,文人气息浓郁。又善于深研诸名师技法,既见传统之功力,又显创新之精神,集各派之精华,又自成为一体,六十载紫砂情深,创作新品百余件,多件作品获中国工艺美术"百花奖"、首届中国工艺美术"华艺杯"金奖以及国家级、省级评比大奖。1984年德国莱比锡春季博览会上，由他制作、谭泉海大师镌刻的紫砂"百寿瓶"荣获金奖，为新中国成立后的宜兴紫砂拿到了第一个国际大奖，在当时轰动宜兴乃至全国陶瓷艺术界，这不仅是他个人的荣耀，也是时代的、紫砂界的荣光。1985年，全国总工会授予他"全国优秀科技工作者"称号和"五一劳动奖章"，在这些荣誉的背后，是他的艰辛付出。

2006年11月，绍培大师被授予第五届中国工艺美术大师荣誉称号，2008年被认定为江苏省非物质文化遗产紫砂制作技艺代表性传承人。2017年10月26日，第九届中国宜兴国际陶瓷文化艺术节之际，由中国艺术研究院编辑出版的《中国工艺美术大师全集（顾绍培卷）》在宜兴紫砂工艺厂举行首发仪式。卷中所展示的，不仅是绍培大师的件件紫砂精品，还记录了他的口述史、他的艺术成就评述及艺术历程，更彰显了他六十年来紫砂艺术的学术成果。

壶艺需要传承与创新。绍培大师不仅是个"智者"，更是一个"行者"，他将几十年间的所思所悟，从实践上升到理论，撰写了《紫砂盆艺造型设计概论》《颂先贤壶圣时大彬的创新精神》等论文，留住记忆，悟道求真，惠泽后学。他以大师的风范身体力行，把对紫砂事业的挚爱奉献给青年一代，他的徒弟、学生众多，且大多数已在紫砂界声名鹊起，他们的作品不仅体现了顾氏一脉之风格，更充满着创新的时代精神。

绍培大师告诉我，这次从艺六十周年展览展出他本人各个时期的心爱之作一百二十件（套），涉及壶、盆、瓶、鼎，涵盖大、中、小件，基本上反映了他六十年来的紫砂艺术成果，加上他女儿、女婿的作品，凡一百六十件（套），可谓洋洋大观，值得一看。

老骥伏枥，志在千里。顾绍培大师继承传统，刻苦钻研，矢志创新，传艺育人，硕果累累。如今，他年逾古稀，但仍充满激情，不遗余力，不仅辛勤浇灌着自己的紫砂家园，而且担当着紫砂行业发展的责任，致力于紫砂文化的保护和弘扬。这种精神，让我由衷地敬佩，故谓之"大师风范悟道真，魂在高风亮节壶"。

受绍培大师之嘱，虽犯难又怕却之不恭，基本上是旧话重提、老生常谈。祝展览圆满成功，愿顾绍培大师紫砂艺术之树常青！

是为序。

2018年3月28日

紫砂艺术绝唱的精彩再现
杨世明先生著作《金士恒茶器二十二式》序

日本人喜欢紫砂壶，无论正史还是野史，均有记载。

宜兴紫砂器输入日本，始于日本江户时代末期，当时被称为"东洋装"，或径称"朱泥器"，凡镌有"惠孟臣""陈鸣远"等款识的紫砂小壶，在日本都特别受欢迎。日本人善于模仿学习，虽然他们的富士山没有宜兴独有的紫砂土，但这并不代表他们不想研究宜兴紫砂的制壶技艺，他们自己琢磨不得要领，就萌生了邀请中国人前往日本教授壶艺的念头。时势造英雄，在这样的背景下，一位名叫金士恒的紫砂艺人横空出世。

远赴日本以前，金士恒在宜兴已是一位壶艺圆熟的制陶匠人。1878年春天，日本常滑的制陶艺人闻其大名，即邀请他到常滑教授陶刻和"拍片成型"的技艺。在金士恒的全面教授下，当地的制陶技艺焕然一新、突飞猛进。正如后来的常滑市教育委员会教育长都筑万年所说："自古以来，一直以制造大型粗糙陶器为主的制陶地——常滑，终于出现了像茶具这样精美的陶器，其背后必须有广阔、深远的文化积累，否则就是形式上的模仿，不可能出现制品本身所具有的根本魅力。而指导这一最根本部分的人物，不是别人，正是金士恒先生。"金士恒拥有常滑"陶业祖师"的美誉，实至名归。

有开创者，就有研究者。尽心的研究，不仅是为了更好地传承和发扬，更是对前人成果的高度负责。杨世明先生多年来关注宜兴紫砂，潜心研究并弘扬紫砂文化，曾编著出版《民国紫砂史话》等多部著作，这次出版的《金士恒茶器二十二式》，是对金士恒作品作了大量的考证、收集，并在深入研究的基础上有针对性地整理而得的，这是金士恒所制具有"日本文人茶器风格"茶器的集锦，作者将之命名为"金士恒东瀛文人壶"，甚是贴切。由于金士恒传世作品不多，且在中国和日本都有过创作，所以要进行这样的整理和鉴赏，就需要作者对宜兴紫砂技艺、日本陶艺乃至两国的传统文化、文人志趣、艺术风格都有着全面而深刻的了解。当然，对金士恒本身的研究更无须赘言。只有在这些基础之上，才能寻找到金士恒在宜兴与常滑两地创作砂壶的壶风差异。2015年，宜兴紫砂代表团在时隔25年后，又去日本常滑交流，常滑的友人还成立了金士恒研究会，我们为之击掌叫好，并盼望有所成果。

杨先生自己并非制壶艺人，却能进行如此精准的研究并撰文成册，他的细致严谨和对紫砂文化的热爱令人着实钦佩，尤其是对于"具轮珠"的考证，细微大胆，引经据典，可谓难能可贵。

再一次感谢杨世明老师对中日两国陶文化交流所作的贡献，也期待其能够更进一步，让我们看到更多集研究与鉴赏于一体的传世佳作。

杨先生嘱我为《金士恒茶器二十二式》一书作序，实在有点诚惶诚恐，却又怕却之不恭，写下上述文字，权当一次学习机会。

2018年5月1日

五色土的共感

韩国友人徐海镇先生新著《宜兴紫砂》序

宜兴，文化历史底蕴深厚的江南小城；紫砂，宜兴独特靓丽的文化符号。宜兴孕育了紫砂，紫砂也讲述着宜兴。从明代朱元璋下诏"废团茶，兴散茶"开启了饮茶方式的变革时，宜兴紫砂茶器便登上了历史的舞台。独特的材质、精湛的工艺、器用的优良、文化的载体等，得到了广大茶人、陶人、文人的推崇和世人厚爱，延续至今。

中韩两国地缘相近，情谊相通，自古以来在民俗、建筑、艺术等方面有着一脉相承的关系。陶瓷作为每个民族最古老的集物质文明与精神文明于一体的承载对象，具有举足轻重的作用。

宜兴是陶的古都，也是紫砂壶的故乡。15世纪中叶，伴随着海上丝绸之路的兴盛，宜兴紫砂壶登陆欧洲，成为皇室、贵族品茗的首选茶具。1878年春，宜兴紫砂陶人金士恒受邀赴日本常滑教授陶刻和"拍片成型"的紫砂陶制作技艺。一衣带水的韩国，此时青瓷、白瓷也刚刚兴起，众多的文化相通、感情交融，加上地理位置的相近，促进了日后中韩两国陶瓷文化的频繁交流。

　　韩国友人徐海镇先生就是一位中韩陶瓷文化交流的使者，长期以来，一直致力于宜兴紫砂文化和韩国陶瓷文化的传播。十多年来，他奔走于首尔和宜兴之间，架起了一座中韩两国陶瓷文化、陶瓷艺术交流的桥梁。2010年9月，他策划的以"宜兴紫砂壶·韩国陶瓷杯"为主题的中韩陶瓷文化交流展，在北京驻华韩国文化院隆重举行，时任韩国驻华大使亲临参观。次年4月，他又邀请柳佑益大使到宜兴"访陶问砂"，得到了中韩两国文化界人士的赞扬。同年12月，徐先生策划的宜兴紫砂工艺韩国特别展在韩国首尔美术馆展出，受到韩国茶人与友人的一致好评。而后，他受韩国陶瓷文化协会和韩国地乳茶会的委托，在宜兴市的西望村建立中韩陶瓷文化交流基地，这是中韩茶人友好合作的结晶。以此为纽带，无论是在中国宜兴国际陶瓷文化艺术节期间，还是在平时，他都会组织并带领韩国友人来积极参加。同时，也组织宜兴紫砂艺人访问韩国的各个陶瓷产区。这些频繁的交流活动，使中韩两国陶艺家加深了感情、增进了友谊。

　　不仅如此，徐海镇先生还倾情紫砂文化和中国传统文化，在宜期间虚心求教，走访和接触了众多的紫砂艺人，对宜兴紫砂和紫砂文化有了较为全面的掌握。近日，他把编纂的《宜兴紫砂》书稿发于我，全书涵盖宜兴丁蜀的地理文化历史，紫砂的泥料、设计、工艺、装饰、烧成，紫砂的历史、人物、作品赏析，以及紫砂壶的发展趋势等内容。这是一本普及和弘扬紫砂文化的读本，他嘱我写篇出版致辞，为国际友人出书写文章，我有点诚惶诚恐，但又很受感动，感谢他十多年来对宜兴紫砂的厚爱，感谢他对宜兴紫砂文化在韩国的传播和弘扬所作的贡献，因此，我绝无理由推却。

社会在发展，时代在进步。随着国家"一带一路"建设的稳步推进，构建人类命运共同体的号召也越来越被世人所接受。以劳动技能和文化理念为基础的陶瓷文化，必将会成为国与国之间交流的重要媒介。

唯愿和徐海镇先生一起，为中韩两国的陶瓷文化交流，不断作出新的贡献。祝徐海镇先生出版的新书能拥有很多读者。

是为序！

2018年5月18日

艺海澜漫

《"海澜杯"青年陶艺家创新作品大赛获奖作品集》序

　　"海澜杯"青年陶艺家创新作品大赛自今年2月报名开赛，活动伊始便吸引了广大青年陶艺家的踊跃参与。经过评委专家们认真细致的评审，已从500余件（套）参评作品中，评选出200件（套）金、银、铜获奖作品，比赛取得了圆满成功。

　　这些年来，就宜兴陶瓷艺术的评优、大赛的组织和参与而言，可以说是形成了一种风潮，正所谓"获奖证书家家有，金牌奖杯处处见"，以此作为自己陶艺成就的标识者比比皆是。那么，是否有奖牌就能证明陶艺从业人士属于个中优秀者呢？对此，我历来持不敢苟同的态度，因为有很多大赛评奖的商业气息太浓，只要参与就能获奖的也不在少数。所以，仅凭一座奖杯而论"英雄"者，这是有失公允的。我们广大陶艺收藏爱好者自当慧眼审鉴。

　　本次"海澜杯"青年陶艺家创新作品大赛的组织形式、参赛作品和评审过程，给我眼前豁然一亮、精神怡然一振的感受。

　　江苏海澜集团是无锡市知名企业。继苏州、南京两市之后，无锡也迈入GDP"万亿俱乐部"行列，而海澜集团正是营业额超千亿元、为之作出重要贡献的企业之一。企业获得成功后，海澜集团秉承"不断否定自己，永远追求卓越"的企业文化精神，以弘扬创新精神作为企业发展的核心与灵魂，于是才有了设计能力和技艺水平的不断提高。海澜集团除了加强企业专业创新的素质追求外，也将中国传统工艺美术的多种艺术门类纳入自己视野，以完善、提升企业的艺术修养。作为中国陶都的宜兴，历经数千年陶瓷文化的积累，基础雄厚，名声远扬，在传承、创新中不断提高，这与海澜集团注重创新、追求卓越的精神一拍即合。所以，本次作品大赛，力求在"新"字上贯彻两个必须：参赛人士必须是青年陶艺家，力求以新人新貌闪亮登场；参赛作品必须是创新作品，力求作品的时代特色。从众多参赛作者、作品的参与和评比来看，本次比赛可以说是达到了主办方的预期目标。

陶都宜兴，历来以历史悠久、陶瓷艺术门类齐全且品种繁多、技艺精良而闻名中外。就艺术陶瓷而言，近年来，宜兴紫砂以其古朴雅致、赏用俱佳更成为宜兴陶瓷皇冠上的一颗明珠。然而，自古至今，宜兴陶瓷的绝胜风光远不仅仅于紫砂一脉，商周纹陶的雄厚，秦汉釉陶的厚重，唐宋陶的翻新，明清陶的绚丽，民国以降，现代釉料日新月异，陶艺装饰气象万千，成了宜兴陶艺漫漫长河中争奇斗艳的独特景象。所以，本次"海澜杯"陶艺比赛特将陶艺品类扩大到日用陶瓷和艺术陶瓷两大类，除了紫砂作品外，还特别鼓励和支持宜兴青瓷、均陶等陶艺家的作品参赛，力求在材质运用新颖、技艺表现独特、艺术个性张扬等方面来全面体现宜兴陶瓷近年来的综合实力和成果，这是读者朋友在翻阅本作品集时可以关注的亮点之一。

关于本次比赛的获奖评比，总体原则是"公平、公正、公开"，评审团的组成人员由中国工艺美术大师、艺术界知名人士、媒体人、相关创意专家及海澜集团领导、陶协领导共同担任。在这里，我愿以各位陶艺专家评委的参评感言，来进一步阐述本次比赛的积极意义。中国工艺美术大师、中国陶瓷艺术大师鲍志强先生说："这次'海澜杯'陶艺大赛是一次强强联合，使宜兴的陶瓷艺术登台亮相于'海澜'艺术殿堂，让青年陶艺家在'海澜'这一知名度极高的平台上有所展示，在发展过程中跟随时代脉搏，不断提高艺术水平。一件作品的形成，是作品综合素质的考量，宜兴的青年陶艺家风华正茂……"中国工艺美术大师、中国陶瓷艺术大师吴鸣说道："本次大赛模式有变化，参赛优秀作品有专业性，有文化支撑，加大作品与文化的结合，可以说是本次大赛新的尝试和探索……"江苏省工艺美术大师、江苏省陶瓷艺术大师史小明提及："参与'海澜杯'创新比赛，是为了让广大青年陶艺家获得一个走进知名企业、登上艺术平台的机会，为了让大家更进一步触动自己的艺术思考、拓展大家的艺术视野……"江苏省陶瓷艺术大师范泽锋表示："在'海澜杯'的舞台上，让大家把作品亮出来比拼一下，为的是体现陶艺家必须具备永不言败、永不放弃的工匠精神。通过活动，也希望更多的企业集团像海澜集团一样，来关注、帮助和扶持宜兴的陶瓷产业……"

　　此次"海澜杯"青年陶艺家创新作品大赛，获奖作品将入藏海澜美术馆，且全部获奖作品将结集出版，以彰显本次比赛的丰硕成果。值此企业家与陶艺家成功联袂结缘的大好时机，组委会嘱我题写作品集前言，为酬盛情之请，故作此序。古有"竹林七贤"之一的嵇康以"留连澜漫"之句表欢庆洋溢之情，今遂试以"艺海澜漫"为此集题名。"艺海""澜漫"二词合璧，既切"海澜杯"之名，更有深谢海澜集团对宜兴陶瓷艺术备加推崇之谊，未知同道及广大读者意下如何？

2018年6月12日

功崇惟志　业广惟勤
《唐朝军紫砂艺术作品集》序

2018年是改革开放40周年，传统的民间工艺和各行各业一样，都历经了翻天覆地的变化，宜兴紫砂业以创新工作机制、坚持文化引领、注重人才培养而取得了尤为瞩目的成就，这其中一茬茬紫砂技艺人才的成长，是紫砂这一传统手工艺行业发展的不竭源泉。

紫砂传承以师传、家传为主，高级工艺师唐朝军就是家传技艺的优秀青年陶艺家。他1973年出生于蜀山南街紫砂世家，从小耳闻目染，接受陶艺熏陶。祖父唐祝和是宜兴紫砂工艺厂建厂初期的管理人员之一，20世纪80年代曾参与紫砂工艺二厂的创建（在他逝世30周年之际，我曾撰《怀念唐祝和》一文并编入拙著《守望陶都》一书）。伯祖父唐凤芝系民国时期制壶名家。唐朝军1989年开始专业、系统地学习制壶技艺，1990年进入宜兴紫砂工艺二厂，从事紫砂陶艺制作及作品的设计创作。近30年来，先后两次进入清华大学工艺美术系高级研修班进修陶瓷艺术创作与设计，努力提高自身文化修养，所制作品在继承传统的基础上结合自己的思想内涵，新颖别致，富有现代气息又不失传统的韵味。

2015年，唐朝军被评为第三届陶都"宜兴优秀青年陶艺家"。作为唐氏壶艺传承人，他在研习祖辈壶艺作品的过程中，又得到了多位名家大师的悉心指导，加之刻苦钻研紫砂造型理论，与创作实践相结合，对紫砂形成了新的理解和认识，其制作技艺得到了极大的提高。同时，还通过业余学习，进一步拓宽了艺术视野，强化了理论基础，多次受邀赴外省、市进行陶艺交流，展示创作成果，表演陶艺制作。2016年3月，受邀赴美出席第50届美国陶瓷教育年会，同年还受邀赴阿联酋进行陶艺交流及作品展示。2017年，被确定为江苏省乡土人才"三带"新秀（即带领文化技艺传承、带强产业发展、带动群众致富），多年来他的作品在各种评比展中屡获大奖。

通过近30年的不懈努力，唐朝军不仅没有丢掉紫砂技艺的家传，更没有辜负老一辈艺人的传、帮、带，在紫砂艺术的百花园中，已然成为一朵亮丽的鲜花。在这千帆竞发、百舸争流的行业中，唐朝军崭露头角、风华正茂，考取了高级工艺美术师，取得了一项项常人难以企及的荣誉，这是他艰辛付出的结果，也是他不断探索的必然。其实，宜兴紫砂自推出名人名作起，玩壶人在玩作品的同时，更多的是在关注壶家的德艺操行。一个能走得久远的紫砂人，必须朝着德艺双馨的目标去不懈努力。

　　近日，唐朝军告诉我，要出一本自己的紫砂作品集，以回顾已经取得的一点成绩，并以此勉励自己能够百尺竿头，更进一步。为此，他嘱我为作品集写篇序，我也就啰嗦几句，权当鼓励鞭策。祝愿他能在紫砂技艺的道路上走得更好、走得更稳，取得更大的成果，收获更多的风景。

2018年8月

知古鉴今　星光无垠
王继军紫砂艺术藏品集《汲砂》序

在中国传统艺术门类中，宜兴紫砂算不上历史悠久，然而短短数百年间，它的传承、发展、繁荣的程度则是令人惊讶的。原因很多，但有这几个方面的因素不可忽视：一是紫砂工艺诞生初期，虽无官窑之说，却受到了宫廷皇家的青睐，故宫博物院藏宫廷紫砂器就充分说明了这一点；二是茶文化从悄然兴起到迅猛发展，紫砂艺术得到了文人雅士的推崇；三是先辈紫砂艺人创作了一大批紫砂艺术精品，流传于世，为当今的紫砂从业人员提供了典范。

在宜兴紫砂艺术日益繁荣的今天，一大批收藏爱好者把这些紫砂艺术的经典之作收藏了下来，让历史上的紫砂瑰宝在今天仍能熠熠生辉。在众多的藏家中，"天放楼"王继军先生可谓翘楚，其收藏的紫砂壶规模之大、品类之全、作品之精都在业界饱受赞誉。

在当下的紫砂氛围和市场环境中，像王继军先生这样的收藏有着非常重要的意义。因为，收藏是历史的见证，当这些历史的经典之作呈现在我们面前的时候，我们可以自豪地说：宜兴紫砂的历史是辉煌的，它的根基也是深厚的，是我们前辈先贤的创造力为宜兴紫砂的发展打下了坚实的基础，加上时代的机遇，成就了今天的繁荣。

中华经典可以传承万载而不朽。经典的紫砂作品，不是你今天在创作的作品，也不是一天之后、一周之后、一月之后的作品，而是十年、百年以后依然让人们津津乐道的作品。《汲砂》所展现给读者的，不正是这样的作品吗？应该说，这些作品都成功地经受住了时间的考验，今天仍在被玩家反复审视，仍然具有无穷的魅力。

当然，收藏还有一个特别重要的意义，那就是它的教育意义。在精神层面，这些作品不断地提醒我们要学习先辈艺人对紫砂艺术孜孜以求的精神，学习他们脚踏实地、一丝不苟的工匠精神。他们在当时工艺技术落后的情况下，焚膏继晷、兀兀穷年，坚持不懈地努力创作，留下了众多精品。在先辈存留的作品中，有着许多看上去工艺并不是十分精致，然而气韵极佳的作品，而在工艺技术极其发达的当下，则往往会陷入"艺到极致无韵味"的境地。如何处理好工与艺的关系，这些历史的作品无疑会给当今的紫砂从业者带来诸多的启迪与思考。

王继军先生收藏甚博，宜兴紫砂仅仅是他藏品中的一隅，他洞明事理、慧眼识珠，用对紫砂艺术的感情之线，穿起了散落在四方的紫砂作品之珠，而今又结集成册献给诸君，让大家来一睹经典紫砂器之芳容，实乃功德无量。

宜兴紫砂有其独特的语言体系，好的作品自己会说话，就让我们一起来聆听这数百年的紫砂之歌吧。

拉杂写来，聊以为序。

2018年国庆节

心中有丘壑　笔底起波澜

谢强同志新著《紫砂艺术》序

盛产于江苏宜兴的紫砂陶被誉为"陶中奇葩，国之瑰宝"。有关宜兴紫砂器的文字记载，可以追溯到北宋，而紫砂壶艺传承和紫砂器实物传世，迄今也有500多年的历史。在漫长的时光隧道中，宜兴几千年制陶史的孕育、神秘五色土的发现和国人饮茶方式的改变，宜兴紫砂集聚了氤氲缭绕的茶香。大批能工巧匠的涌现、文人雅士的参与，让气韵灵动的宜兴紫砂技艺博大精深、高雅无比，紫砂堪与金玉媲美，足供雅士清赏。而时代的机遇，更让宜兴紫砂登上了艺术的高峰。

这本集紫砂文化研究、紫砂艺术欣赏、工艺实践总结的工具书，是谢强同志在繁忙的紫砂艺术创作之余，硬挤出时间来写成的，用他的话来说，意在为读者铺陈出紫砂艺术的专业门径，为宜兴紫砂文化的传播尽绵薄之力。

宜兴紫砂历经几百年的传承发展，佼佼者代不乏人，但他们的成就都不是一蹴而就的。作为一名有着高等职业学院从教背景的紫砂技艺从业人员，谢强不仅理论功底扎实，更有娴熟的制壶技艺。在长期理论与实践相结合的摸爬滚打中，谢强已成为研究员级高级工艺美术师、江苏省工艺美术大师、江苏省陶瓷艺术大师。时至今日，这些专业技术职称和荣誉称号的获得，不仅彰显了谢强的天赋与勤奋，更印证了他的探索精神。本书从宜兴紫砂的历史沿革到文化艺术特征，再从特色技艺到技法实践的理论叙述，本书中的内容都无法通过对文献资料照抄照搬得到，而是他从自己几十年的实践中领悟所得，所以，读来既通俗易懂，又让人感到耳目一新。

苏东坡说："古之成大事者，不惟有超世之才，亦必有坚忍不拔之志。"对于紫砂艺术，谢强既从教又从业，不能说他有超世之才，却可以说他有坚忍不拔之志，否则，就难有新品力作问世，更无《紫砂艺术》这样的专著付梓。

在我看来，紫砂艺术固然是以技术为基础的，但却不以表现技术为目的，技术不过是表达壶家情绪的一种工具，而且这种工具还要靠人的知识修养去控制。从技术入手，犹如低头看路，看来看去只不过巴掌大的一块，且心胸愈窄，眼光愈短。而从艺术史入手，就有如登上高山之巅，天下群山万壑，无不尽收眼底，故而心胸愈广阔，眼光愈长远，居高临下，高屋建瓴，其势自不同一般。因此，当今时代的紫砂人，无论如何，一定要加强学习，夯实壶外功夫，不断进取。

宜兴紫砂是民族文化的优秀遗产，是中华文明之瑰宝，是陶都享誉世界之根本，也是每个宜兴人的骄傲。因此，宜兴必须把紫砂品牌做得更好。当然，端着紫砂饭碗的紫砂人更责无旁贷，不仅要传承老祖宗留下来的技艺，更要追随时代、不断求索、不断创新，像谢强同志那样，不仅能出好作品，也能推出理论研究的成果。

是为序。

2018年9月18日

由器而道　坚毅笃行

鲍峰岩新著《紫砂正脉》序

　　鲍峰岩从事紫砂艺术创作已37年，他不仅练就了扎实的做壶功夫，还有对专业方面的诸多理论思考。他跟我说，要出一本《紫砂正脉》，欣喜之余热切期待。我始终认为，一个成功的紫砂艺人，尤其是当下的紫砂从业者，不仅要有精湛的制壶技艺，还应具有较深的文化学养和专业理论知识，否则难以行稳致远。

　　适千里者，三月聚粮；志存高远者，当十年沉潜。多年来，峰岩就是紫砂业中的沉潜者，面对喧嚣的紫砂商业活动，他保持沉静，这一静就是数十年，而且潜到艺术的最深处。沉潜不容易，沉潜是一种功夫。峰岩完全有炫耀自己的本钱，他出身于陶瓷世家，属于陶业重镇丁蜀葛、鲍两家的鲍氏一脉。讲家传，他的母亲张红华是中国陶瓷艺术大师、研究员级高级工艺师；讲师传，他1981年进厂后，跟随母亲学做壶，母亲是顾老的徒弟，峰岩也等于跟随壶艺泰斗顾景舟学艺。并且，他也的的确确受到了顾老的教诲。然而，他却默默无声，和当今业界一些拼命攀附名师或显摆家族来抬高身价的人相比，峰岩着实让我敬佩不已。

陶瓷艺术是当代世界的艺术重镇，对当代人有潜移默化的影响，因为泥土是最富生命感的艺术材质。宜兴紫砂器的形成，一半是人工，一半是火工，是东方哲学中天人合一的最高境界。历史悠久的中国传统陶瓷艺术已成为一种道，而宜兴紫砂则是道中之道，壶家每完成一件艺术品创作，一定是跟内在的精神、价值观和理念联系在一起的。这种内在的精神、价值观和理念，方家称之为"道"，我们学习"艺"是为了上升到"道"的高度，而非仅仅满足于技能的提升。在我看来，峰岩如是。

宜兴紫砂，脉络延绵数百年，人才辈出，代现巨匠，一脉相承，传绪不绝。峰岩是新中国成立后从艺紫砂的第三代，是当今紫砂业界的佼佼者。宜兴紫砂，因材质美、造型美、工艺美、装饰美、功能美、人文美而有其独特的价值体系。品赏峰岩的作品，点、线、面规而不僵，形态朴中灵动、拙中藏雅，可以说是集大美于一身，且每件作品都有思想。有思想的作品是活的，而能给作品思想的壶家为真正的艺术家，峰岩如是。

宜兴紫砂，天生高贵，放眼未来，更有期待。而像峰岩那样用心、用脑、用手赋予作品鲜活生命的壶家，应受到玩家的尊敬。

祝贺《紫砂正脉》出版，期望峰岩沿着这条正脉继续前行。

是为序。

2018年10月1日

"均花"盛开　和而不同

《均芳俊秀——杨俊堆花艺术》序

　　历史悠久、文脉厚重的宜兴均陶，在传承与发展的过程中，一个最大的特点，便是用文化和技艺承载着均陶人的激情和梦想。作为国家级非物质文化遗产的均陶制作技艺，透过自己的艺术形象，去讲述宜兴窑场上的均陶往事和有历史深度的哲理意蕴。

　　宜兴均陶自宋代以来，就有"名陶名器，天下无类"的赞誉。不仅因其丰厚的文化积淀和艺术含量深受人们的珍视，还得到皇室的青睐。在明代中叶，宜兴均陶被称为"宜均"或"欧窑"，是宜兴陶瓷艺术中可以与紫砂媲美的艺术品。在北京故宫博物院还珍藏有明清时期的宜兴均陶瓶、盆、坛、钵等高雅艺术品。其最为显著的艺术特色是均釉和堆花，这些技艺将千姿百态的均陶器物装饰得精美绝伦、巧夺天工，使人们在欣赏和使用中感受到它的艺术内蕴和传统文脉。

　　青年女陶艺家杨俊编著出版的均陶方面的专著让人眼前豁然开朗，其精神十分可嘉。杨俊的这本专著，让我们欣喜地见到了青年女陶艺家挚爱均陶艺术之心，弘扬均陶文化之志，以及她漫长的心路历程和丰硕的艺术成果。作为宜兴均陶业界的后起之秀，杨俊既是高级工艺美术师、江苏省陶瓷艺术大师，又是江苏省乡土人才"三带"能手、无锡市"非遗"传承人、无锡市"五一劳动奖章"获得者。她自1993年进宜兴均陶工艺厂，师从中国工艺美术大师、中国陶瓷艺术大师、全国轻工"大国工匠"、正高级工艺美术师李守才先生，从事均陶堆花工艺至今，25年不忘初心，25年辛勤耕耘，25年矢志进取，25年春华秋实，可敬可佩。

《均芳俊秀——杨俊堆花艺术》一书的出版，记录了杨俊对堆花技艺的执着追求和传承创新的成果。书中收录了她的14篇专业论文和30余件堆花作品，从不同视野和角度切入均陶领域，用条分缕析的语言深刻解读均陶的历史知识和专业知识，用个性化的艺术形象客观描述堆花工艺技巧，以期寻求艺术创新和传承的途径，与同行们交流对堆花艺术的见解。

作为活态的文化遗产，均陶堆花，特别是历代名匠、艺术大家所创作的优秀作品和传统操作技艺，让人们感受到均陶文化的神奇魅力和独特智慧，也领略到作品背后的艺术生命力和自古以来的传承力量。《均芳俊秀——杨俊堆花艺术》的图片，带有她在堆花艺术之路上追求探索的鲜明印痕。《群狮争艳》《腾飞》《鱼跃》《螭虎如意》等作品，不管是荣获国家级、省级大奖，还是获得国家专利，都表明了杨俊这位青年堆花技艺人员，在师父的言传身教之下，在继承传统的基础上，持之以恒、守正创新，汲取中华民族文化的精髓，包容诸多的文化元素（图腾崇拜文化、民俗吉庆文化、自然物象文化、历史故事文化），使堆花创作题材扩大、手法技巧出新、器皿门类扩展。堆花泥料也从单一的白泥扩展到多种色泥和多彩釉料，让宜兴均陶堆花更加五彩缤纷，彰显了宜兴均陶艺术大美的境界。

《均芳俊秀——杨俊堆花艺术》一书中，无论是作品，还是论文，都表达了对时代的赞颂、对匠心的流露，在泥与焰交融、水与土的私语中，绽放出其根植于堆花艺苑，独善其身、勤奋好学、传艺带徒、不失信仰的亮色。我认为，杨俊的作品是青年人将人生追求过程中的感怀诉诸堆花形式的一种精神表白。形态的塑造，构图的创意，技艺的运用，主题的烘托，都是立足于陶都宜兴这片沃土上的纵情歌唱，同时也折射出闪光的技艺才华和人格魅力。

孔子曰："君子和而不同。"所谓"和"，是指事物多样性构成的和谐，可以促进万物兴旺发达。所谓"同"，是指相同事物的排列和相加，太多的"同"对事物没有益处，而且不美，堆花也是如此。均陶堆花从民间中来，回到民间中去，这是包括堆花在内的传统手工艺的属性所在，也是其本质的所在。均陶堆花作为"活"着的非遗，在均陶艺术领域具有较大的灵活性、适应性、开放性和多元性。《均芳俊秀——杨俊堆花艺术》为我们开启了一扇窗，在"宜均""欧窑"等故事里传播和挖掘古老或者新鲜的均陶文化信息和文化内涵。我希望均陶人能发扬工匠精神，砥砺前行，筑梦未来，用不同形式诠释均陶、弘扬均陶、发展均陶，在趣味性、知识性、寓意性的相互融合中，展现其古韵新风与艺术品位。

数百年来，正是一代代均陶艺人的不懈追求，才使宜兴均陶堆花的演变能始终追随着时代的脉搏，体现着时代的风貌，从而形成了独立的、独特的艺术体系，成为中国乃至世界陶瓷领域的"绝活"。

我愿与广大均陶爱好者一起迎候"均花"盛开。

是为序。

2019年1月1日

择一业，终一生　艺有源，艺无疆
"紫韵京华"季益顺紫砂艺术展序

　　值此春暖花开、鸟语花香的美好季节，"紫韵京华"季益顺紫砂艺术展在中国美术馆开幕了，为此，我谨代表中国陶瓷工业协会、江苏省陶瓷行业协会、宜兴市陶瓷行业协会表示热烈的祝贺！

　　出生于1960年的季益顺，自1978年进厂拜师学艺，至今已40余年，可以说是择一业而终一生。他是新中国成立后第三代紫砂艺人中的佼佼者，也是当今紫砂艺术的领军人物之一。在40余年的从艺生涯中，他以巨大的毅力进入传统的紫砂工艺，练就了扎实的制壶技艺，取得很大的成就。当宜兴紫砂于20世纪90年代初风靡东南亚和港澳台时，他就享有"制壶四小龙"的美誉；作为一名正高级工艺美术师，他在2010年成为江苏产区最年轻的中国陶瓷艺术大师；在去年庆祝从艺40周年之际，又被评为第七届中国工艺美术大师。如今，已是桃李一片，芬芳四溢。

　　纵观他的这次展览，他正在花大力气从传统中打出来，作品以创新见长，大胆运用其他材质于装饰工艺一体，既高雅精致，又不失使用功能，虽寸柄之壶，却大气磅礴，愈发彰显了他守正创新的不懈追求。本次展览，也是他从艺紫砂40年后，向新中国成立70周年的一份献礼。

就在一个礼拜前的3月23日，习近平主席在意大利访问期间，意大利政府返还我国文物796件，其中就有宜兴的紫砂"鱼化龙"茶壶一把。这说明，宜兴紫砂不仅具有较长的制作历史，更有它珍贵的文物价值。2006年，在国务院公布的第一批国家级非物质文化遗产中，就有位列烧造技艺第一的宜兴紫砂制作技艺，这更说明了宜兴紫砂的脉络延绵，而在这过程中，靠的是一代代像季益顺这样优秀紫砂艺人的辛勤付出。

改革开放以来，宜兴紫砂经济发展强劲，紫砂文化繁荣昌盛，紫砂人才不断涌现，紫砂技艺传承有序，紫砂创新层出不穷，这充分说明紫砂艺术不仅有源可溯，更有无限的发展空间。

时代英才辈出，行业需要大师引领，大国需要工匠精神。这让我想起在日本备受敬仰的人间国宝、工匠精神代言人秋山利辉，在一次灯火辉煌、万人瞩目的殿堂演讲亮相时，缓缓的一句振聋发聩的开场告白："我是一个匠人！"顿时语惊四座，掌声雷动，这代表了当今人们对真正的匠人的最高礼仪！因此，我衷心希望季益顺大师把今天的展览作为从艺生涯的一个新起点，不忘初心，与时俱进，持之以恒地秉承工匠精神，成为宜兴紫砂未来传承发展的标杆人物。

祝"紫韵京华"季益顺紫砂艺术展圆满成功！谢谢中国美术馆，谢谢吴为山馆长，谢谢所有前来参加开幕式的嘉宾和新闻媒体的朋友们，宜兴紫砂永远感恩您，陶都随时欢迎您。

是为序。

2019年3月30日

均临天下　陶韵绵长

《潘友芳潘洪均均陶堆花艺术集锦》序

　　陶都宜兴具有7300多年的悠久陶瓷史，先民们从原始社会新石器时期就开始制陶，迄今未曾中断，创造了灿烂的陶瓷艺术，积淀了厚重的陶瓷文化，在中国陶瓷史册里留下了浓墨重彩的一页。

　　宜兴陶瓷种类繁多，无不凝结着历代陶工的聪明和智慧。宜兴地区的古代制陶业，到了商周时期，不仅制作夹砂红陶、灰陶，而且出现了褐陶和几何印纹陶。春秋战国时期，印纹硬陶和原始青瓷的残片在丁蜀镇窑场几乎到处可见。汉代的宜兴窑业已有相当规模，特别是东汉釉陶的普遍烧制，为后来的宜兴青瓷和均陶的兴起与发展创造了条件。经过晚唐和五代十国，到了宋代，宜兴陶窑以丁蜀镇为中心，主要烧制施釉的缸、钵、坛之类的日用陶，主要有象牙山龙窑群、青龙山缸窑群、蜀山龙窑群、南山龙窑群。明清时期，宜兴陶业勃兴，至清代中叶，丁蜀镇有大小龙窑四五十座之多。除独树一帜的宜兴紫砂之外，丰富多彩的宜均和日用陶深得市场欢迎。

走进历史的长廊，思索宜兴均陶走过的岁月，传承它所留下的荣耀和辉煌，这是宜兴市陶瓷行业协会和均陶从业人员的激情与梦想。数百年来，宜兴均陶艺术品进入宫廷皇室，出口海外，屡得奖项，这一个又一个的收获，铸成永恒的文明，传递文化的脉动，同时也记录了宜兴均陶独特的迷人风采。目前，海内外陶瓷收藏家对"宜均"的兴趣并不亚于"官、哥、汝、定、钧"五大名窑的作品，顾伟南先生的古南街艺术馆中，收藏了当代名家的一批均陶堆花作品，就充分说明了这一点。我深信"宜均"作为华夏传统陶瓷大家庭中的一员，将得到不断的弘扬，从而穿越时空，延续文脉。

喜看今日之李守才、方卫明、韩小虎、潘友芳、潘洪均等年纪较大一辈的均陶人，仍情寄均陶，孜孜以求，不仅自己仍在亲力亲为，继承传统，不断创新，更各有桃李一片，芬芳四溢，衷心祝愿你们均陶技艺长青。杨俊、刘俊、吴娟、方薛斐等年轻一辈，正当年富力壮，是出作品、出新品的美好年华，由衷希望你们能把弘扬宜兴均陶技艺的接力棒牢牢握在手中，一代代传承下去。

宜兴陶瓷，岁月悠久，历经沧桑，愈发鲜艳，作为"五朵金花"之一的均陶，也一直印证着陶都的辉煌，成为宜兴人的骄傲。

顾伟南先生创办的古南街艺术馆，不仅有当代名家书画、紫砂、釉陶，还有近30年来收藏堆花名师潘友芳、潘洪均姐弟俩的

200余件"宜均"堆花精品。开馆两年来，得到社会各界人士的好评。现已由无锡市经济学会文化分会、宜兴市陶协均陶分会遴选编辑成一册《潘友芳潘洪均均陶堆花艺术集锦》特刊，展示两位年逾古稀的老艺术家坚守匠心、精益求精、传承堆花技艺的心路历程。这是一件很有意义的文创之举。

　　放眼今日均陶园地，人才辈出、百花齐放、千帆竞发、百舸争流。展望未来宜兴均陶的发展，前景一定更加美好。

　　是为序。

2019年4月

紫砂世界的基因密码

《宜兴紫砂矿源图谱》序

大美紫砂壶，神奇五色土，铸就了宜兴紫砂今日之辉煌。

江苏宜兴，东濒太湖，南倚天目山支脉，丘陵山脉连绵，滨海相沉积岩的地理环境，造就了独特的沉积岩性陶矿，特别是宜南山区丰富的陶瓷矿土，给宜兴7300多年的陶业的发展提供了优质的陶土资源。

地处宜兴丁蜀镇西北的黄龙山，得上苍恩赐，孕育出丰富的五色土，在明代诞生了享誉世界的紫砂艺术，黄龙山从此在紫砂艺人的心目中奠定了无上的地位，赋予了紫砂艺人无限的创造力，造就了诸多的传世砂艺作品。

黄龙山的五色土为众多山脉中之翘楚，是宜兴乃至全国陶矿中的顶级材质，黄龙山也被冠以祖山、本山、砂陶圣地之名。这一结论，是千百年来的紫砂艺人，尤其是明代以时大彬为代表的一批巨匠，经过长期探索实践所得的。寻找矿源品种，练泥配制，浴火成陶，历代紫砂艺人制坯做壶，经窑火成陶后产生的砂色效果比较，最终确定黄龙山是独一无二的紫砂矿源。

黄龙山的紫砂矿土，如珠玉般珍贵无比，名师、大家所制茗壶，可与金玉同价，又胜过金玉。制成器皿后，经高温窑烧，把把显峥嵘，敲之有金玉声。神奇的紫砂陶，胎色凝润，肌理如玉，千姿百态，素面洁心。从明代供春开始，就令文人雅士和紫砂艺人无限神往。

明代开创的紫砂艺术，有许多经典的砂色为历代制壶艺人所参照传承。明代时大彬最大的贡献，是发现了黄龙山的紫砂材质品种丰富、砂色缤纷、黏合性强、含砂性强、可塑性佳，最终总结紫砂的艺术特点为"砂粗质古肌理匀"，奠定了砂、型、工、用的紫砂艺术价值。

紫砂是享誉世界的宜兴名片，紫砂历史发展到今天，就材质而言，缺乏一套系统科学的紫砂材质研究学说，缺乏宜兴黄龙山紫砂材质研究机构，缺乏宜兴黄龙山紫砂矿源博物馆，来向世人展示它的博大精深和紫砂矿种。因而，撰述有关黄龙山的开采历史、开采工艺和人文历史的较为完整系统的学术专著十分必要，可以为从业人员和玩壶藏家鉴赏提供完整的地质依据和一整套的科学理论指导，将深奥的矿源文化知识深入浅出地介绍给读者，让爱壶者更好地了解矿源的前世今生。

宜兴紫砂陶是中国传统工艺中非常独特的一个品种，其材质、工艺、实用功能在历史的发展中独树一帜，蜚声海内外。它植根于优异的紫砂材质，经艺人之手，化身千百，各擅胜场。

现今，宜兴紫砂陶制作技艺于2006年被列入首批国家级非物质文化遗产名录，于2007年被列入国家地理标志证明商标。这些都丰富了宜兴紫砂的文化内涵。随着改革开放的深入，文化产业的勃兴和繁荣，一批有识之士在秉承前辈文人、学者研究紫砂文化的基础上，心无旁骛，钩沉揭秘，自发、自觉地将研究紫砂的课题不断拓展延伸，为今人留下宝贵的紫砂文化财富。这中间，李洪元先生身体力行，耗时多年，厚厚一部《宜兴紫砂矿源图谱》业已告竣，即将付梓，可喜可贺。

李洪元先生是土生土长的丁蜀人，长期扎根矿区，对黄龙山紫砂矿料十分了解，为编好此书，几十年中用心搜集黄龙山每一层的紫砂矿种，分门别类，用文字和图片记录下来，并拜访了上百位紫砂陶工，抢救性地采访和了解参与采矿的老矿工的生产经历，整理他们过去的开采经验和对不同矿种的鉴识方法，历经数年努力，终于形成了一整套关于黄龙山的成果研究和理论依据，为成书积累了丰沛的第一手资料，使《宜兴紫砂矿源图谱》一书成为集专业性、系统性、知识性和可读性于一体的紫砂矿料工具书。无疑，这将给紫砂爱好者、紫砂从业人员和紫砂文化学者提供很好的参照借鉴作用。

是为序。

2019年6月

只留清气满乾坤

《百年蒋蓉　静水流深》纪念邮册序言

　　她的摇篮曲是父母亲打泥坯时发出的均匀声响。铿锵，让一个幼小的心灵在陶坯的撞击声中飞扬。三岁的时候她就喜欢向着窑厂奔跑。泥与焰交织的窑场图景里总是有一双好奇的童稚的眼睛在闪闪发亮。飞翔，是头顶数不清的蜻蜓，还有比蜻蜓多一万倍的幻想。

——摘自《花非花：蒋蓉传》

　　1919年，蒋蓉出生于江苏省宜兴县丁蜀镇潜洛村，别号林凤，11岁便跟随父亲蒋鸿泉学艺。1955年，宜兴县蜀山紫砂生产合作社成立，她先后带过50余名艺徒，人称"蒋辅导"。那时，她才30多岁，为7名技术辅导中最年轻者。她平时善于观察蔬果、花鸟、昆虫等自然形体，作为创作的素材，化而用之，在紫砂器上经过艺术提炼，变化到作品之中。她技艺精湛，尤其是在紫砂仿生花器领域，生动象真，独树一帜，无人能望其项背。

　　著名工艺美术史论家张道一认为，紫砂花塑器创作并非起于蒋蓉，但像蒋蓉这样承先启后、师法自然，以毕生精力潜心钻研并独领风骚，成为一家之长，在中国当代紫砂史上是绝无仅有的。她和清代杨凤年一样，是紫砂史上最杰出的女艺人。

蒋蓉作为一名紫砂界的高级工艺美术师，于1995年被授予中国工艺美术大师称号，她的作品曾在全国工业会议上被评为特等奖，并为周恩来总理出访东南亚等地制作礼品。

蒋蓉大师在70多年的紫砂生涯中，创作新品百余件（套），作品无不洋溢着天真烂漫、自然可人的纯朴气息，这是她热爱生活、热爱大自然的真切流露。70多年的从艺历程，可以说是见证了现代紫砂事业的发展。

500年紫砂，很多人一时名声隆隆，却也难以留下多大的影响和传世的作品。蒋蓉的不凡之处在于，不仅留下了许多传世名作，她的一生更是如莲如荷、清气如缕。静水流深，这句话最能形容蒋蓉——在静美的水面上，你看不到波浪的涌动，但是在水的深处，它则奔走如潮。

今年是蒋蓉诞辰100周年，也恰逢第十届宜兴国际陶瓷文化艺术节隆重举办。宜兴市陶瓷行业协会与宜兴市邮政公司联袂推出《百年蒋蓉　静水流深》纪念邮册，以国家名片的方式缅怀大师，既展现了大师作品的风采，也寄托了我们对她的无限思念。

我想，这是对大师最好的纪念！

2019年9月

气韵自成　各美其美

《紫砂大师书法长卷》序

陶都宜兴，物华天宝，人杰地灵。从这块土地走出去的莘莘学子，有的成为文艺巨匠，如徐悲鸿、吴冠中等；有的成为科学巨匠，如周培源、唐敖庆等；有的成为大学校长，如蒋南翔、潘菽等；还有很多两院院士、大学教授，让宜兴这个镶嵌在太湖西岸的江南福地，成为令世人瞩目的经济发达、文化繁荣之地。

然而，还有着千百年来直接造福于当地人民，彰显着宜兴城市文化品位的陶中奇葩紫砂，以及代不乏人的紫砂大师，同样受世人瞩目。他们踏着前辈艺人的足迹，凭借着自己过人的智慧、勤劳的双手、执着的精神，将一把上苍赐予的五色土演绎成精美绝伦的紫砂器，或抟泥制壶，或铁笔镌刻，或传艺育人，成为当今陶艺界最为耀眼的名师巨匠，如徐汉棠、徐秀棠、吕尧臣、周桂珍、顾绍培、鲍志强、毛国强等。常人只知道他们能做壶、能雕刻，殊不知在书法、绘画上，他们同样有着深厚的造诣，他们的丹青墨宝，一样洛阳纸贵。

紫砂壶是工坊的活儿。我一直建议，制壶者一要多看京剧角儿的唱念做打，然后，在一番急剧的锣鼓声中，来一个优雅的亮相。这个相亮得好，定会赢来阵阵喝彩声；反之会不受待见。而一把花功夫做的紫砂壶要好，首先是型要把握得准，要能夺人眼球；反之，料、工再好也难脱俗气。我同样建议，做壶人要懂书法，学点书法，那点、捺、撇、划的每一笔，犹如做壶的每一道工序，最后构成一个个优雅的字，让人赏心悦目。我们的紫砂大师基本上都具有书画功夫。他们在制壶、镌刻之余，玩玩书法绘画我想也是一种性情的释放。

宜兴市武术运动协会秘书长胡振兴君，多年来一直追随大师周围，望能得一墨宝而欣喜。精诚所至，金石为开。几年下来，竟有数十位国大师、数十位省大师纷纷挥毫泼墨，各显书艺于纸端，面对厚厚一摞的书法作品，振兴君挑选了国大师、省大师各25位的作品，装裱成长60多米、宽0.5米的大师书法长卷收藏。

作为长期服务宜兴市武术运动协会、整天和武者打交道的秘书长，振兴君又玩起了雅文化，实在让我敬佩不已。

我对书法艺术是个门外汉，但知道书法是公认的一种修身养性的方式。文武之道，一张一弛，振兴君奔忙于文武之间。功夫不负有心人，面对着这些"取墨清醒，下笔松灵，乱而有理，骨气自至"的大师书法，他心潮澎湃，心爱有加。

科学示人真，道德示人善，艺术示人美。如此长卷的紫砂大师书法集成，旁人恐难企及。那些"枯焦而能华滋，润湿而不漫湍，灵爽而不浮滑，纾缓而不滞腻”的大师书法作品，和他们手中的紫砂壶、紫砂雕塑、紫砂镌刻一样，"气韵自成，各显其美"。

难得振兴君凭借执着追求和辛勤奔走，做了一件自己十分满意，旁人也大声叫好的事情，他嘱我凑点文字评说几句，匆匆而就，不一定达意。

是为序。

2019年12月3日

让国际化成为壶艺交流的主旋律

《首届世界壶艺大赛入选、获奖、特邀作品集》后记

　　作为联合国教科文组织非政府组织官方合作机构的国际陶艺学会,曾于2001年和2005年两次在陶都宜兴成功举办国际陶艺研讨会暨陶艺展。在2005年活动期间,时任国际陶艺学会主席的托尼·弗兰克先生很高兴地宣称宜兴是"世界制壶中心",这是一个极高的赞誉。宜兴既是中国的陶都,也是世界的陶都。在世界制陶史上,宜兴紫砂工艺独树一帜,紫砂壶制作尤其让世人瞩目,宜兴因此也成为世界壶艺家的朝圣之地。

　　自1988年至1998年,宜兴连续举办了六届陶瓷艺术节。之后,由于种种状况按下了暂停键。2013年重新恢复办节时,改"中国宜兴陶瓷艺术节"为"中国宜兴国际陶瓷文化艺术节",强调了国际性和文化性。

　　在2017年的第九届国际陶瓷文化艺术节闭幕后,我们总觉得作为"世界制壶中心"的陶都宜兴,在一届接着一届举办盛大的国际陶瓷文化艺术节时,国际化的色彩不够浓厚,"世界制壶中心"的地位并未有所彰显。因此,在谋划2019年第十届国际陶

瓷文化艺术节时，一个藏在心中已久的想法突然蹦了出来，即在办节期间，能否设置一项"世界壶艺大赛"。于是，向宜兴市政府提出建议，这一想法很快得到了市长的首肯和支持。

这一国际性赛事活动确定后，立即通过国际陶艺学会会员史小明联系到中国区理事周光真先生。周先生是美籍华人，是一位国际陶文化交流的使者，多年来对推动中国尤其是宜兴的陶瓷艺术国际交流起到很大的作用。他表示，对此很感兴趣，将全力支持这一国际陶艺赛事的举办，并由他向瑞士日内瓦的IAC总部推荐申请。

2018年底，在浙江龙泉举办的第11届全国陶瓷艺术大展期间，中陶协邀请了国际陶艺学会时任主席托比恩先生前来参加。于是，我和史小明专程赴龙泉与托比恩主席进行了深入的探讨和交流。他一方面表示大力支持，另一方面也对这项陶艺赛事活动提出了一些建议和要求。与此同时，我们也积极争取到了国际陶艺学会荣誉主席考夫曼的力挺，他曾多次来宜兴，对宜兴怀有深厚的感情，十分支持也十分乐意参与整个大赛过程。

2019年3月中旬，中国宜兴国际陶瓷文化艺术节组委会正式向全世界的陶艺工作者发出了举办首届世界壶艺大赛的公告。截至7月15日，报名参赛人数达451名，参评作品596件（套）。经初审，有些作品与茶壶主题不符，最终有573件（套）作品进入评审程序。

8月1日至5日，来自国内外的7位评委通过线上进行初评打分，挑选出了来自美国、加拿大、俄罗斯、意大利、英国、法国、乌克兰、塞尔维亚、立陶宛、拉脱维亚、葡萄牙、西班牙、日本、韩国、中国等18个国家和地区的200件（套）作品进入宜兴现场复评。经评委会讨论，又特邀了20位世界各国陶艺家的作品进行展出（这些作品不参与比赛）。到参赛参展作品送至宜兴的截止日期，有190件（套）作品从世界各地送达评审现场，占全部入选作品的95%，超出了我们的预期。

首届世界壶艺大赛入选作品展览，在10月16日开园的丁蜀镇青龙山公园亮相。通过评委们紧张有序的工作，10月18日公布了大赛结果：特等奖1件，金奖2件，银奖5件，铜奖10件以及组委会特别金奖、特别银奖各1件。在10月18日上午中国宜兴国际陶瓷文化艺术节的开幕式上，举行了颁奖仪式。

首届世界壶艺大赛落下帷幕，我们将入选作品、获奖作品、特邀参赛作品结集成册出版，既是本次活动成果的忠实记录，也是为了更好地延续这一赛事。既然有了首届，就必然会有第二届、第三届……我们的初衷是把"壶"这一主题活动更好地推向世界，让"壶"更广泛地融入人类的物质世界和精神世界。

首届世界壶艺大赛的圆满成功，更增强了我们继续办好这一赛事活动的信心和决心。在首届大赛的评审过程中，面对世界各地如此多的参与人数和参赛作品，评委之一的考夫曼先生激动地说："这就是国际级的评审！"这句话，是对我们极大的鼓舞，我们必须牢牢把握"壶"这样一个主题，在总结首届大赛成功经验的基础上，让全世界的陶艺家深入广泛地了解这一赛事，吸引更多的陶艺家积极参与这一活动，让一个公平、公正、公开的国际性陶艺赛事能落地宜兴。就像日本的美浓、韩国的双年展一样，办出公信力，增强吸引力。

因为是首次举办，尽管主观上作了努力，但也存在许多不足。比如：时间还比较仓促，宣传发动还不够，国际上的陶艺家参与面还不广，中国各大陶瓷产区的陶艺工作者尚未真正关注到这一赛事，就连主办地宜兴产区的壶艺家也未引起足够的重视。加上语言沟通、办赛理念、处事方式等因素，这一赛事还有很多提升的空间。总之，有待认真总结经验，逐步补齐短板，完善基础工作，精准细化活动过程，要力争让世界壶艺大赛越办越好。

感谢所有参赛陶艺家的倾情奉献，感谢王建中教授、周光真先生以及全体评委的履职尽责，感谢所有为这次赛事活动付出辛勤汗水的人们。我们深信，接下来的世界壶艺大赛一定能够办得更好。

希望这集画册能得到大家的喜爱，也恳请大家对不足之处提出批评指正。

2020年3月

守正创新　共谱新篇

《宜兴市"前锦杯"陶刻大赛作品集》序

　　宜兴紫砂是中国传统工艺的瑰宝,门类众多,技艺独特。紫砂陶刻作为紫砂文化艺术的重要组成部分,不仅仅是一种装饰手法,更是其不可或缺的艺术整体,展现了丰富的艺术价值与厚重的人文价值。

　　宜兴陶瓷行业协会陶刻分会自2015年成立以来,便一直致力于对宜兴紫砂陶刻文化艺术的传承交流和研究推广,常年开设各类培训研习课程,多次举办系列性的陶刻比赛,在技艺的传承和人才的培养上做了大量的工作,并取得了卓越的成绩。就本次大赛而言,参赛选手大多为三十岁左右的年轻人,其中就有一大批经陶刻分会培养的后生,他们是紫砂陶刻界的后起之秀,志在投身宜兴紫砂事业,年轻有为,活力十足。他们在大赛中创作的作品,既体现了老一辈的传统师传、家传,也有新的创意和时代的特色,极大地丰富了当今的陶刻艺术,共同书写着宜兴紫砂陶刻艺术的新希望。

　　另外,本次大赛还设置了现场考核与比赛直播,这些前所未有的举措皆为人瞩目，场面之盛，规格之高，作品之风格多样，技艺之传承有序，更令人倍感欣喜。大赛背后倾注的，是广大陶刻从业者的努力与心血，是他们默默无闻的付出奠定了大赛基础，我为此深感欣慰。

《宜兴市"前锦杯"陶刻大赛作品集》的整理出版，是对大赛丰硕成果的检阅，也是近年来宜兴紫砂陶刻艺术的一次亮丽集结，更是一群志向远大的青年陶刻艺人倾心艺术、悉心创作的繁荣图景。

紫砂陶刻是一门将造型、工艺、书法、绘画、金石、篆刻、文学等艺术及文化素养融于一体的综合性艺术，是工艺和艺术的有机结合。就紫砂陶刻今后的发展方向来说，我希望在继承并弘扬陶刻艺术的同时，也紧跟时代步伐，创作出具有时代气息的作品，不仅要守因坯体施艺之正（传统），也要以陶刻技艺的创新来促进坯体造型的变化，不断丰富宜兴紫砂艺术的繁荣发展。

紫砂陶刻艺术的弘扬，在于不断地传承、提升和发展，陶刻分会要在已经取得成绩的基础上再接再厉，既要团结本地所有紫砂陶刻从业者，也要关心和包容外来投身紫砂事业的有志者，共同谱写宜兴紫砂陶刻艺术新的篇章。

是为序。

2020年9月11日

苦心孤诣　行稳致远
《袁国强紫砂艺术作品集》序

　　宜兴紫砂因其原料特殊、工艺独特、造型万千、装饰高雅，加上艺术性和实用性的完美结合，因而显得弥足珍贵。

　　改革开放40多年来，陶都宜兴经济发展、文化繁荣，经过一代又一代艺人的不懈努力，宜兴紫砂蓬勃发展，人才济济，群星璀璨。经过长时间磨砺，正处于艺术创作巅峰的中青辈已成为当今紫砂圈的骨干力量，袁国强就是其中的优秀代表。

　　1970年出生于宜兴紫砂世家的袁国强，于20世纪80年代末跟随何道洪、张庆臣老师学习手工紫砂壶制作技艺，潜心研究紫砂壶的造型设计与创作，兢兢业业，不倦探索，三十多年如一日，练就了一身扎实的基本功，是难得的技术全面的紫砂艺人。他的作品壶型稳重大方，制作精工细致，器型动感十足，尤以筋纹器和光素器见长。他的筋纹器工精艺谨、细腻优雅，光素器圆润敦厚、气韵深蕴，作品在博采众长的基础上追求豪放、大气、遒劲。这种力度和气韵，是外在压力与内在张力的结合。他在壶形的比例结构上敢于做大的调整，在表现物理力度、追求形式新意上能做到比例恰当、险峻合度、虚实相宜。通过对力的分与合、紧与弛、聚与散的把控调配，追求一种增一分减一分都成谬误的完美平衡。他致力于让壶变得更为豪放，力度表现得更为饱满。他善于且巧于调集自己的感悟、自己的理念、自己的意气，赋予紫砂壶深厚凝重的思辨力度，这是他创作每件作品的目标追求。他的作品在紫砂界独树一帜，在首届"景舟杯"制壶大赛上，他创作的《月色菱花》在参赛作品中脱颖而出，获得了高级职称组金奖。

而袁国强最让我印象深刻的，是他对紫砂传承所作的努力和贡献，他在20世纪90年代就率先开办培训班，为紫砂行业培养了一批新秀。2012年，市陶瓷行业协会授予他培养陶艺人才重大贡献奖。作为一名正高级工艺美术师，他以他一贯的优秀表现，于2016年被江苏省陶瓷行业协会授予"江苏省陶瓷艺术名人"荣誉称号。多年来，他热心公益事业，免费给许多家境贫寒和患有残疾的学生传授紫砂技艺，被宜兴市慈善会授予"助残济困、热心公益"的荣誉。正因为有了这样一批德艺兼备的从业人员，宜兴紫砂行业才越来越兴旺，紫砂人才才越来越被人们所尊重。

此次袁国强为自己出版作品集，是对自己艺术生涯的阶段性回顾和总结。他嘱我写篇序言，在此之前我已告诫自己，年过70就不再为人作序，但又深知袁国强的为人为艺，理应支持鼓励而无法推却,写了上述文字,权当祝贺《袁国强紫砂艺术作品集》成功出版。希望他在以后的道路上不断求索,既要推出更多的精品佳作,也要培育更多的优秀人才。唯有如此,才会使自己的路愈走愈稳、愈走愈宽、愈走愈远。

　　是为序。

2020年11月20日

古法即手法　手法即心法

《2020手工制陶大赛获奖作品集》序

　　陶都宜兴一年一度最大规模的手工制陶大赛，已经连续举办了15年，该项大赛始终倡导和弘扬的，就是切合紫砂高质量、可持续发展，使手工技艺能够脉络延绵、传承有序。

　　在相关典籍的记载中，紫砂壶最初的成型技术，是始制紫砂壶的金沙寺僧的手捏成胎法。他将制作陶缸、陶瓮的细土，加以澄练，手捏成胎，规而圆之，再将中间挖空，制成壶的样子，供春就这样跟他学，淘细土，捏壶胎，抟成型，再用汤勺挖空。但陶壶鼻祖供春改进了这种手捏制法，他"指掠内外""胎必累按"，并"斫木为模，削竹为刃"，也就是学习日用陶的成型办法而应用木模。而到时大彬时，"时悟其法则又弃模"，他改进了供春"斫木为模"的制法，把"打身筒"成型法与"镶身筒"成型法结合起来，由此确定了紫砂壶泥片镶接成型的基本方法，这是紫砂壶制法的一大飞跃。这种特殊的成型工艺，完全改变了日用陶的制作方法，不用模子，也不同于瓷器的辘轳拉坯，而是用泥条镶接拍打，凭空成型，就是今天人们所说的"打身筒"和泥片镶接成型的"镶身筒"。几百年来,这种脱胎换骨的技艺至今为紫砂艺人薪传不绝,也就是2006年被列入首批国家级非物质文化遗产名录的宜兴紫砂制作技艺,它不同于其它陶瓷生产的成型方式而独步千秋。

仅就泡茶而言,是否选用全手工制作紫砂壶似乎并不重要。但是,若将紫砂壶视为艺术品、将紫砂壶制作技艺视为非物质文化遗产,全手工制造的紫砂壶则能保持创作生产中最原始的传统信息,保留艺术品审美鉴赏过程中显现的个性特色。此时,它是否为手工制作就显得十分重要。手工紫砂壶的美感受到器物制作、审美和实用性的三重制约。宜兴紫砂泥料遇水而软且砂性大,它的材质不具备用快轮拉坯的品质,文人审美的特质决定了它以手工制品的古拙为韵味,而不是以模具修正的规整为漂亮。宜兴紫砂手工技艺的传承,其意义不言而喻,因此,坚持手工大赛就是为了培养一代代紫砂手工技艺人才。这一赛事,不仅值得大力倡导,而且应该锲而不舍、持之以恒。

当前,围绕着紫砂生产的成型方式也有多种声音,在包容共生、同求发展的时代背景下,牢牢把握宜兴紫砂传统根脉显得尤为重要,"非遗"就是"非遗",它有特定的历史文化内涵,不是什么改头换面后的东西都可以往"非遗"的框里装,这样就会颠覆久负盛名的宜兴紫砂,进而失信于社会。

2020年是一个"特殊"而"特别"的年份,即便如此,陶都宜兴还是举行了两个单项和一个综合项的现场比赛，其中江苏省陶瓷行业协会、江苏省陶瓷艺术实训基地（丁蜀成校）、丁蜀镇人民政府、宜兴市人社局、宜兴市总工会、宜兴市教育局等六部门联合举办的"第15届手工制陶大赛"就是综合项的比赛，有510人参赛。比赛涵盖门类齐全，专业众多，有光素器、花器、筋纹器、陶刻、泥绘、陶塑、均陶堆花等10个小类，采用了分类竞赛、分组评分办法，比赛结果更为科学、合理、公正。

《2020手工制陶大赛获奖作品集》是对大赛的总结与留痕，写下上述文字，对手工大赛的连续举办表示充分肯定，对大赛作品的结集付印表示热烈祝贺。

2020年12月8日

包容共生　互鉴共进

2021年中韩陶瓷文化交流展作品集《新时代茗壶》序

东方明珠陶为媒，壶茶文化共交融。

迎着新时代的光芒，感受壶茶文化的灵韵。以"新时代茗壶"为主题的2021年中韩陶瓷文化交流展，历时3个月，在韩国文化精品馆画廊落下帷幕、圆满收官，书写了中韩陶瓷文化艺术交流史上浓墨重彩的一页。

中国是陶瓷古国，也是陶瓷大国。宜兴是陶的古都，尤以被誉为"东方明珠"的紫砂壶为代表而声名远播。韩国陶瓷也有千年历史，集中于闻庆市，以各类陶艺品及茶器茶盏著称。中韩两国同属亚洲，咫尺天涯，隔海相望，因陶瓷艺术与陶瓷文化的维系而走到了一起。值得注意的是，2008年宜兴与闻庆在宜兴市陶瓷行业协会签订了中韩陶瓷文化交流合作协议。之后，中国宜兴与韩国闻庆缔结为友好城市，由此，双方陶艺活动、互访交流日益频繁，谱写了一曲曲友谊之歌。迎着时代节拍，陶艺家们与时俱进，不断创造出人们喜闻乐见、时尚新潮的陶艺新品精品，以适应社会进步、人类文明的发展，这不仅给人们带来更高层次的物质享受,也给人们带来更高层面的精神愉悦。

去年以来,全球面临着新冠肺炎疫情的严峻挑战,防控工作每时每刻不能松懈。在特殊的年景下,人们的生活节律有所改变,观念随之更新,2021年中韩陶瓷文化交流展"新时代茗壶"就是一种以衣食住生活文化中陶茶文化为内涵的创新之举,中韩两国联袂展出宜兴紫砂茶壶和韩国茶盏,彰显紫砂文化与茶文化包容共生的特色。宜兴市陶瓷行业协会作为主办方之一,与承办方宜兴范家壶庄一起,大力支持和推介展事成功举办,宜兴130多位陶艺家的1000余件紫砂茶壶准备参展,最后定为800件左右。韩国主办方地乳茶会与承办方韩国文化精品馆、宜兴中韩陶瓷文化交流基地在办展准备、场馆策展、开幕式网络直播以及展览期间的活动方面做了大量工作,宜兴方面虽未组织陶艺家亲临展览现场共襄盛举,但也感到暖意融融,只是让韩方的朋友徐海镇等先生为展览作了更多努力,承担了更多责任,在此深表感谢!还要特别感谢韩国地乳茶会会长朴贤先生,朴先生是宜兴陶艺界的老朋友,与我本人也亲似兄弟,结缘18年来,为中韩陶瓷文化交流可谓不遗余力、热心有加,这次"新时代茗壶"在韩展出,功莫大焉。

明年,中韩两国将迎来建交30周年。届时,将会启动"中韩文化交流年"的活动,相信中韩两国陶瓷文化交流一定会在新时代的引领下,在更高层次、更高水平上续写新的辉煌。

获悉2021中韩陶瓷文化交流展结集出版《新时代茗壶》一书,十分欣喜。受韩方之托,乐而为之,爱识小文。

是为序。

2021年3月岁在辛丑

云蒸霞蔚　气象宏阔
《历代宜兴紫砂均陶作品暨当代紫砂名家作品集》序

谈伟光是我27年前刚到宜兴市计经委工作时的同事，他是复旦大学的研究生，不满30岁已是科长，前景十分美好。然而，他却丢掉"铁饭碗"，毅然下海去深圳自谋创业，这在当时确实是件了不起的事。之后，我因工作需要常去深圳，我们也常常见面，我目睹着他艰辛创业的那段历程，也分享着他成功的喜悦，最终他也踏上了返乡之路，为家乡的经济发展贡献着一份力量。

身在陶都，伟光从小就受宜兴陶瓷的熏陶，在南下创业时，又看到人们对宜兴陶瓷，尤其是宜兴紫砂的钟爱。于是，他也开始把玩收藏，20多年下来，不知不觉中竟有了许多藏品，其中有明清均陶、明清紫砂，并在收藏的过程中边广交藏友边学习研究。当他带着一批藏品回到宜兴陶博馆展出时，着实让我大吃一惊，他对历史上的紫砂名人及作品已能娓娓道来、如数家珍。他集结出版大型画册《珍壶》并赠我一册，在宜兴博物馆还举办了明清均陶作品展。他是一个企业家，又是一位收藏家，以至于宜兴市历史文化研究会成立时，把他请来当了会长。

近日，伟光跟我说，除了寻觅收藏历史上的紫砂均陶作品，他还收藏了300多件现当代紫砂名家的作品，其中包括七大老艺人的作品。这些作品都出自紫砂名家之手，集结成书，也可供读者鉴赏评品。他嘱我写篇序言，年过70后，我就逐渐淡于写序了，一方面是精力不济，懒得动笔，另一方面是我对收藏并无心得，提笔畏难。但我觉得伟光作为一个企业家，日理万机之余，有些爱好倒是可以的，一来可以舒缓工作的压力，二来可以陶冶情操，增加修养。你收藏什么作品，就是对一个行业的关注、支持。按他目前的实力，已不为物喜，却也是他对某个时期紫砂艺人紫砂作品的阶段性揽胜。我始终认为，收藏家对紫砂工艺品质的提升大有益处，他会在把玩的过程中，渐知作品优劣，会向作者进言，作者会欣然接受并不断改进。作为一个在企业界、社会上颇具影响的人物，他的收藏也会带动同好者入伍，这对紫砂行业大有好处。因此，我还是十分赞同并乐意为这本藏品集写下上述文字，希望有更多的有识之士，尤其是企业家，能多多鼓励紫砂艺人，多多为紫砂业界拓展一些市场。当然，紫砂人也要懂得感恩，懂得以作品回报社会。诚可谓壶家藏家相得益彰。

寥寥数语，聊表我对伟光的敬意。

是为序。

2023年6月

大德曰生　幸甚至哉

《大生壶艺术鉴赏》序

《易经》录孔子语"天地之大德曰生""生生之谓易"。其意为天地最大的恩德，是为宇宙和人类提供了生生不息的环境，让各类生命各得其所，安身立命。本次范伟群《大生壶艺术鉴赏》的结集出版，道出了宜兴紫砂器在晚清民国期间大气磅礴之风范。

名士风流，民风饱满，是晚清民国之世相常态，是中华传统文化与世界潮流碰撞交融的文化景观，彰显着丰富而鲜明的民国风采。江南宜兴，山高水长，人杰地灵，盛产紫砂，名师辈出。范大生和程寿珍、陈光明、俞国良、李宝珍、蒋燕亭、汪宝根、冯桂林、范鼎甫等方圆自定，张扬不羁，可谓紫砂艺苑一代名流，至今仍在砂界盛颂。

生于晚清的范公广善，操艺紫砂，名号大生，艺盛民国。其子范钦仁，接棒父业，刻苦钻研，专一砂器，终集制壶之大成，父子两代"大生壶"名噪一时，在比利时、巴拿马、芝加哥、费城、伦敦及南洋的国际博览会上屡屡获奖。故此，当今紫砂之盛名，不仅是市场繁荣的结果，也是前人创下辉煌的结果。范公钦仁，除了专心操业，还受聘教育机构，为宜兴陶瓷职教第一人，其"一棒鹰"故事被民间广为流传至今，是紫砂界丰满且有诸多故事的传奇人物之一。《大生壶艺术鉴赏》所收录的《四方竹鼎》《合菱壶》《柿子壶》等皆可见民国紫壶之风范，然这只是"大生名号"之冰山一角，窥一斑知全貌，我们可解其精彩脉络，赏其迥异风格，鉴其博大内涵，从而知晓民国紫砂。

"大德曰生"又解：常人觉得世界生物，有非生物，比如矿物即没有生命，这是常人之解，其实不然。大自然的每一处都是生生不息的，上苍赐予宜兴五色土，经艺人之巧夺天工，赋予了顽强的生命力，一件件紫砂器能演绎得如此精彩，幸甚至哉！

范伟群不忘前人，胸怀大志，孜孜以求，寻寻觅觅，结集出版《大生壶艺术鉴赏》，阐释了民国时期紫砂艺术生生不息的强大信息，歌以咏志，功德无量。其自身志传祖业，继承发展，颇有建树，荣誉加身，为当今紫砂界一颗璀璨之星。

吾序数句，意不达集中件件沧桑却韵气尚在之大生作品，不得不使我仰望紫砂先人而肃然起敬。

2021年12月22日

更好赓续发扬"工匠精神"

《2022第十七届手工制陶大赛获奖作品集》序

　　说起紫砂，人们总是会在前面冠以"宜兴"二字。的确，宜兴紫砂代表着紫砂艺术的最高水平。宜兴紫砂先后获得了国家级非物质文化遗产、国家地理标志证明商标、国家地理标志保护产品等荣誉。20多位中国工艺美术大师和中国陶瓷艺术大师，是紫砂手工技艺方面的国家级荣誉。近年来，随着各级政府行业组织对乡土人才、乡村振兴师、技艺技能人才、现场手工制陶大赛等工作的重视，无一例外突出了现场手工技艺的考评，这对紫砂行业发展起到更加积极的推动作用。在此基础上，宜兴紫砂人建立文化自信、弘扬手作精神，这是发展壮大行业规模、提升内涵品质、放大发展效应、推进紫砂高质量发展的重要支撑。

　　2022年在疫情防控的要求下，陶都宜兴还是克服重重困难，举行了年度（"绿电杯"）手工制陶大赛。大赛由江苏省陶瓷行业协会、江苏省财贸轻纺工会主办，宜兴市陶瓷行业协会、江苏省陶瓷艺术实训基地（丁蜀成校）承办，宜兴市人社局、宜兴市总工会、宜兴市教育局、丁蜀镇人民政府、国网宜兴市供电公司支持。比赛涵盖门类齐全，专业众多，有光素器、花器、筋纹器、陶刻、泥绘、陶塑、制盆、制瓶、均陶、堆花计10个小类，分制壶光素器类、制壶花器类、制壶筋纹器类、其他（装饰类、陶塑类）4个类别报名，继续采用分类竞赛、分组评分、分类设奖办法，设立了监督组，比赛结果更为科学、合理、公正。

手工制陶大赛是个很好的平台和载体，它能够通过现场创制的形式，积极引导广大陶艺工作者不忘初心、守正创新、与时俱进。我们倡导文化自信，推进文化自强，文化的"落地生根"离不开传承与创新。而要传承创新，必须靠作品。没有作品，何来传承？没有作品，何来创新？作品就是载体。何为传承？传承就是生你养你的一方水土和一代代紫砂前辈。何为创新？创新就是彰显时代特色。如何创新？创新就是在熟练掌握传统手工技艺的基础上做一丁点儿突破，但绝不能改变其根本而丢根去魂。

毋庸讳言，宜兴紫砂的传承发展目前面临着许多矛盾，其中"非遗"手工制作与"转基因"（非手工）量产的矛盾就是其中之一。何谓紫砂传承的"转基因"？即利用拉坯、注浆、滚压等陶瓷生产的其他手段，一味追求高产量，久而久之，市场饱和不说，我们最具竞争力的手工工艺优势将逐渐丧失。因为手工艺比较艰苦，产量也低，手工工艺将逐渐被挤到边缘，甚至退化，真到那一天，宜兴紫砂也就"望尽天涯路"了。可喜的是，作为陶都宜兴最大规模的年度手工制陶大赛，已经成功举办了17年，始终倡导和弘扬的，就是切合紫砂长远、健康、可持续发展的手工工艺，就是工匠精神，就是手作精神，就是传承与创新。

传统技艺的传承没有祖传秘方，如果硬要说有，那就是勤奋加诚信；不管你是大师还是工匠，你自己要像模像样做出榜样；不管你的作品获得过什么国际国内大奖，是你的原创还是一味模仿；好作品才有好市场。荣誉之前一定先有大量的付出，荣誉之后更是一种责任，不能当作哗众取宠、猎取钱财的资本。

宜兴紫砂始终与时代同步，与文化人同创，与消费者同心，与商家同赢，与玩家同乐。在今后的发展道路上，我们应锲而不舍地坚持技艺传承和执着的创新求索，而且必须是在传统传承基础上的创新。当今的紫砂人，许多已是高学历、高文化素养之人，屡屡举办大赛，是指望大家能创作出"接地气、传得开、留得下"的艺术作品和艺术精品，而不是为了比赛而比赛。

希望广大紫砂从业者能够发挥自身优势，不断学习，不断实践，不断提高，用更宽广的视野、更广阔的心胸，营造更大的格局，努力成为陶艺队伍中的涓涓清流，让我们的紫砂队伍后继有人。因此，手工技艺大赛一刻也不能停止，必须持之以恒，越办越好。

《2022第十七届手工制陶大赛获奖作品集》结集付印前，就宜兴紫砂的传承发展，吐露我的心声，权作序言！

2022年12月6日

闳约深美　花开有声
《中国紫砂名壶》序

　　陶韵承载千年，文化开创未来。宜兴是中国的陶都，陶文化是宜兴最具特征的文化，宜兴紫砂是宜兴最亮丽的名片，中国陶都，陶醉世界。

　　驰名中外的宜兴紫砂，发端于宋代，勃兴于明清，鼎盛于当代。

　　上苍赐予宜兴独有的五色土，色泽温润，质地优良，可塑性强。7300多年的制陶史，窑火生生不熄，文脉绵延不绝，滋润着千千万万的陶业人员，制陶技艺日臻完美，成就了宜兴紫砂艺术的卓尔不群，其装饰手法变幻无穷，其造型具象丰富多彩，其艺术门类品种繁多。

　　陶艺苑中，尤以紫砂壶最为艳丽，独一无二的泥质矿料，古朴典雅的造型，精美绝伦的装饰，闳约深美的人文元素，历来为文人墨客所追捧，也为众多的玩家和品茗者提供了无限的审美空间，在中国乃至世界陶瓷艺术中独树一帜，是中华民族传统文化中一颗璀璨的明珠。

　　"人间珠玉安足取，岂如阳羡溪头一丸土。""喜共紫瓯吟且酌，羡君潇洒有余清。"山明水秀的陶都宜兴，人杰地灵，水土宜陶；勤劳聪慧的陶都人民，巧夺天工，因陶而兴。

　　内涵丰沛的紫玉金砂，宜茶宜玩宜赏，不断推陈出新，传承的是生生不息的制陶文明，弘扬的是源远流长的中华文化。

　　宜兴紫砂史是一部历代紫砂艺人的创业史，在宜兴紫砂的历史发展中，曾涌现出一大批紫砂名家，耳熟能详的，如明代中晚期的时大彬，清初期的陈鸣远、清中期的陈曼生，民国时期的范大生、程寿珍、汪宝根、冯桂林、俞国良，新中国成立后的"七大老艺人"——任淦庭、吴云根、裴石民、王寅春、朱可心、顾景舟、蒋蓉等。当代紫砂艺苑，更是名人辈出，群星闪耀，到目前为止，国大师已近30位、省大师已近百位，恕不一一列出。

　　改革开放以来，特别是21世纪以来，宜兴紫砂取得长足发展，已然成为宜兴艺术陶瓷门类中的佼佼者，在国内外艺术品市场赢得了崇高声誉，彰显了紫砂艺术的不竭魅力。宜兴紫砂要高质量发展，守正创新是永恒的主题，根本在于紫砂人才的培育、壮大。紫砂队伍是推动宜兴紫砂传承发展的主体，也是宜兴紫砂永续辉煌的关键所在。

　　在推动宜兴紫砂行业高质量发展的背景下，宜兴市陶瓷行业协会偕西泠印社出版社共同编纂出版的《中国紫砂名壶》尚属首次，意义非凡。纵观全书，规模宏大，体例规整，内容厚重，图文并茂,编审严谨,具有较高的史料和收藏价值。在此,我谨代表宜兴市陶瓷行业协会和业界人士对西泠印社和参与本书编辑的所有人员表示诚挚的感谢!

致上深深的祝福!

2023年4月22日

心若向阳　必将绽放

《宜兴陶瓷名家设计手稿集》序

吴国仁是我市一位坚持不懈十几载请陶瓷名家创作纸质艺术的收藏家。他请陶都宜兴和瓷都景德镇两地各180多位陶艺名家在他提供的四号宣纸册页上创作书画，收获了两处陶瓷产区各满满的20本册页。不仅如此，他还在两年中"咬定青山"、一鼓作气，收藏了138位宜兴陶瓷名家169张设计手稿，其中不乏原始手稿，形成了宜兴陶瓷设计一个精彩纷呈的宝库，也折射出我市陶瓷名家艺术设计的光华。

2018年以来，吴国仁就向我表达了他要广为拜访宜兴陶艺"五朵金花"的名家，收藏他们的设计手稿并结集出版的愿望。他有不同凡响的创意和雷厉风行的作风，何况也是实实在在地弘扬了陶瓷文化，我作为行业人士，对他进行了一番由衷的激励。我说："你志存高远，在走一条前无古人的收藏之路，倘能大功毕成，将是一个大手笔的典藏。"说实话，我很佩服吴国仁具有那么斑斓的梦想，但这是一条充满荆棘和坎坷的道路——一方面，那么多的陶艺大师都是当今时代宠儿，人中龙凤，见多识广，不容易理解配合；另一方面，那么一大笔的出版经费怎么落实？我担心地提醒，他却笑言："阳光总在风雨后。"

吴国仁没有辜负自己的雄心壮志，两年间，他开着一辆二轮摩托，风雨无阻穿梭于丁蜀的每一条街巷……终于，他闯出了属于自己的那一片晴朗的天空。

一个人的信念、韧劲，能成就美丽的梦想。吴国仁从主观上积极努力，可以说是到了十分执着的地步。功夫不负有心人，终于让瑰丽的传统文化绽放出绚烂的花朵，成就了属于自己的一番事业。说这是"功在当代，利在千秋"不是夸大其词，是我的肺腑之言。如今，《宜兴陶瓷名家设计手稿集》引起出版社的重视和厚爱，即将付梓面世，我向吴国仁表示祝贺，同时感谢人民美术出版社和所有参与的陶瓷名家给予的大力支持。

拙笔行文于此，难说是序，权当一种鼓励。

2024年9月

后　记

　　2017年出了《守望陶都》一书后，原本打算不再写作，既然守望了，怎么又在写呢？一是服务陶协的工作在继续，说、做、写仍然停不下来；二是新冠疫情期间不能东奔西走，时间比较充裕；三是对发生在身边一些事情的感悟，特别是一些故旧老友、我尊敬的长者、挚友相继离世，怀念之余确有写写他们的必要。静不下思绪就停不下手中的笔，因此又累积了不少文稿。

　　按照五年出一本书的计划，2007年出版第一本《永远的陶都》，2012年出版第二本《唱响陶都》，2017年出版第三本《守望陶都》，理应在2022年出第四本，不料前三本书的编辑，我尊敬的师长、朋友、无锡作协的许墨林先生身体状况欠佳，他叫我缓一缓，待他身体好一些再着手编辑。他非常乐意为我操心，我也希望他能继续为我这些零乱的文字做编辑。然而，他的身体每况愈下，脑子也开始犯糊涂，所以双方的愿望就无法实现。

　　2023年上半年，作家徐风老弟来看我，提及此事，他热情地鼓励我一定要出这第四本书，并推荐了在宜兴市文联工作的周晓东先生来承担此次编辑工作。晓东老师极其认真负责，我发给他五年多来积攒的零乱电子文稿，他费力费神地整合编排，于2024年4月18日发来了电子稿，4月24日又送来厚厚一摞纸质文字稿。我初步翻看，章节有序，已经成形了，于是交由苏州古吴轩出版社出版，因为此前几本书也是他们出版的。

关于书名，我也作过思考。一是用"背影"两字，因为书稿中许多文章是怀念老友的，另外我自己也过古稀之年了，人们今后也只能望我背影了。二是用"陶路"两字，徐风老师和晓东老师都赞同用《陶路》作为书名，既契合了前三本书都是以陶为名，也可总结我大半生所走之路，至于怀念这些旧友、长者，也都是因陶结缘、因陶交友。于是我决定尊重他们的建议，定书名为《陶路》，但必须说明，我不是职业陶艺家。

后来，我思之再三，还觉得不妥，为免人家误认为我是职业陶艺家，所以改为《情系陶都》。这也契合我前面几本集子的书名，也更进一步说明了我这几十年"乐为陶都唱赞歌，敢为陶都鼓与呼"的性格不会改变。

我早已过了古稀之年，从初中毕业回乡务农，至今已工作了五十八年。每代人有每代人的任务，人不可能超过自己的时代做更多的工作，能在这个时代里尽到一份责任，也就可以自我安慰了。

我的这些文字是工作、生活中的所思所想，不一定有很高的文学价值，如果您能接受、阅读，我将感激不尽。